목차

주의: 손대지 마세요.

가시도, 독도 없지만

매우 위험합니다.

가끔씩 툭하고
러시아어로 부끄러워하는
옆자리의 아라양

8

SUN SUN SUN 지음

모모코 일러스트

이승원 옮김

프롤로그 비밀

10월 중순의 어느 날 밤, 아야노는 잠자리에서 눈을 떴다.

(더, 워…….)

눈을 뜨자마자 온몸을 감싼 열기를 느낀 아야노는 덮고 있던 이불을 성가시다는 듯 걷었다. 요즘은 밤이 되면 쌀쌀하게 느껴져서 이불을 덮고 잤는데…… 오늘 밤은 꽤 무더운 것 같았다.

(지금은 가을, 인데…….)

아야노는 몸을 뒤척이면서 다시 잠들려 했지만, 10초도 채 지나기 전에 이대로는 못 잔다는 사실을 눈치채고 몸을 일으켰다.

(화장실…….)

다른 사람을 깨우지 않도록 평소보다 더 소리를 내지 않으려고 조심하며, 아야노는 자기 방을 나섰다. 어둑어둑한 복도를 나아간 아야노가 볼일을 마친 후, 자기 방으로 돌아가려……던 순간, 희미한 소리가 아야노의 귓속으로 스며들었다.

"……!"

혹시, 누가 깨어 있는 걸까……. 그 가능성이 뇌리를 스친 아야노는 몸속 깊은 곳에 남아 있던 잠기운이 순식간에 사라졌다. 이 소리의 주인이 조부모를 비롯한 하인 중 누군가라면 괜찮다. 하지만 깨우고 만 이가 아야노가 모시는 상대, 스오우 가문의 누군가라면…… 무릎을 꿇고 사죄하는 수밖에 없다.

무시무시한 예상을 하며 몸을 부르르 떤 아야노는 자기가 잘못 들은 것이길 빌면서 소리가 들려온 방향으로 향했다. 계단을 올라가서 복도를 나아간 후 모퉁이를 돌아…… 시야에 들어온 인물을 본 순간, 아야노는 눈앞이 캄캄해졌다.

긴 흑발을 곱게 땋고 네글리제를 입은 여성의 뒷모습이 눈에 들어왔다. 그 사람은 바로 스오우 유키의 어머니, 스오우 유미였다.

(무릎을 꿇을 수밖에……!)

반사적으로 그렇게 생각한 아야노는 무릎 꿇기의 예비 동작을 취……하려다 멈췄다. 유미가 아야노와 마찬가지로 화장실에 다녀와서 다시 잠자리에 들 생각이라면, 지금 괜히 놀라게 해서 유미의 잠기운이 달아나게 하는 건 오히려 폐가 될지도 모른다.

지금은 괜히 말을 걸지 말고, 내일 아침에 사죄를 드리는 편이 낫지 않을까. 그렇다. 그러는 편이 나을 것이다.

그렇게, 아침에 무릎 꿇고 사죄드리기로 결심했을

때…… 아야노는 문득 위화감을 눈치챘다.

"어……?"

복도 앞에서 걷고 있는 유미의 발걸음. 그것이 막 자다 일어났다는 점을 고려해도 영 불안정했다. 게다가 유미가 향하는 곳은 화장실이 아니었다.

(어디 가시는 거죠……?)

왠지 걱정된 아야노는 유미의 뒤를 따랐다. 그리고 유미가 비틀거리는 발걸음으로 빨려 들어가듯 들어간 방을 확인한 순간, 아야노는 매우 당혹스러워했다.

(피아노 방? 이런 시간에 뭘…….)

이런 한밤중에 피아노를 연주할 리도 없다. 그렇다면 방 안에 뭔가 두고 온 물건이 있는 걸까……. 그렇게 생각하며 열려 있는 문을 통해 안쪽을 살펴본 아야노는 눈을 깜빡였다.

(유미 님……?)

달빛에 스며드는 실내에서, 유미는 그랜드 피아노 앞에 앉아 있었다. 하지만, 그게 다였다. 건반의 뚜껑은 닫혀 있었고 시선 또한 건반과 보면대 사이를 향하고 있……는 것처럼 보였지만, 실은 그 무엇도 보고 있지 않았다.

"……!"

유미의 부자연스러운 거동의 원인을 눈치챈 아야노는 소름이 돋았다. 등골을 타고 두려움이 흐르자, 아야노는 무심코 유미를 **깨우려고**—.

"멈춰라."

옆에서 목소리가 들려오자, 아야노는 흠칫 놀라며 고개를 돌렸다. 그리고 자신을 내려다보고 있는 이를 발견한 순간, 눈을 치켜떴다.

"어르—."

말을 하려던 순간에 상대방이 손을 들어 보이며 제지했기에, 아야노는 입을 다물었다. 그러자 겐세이는 천천히 유미의 곁으로 걸어가더니, 피아노를 응시하고 있는 딸에게 말을 건넸다.

"유미."

아버지가 부르는데도, 유미는 별다른 반응을 보이지 않았다. 하지만 겐세이는 더는 할 말이 없다는 듯 그저 조용히 딸을 지켜보기만 했다.

그런 와중에 갑자기 유미의 눈동자가 천천히 닫히더니, 몸이 그대로 옆으로 기울어졌다. 「앗」 하고 외치며 놀란 아야노가 달려가기도 전에, 예상이라도 하고 있었던 것처럼 겐세이가 유미의 몸을 부축했다. 그리고 곧 있으면 일흔 살이 되는데도 노인답지 않은 완력으로 완전히 축 늘어진 유미를 안아 들었다.

"어르신, 제가—."

"됐다."

작은 목소리로 자기도 돕겠다는 아야노를 물러나게 한 겐세이는 유미의 방으로 향했다. 아야노가 안절부절못하며 그 뒤를 따르는 가운데, 흐트러짐 없는 발걸음으로 유미의 방에 도착한 겐세이는 활짝 열려 있는 문을 통해 방 안으로 들어가서 딸을 침대에 눕혔다.

그리고 조용히 방을 나와서 문을 닫는 겐세이에게, 참다못한 아야노가 질문을 던졌다.

"저기, 어르신……. 유미 님은 역시……."

몽유병이라는 결정적인 단어를 입에 담지 않으면서 아야노가 작은 목소리로 묻자, 겐세이는 가볍게 한숨을 내쉰 후에 대답했다.

"나오타카가 죽은 후로, 때때로 저러지……. 쿄타로와 만나고 나은 줄 알았는데, 며칠 전부터 다시 저러고 있구나."

"며칠 전부터……?"

그 당시에 있었던 일 중에서 짚이는 구석이 생각난 아야노는 눈을 치켜떴다.

"너도 이만 잠자리에 들어라. 그리고 이 일은 아무에게도 말하지 말도록. 유키에게도, 그리고 유미 본인에게도 말이다."

그렇게 말한 겐세이는 옆방인 자신의 침실로 향했다. 그런 그를 향해 인사를 하는 것조차 잊은 채, 아야노는 망연자실하게 서 있었다.

(제, 가…….)

유미의 몽유병이 정신적인 스트레스에서 기인한 것이라
면……. 그 원인이 될 만한 일을, 아야노는 딱 하나 알고
있었다.

(저는 결국, 괜한 짓을 하고 만 것일까요…….)

추령제에서, 유미에게 마사치카의 피아노 연주를 들려줬
다. 마사치카가 앞으로 나아가려 하는 모습을 보여준 것
이, 후회에 사로잡혀 있는 유미의 마음을 조금은 가볍게
해줄 거라고 생각했지만…….

(마사치카 님…… 제가, 실수를 범한 것 같습니다…….)

후회와 무력감이 아야노의 온몸을 휘감았다.

결국, 자신의 짧은 생각으로는 유미의 마음을 구원할 수
없다. 당연했다. 유키조차도 유미의 마음을 구원하지 못했
으니 말이다. 유키도…… 그리고 분명 쿄타로도 유미의 마
음을 치유해줄 수는 있어도 구원해줄 수는 없다. 유미의 마
음을 구원해줄 수 있는 사람이 있다면 그 사람은 바로…….

"……."

밤하늘에 떠 있는 달을 올려다보며 아야노는 기도했다.

알고 있다. 유미가 마음에 입은 상처보다 마사치카가 마
음에 입은 상처가 더 깊다는 것을 말이다.

그러니, 말해줄 수는 없다. 무력하고 평범한 자신은 그
저 기도할 수밖에 없다.

존경하는 주인이 유미와…… 그리고 유키를 구원해주기를.

"부디……."

말할 수 없는 소원을 가슴에 품으며 아야노는 돌아섰다.

제 1 화   첫사랑

　운동회 오전 파트에 이어서 학생회 차기 회장 후보의 출마전이 끝난 후, 세이레이 학원의 교정은 밝고 활기찬 분위기로 가득 차 있었다. 그런 교정에서 조금 떨어진 위치에 있는 조용한 학교 건물 안에서…….

　"후유……."

　1학년 B반 교실을 나선 쿠제 마사치카는 그대로 몇 걸음 내디딘 후에 작게 한숨을 내쉬었다.

　출마전에서 유키와 아야노 페어에게 패배한 후, 혼자 교실에서 풀이 죽어 있는 아리사를 격려한 마사치카는 생일을 축하해주기로 약속했지만…… 멋지게 교실을 나선 지금은 아까 자기가 한 행동을 떠올리며 몸서리를 치고 있었다.

　(으으, 능글맞네……. 완전 징그러운 행동을 했어.)

　수치심이 슬금슬금 고개를 쳐들자, 마사치카는 점심을 먹기 위해 빨리 운동장으로 향했다. 그리고 걸음을 옮기면서 조부모님을 찾고 있을 때, 그의 할아버지인 토모히사가 먼저 그를 발견하고 손을 들었다.

　"앗! 마사치카! 여기다, 여기!"

"아니, 큰 소리로 부르지 좀 마. 부끄럽다고……."

주위에 있는 가족도 식사 중이라 딱히 이목을 모으지는 않았지만, 그래도 마사치카는 사춘기 남자애다. 수치심을 숨기지 못한 그는 어깨를 움츠리며 재빨리 조부모의 곁으로 향했다.

"어머~ 잘 왔단다~. 자, 앉으렴."

할머니인 아사에가 순수하게 반겨주자, 마사치카는 쓴웃음을 지으면서 비닐 돗자리 위에 앉았다.

"자, 이걸로 손 닦아."

"아, 고마워."

기마전을 마친 후에 화장실에 가서 손을 씻었지만, 건네받은 물수건으로 손을 다시 닦았다. 그리고 주위를 힐끔 쳐다보면서, 아까 조부모와 같이 있던 어머니가 지금은 이 자리에 없다는 것을 확인했다. 또한 아버지가 없다는 사실도 눈치챈 마사치카는 별생각 없이 말했다.

"아버지는 아직 안 왔구나. 점심때는 도착할 거라고 아침에 메시지로 말했는데 말이야."

"으음. 뭐, 좀 늦는 것 아니겠느냐? 비행기 타고 오다 내려야 하는 곳을 지나쳤을지도 모르지."

"전철도 아니고, 비행기로 그럴 리가 없잖아."

농담을 하는 토모히사에게 태클을 걸고 있을 때, 도시락통을 펼친 아사에가 밝은 목소리로 말했다.

"자, 많이 먹으렴~. 마사치카가 좋아하는 햄도 잔뜩 있단다~."

"오오, 엄청 두껍네……."

"그래야 더 맛있잖니?"

손자와 식사를 하게 된 아사에는 즐거운 듯 방긋방긋 웃었다. 남들 앞에서 할아버지, 할머니와 식사를 하는 것에 사춘기 특유의 부끄러움을 느끼던 마사치카도 그 순수한 미소를 보니 아무 말도 할 수 없었다.

"잘 먹겠습니다."

두 손바닥을 맞대며 가볍게 고개를 숙인 마사치카는 할머니가 준비한 도시락을 향해 얌전히 손을 뻗었다. 그런 마사치카를 토모히사와 아사에는 기쁜 듯한…… 그리고 약간 안도한 듯한 미소를 지으며 바라봤다.

"후유…… 너무 많이 먹었어."

마사치카는 소화를 시킬 겸 운동장 주위를 돌면서 그렇게 중얼거렸다.

오후 경기에 대비해 적당히 먹을 생각이었지만 아사에가 음식을 계속 권해준 바람에 과식하고 말았다.

(맞아……. 보건실에 가볼까.)

문득 그런 생각을 한 마사치카는 학교 건물 쪽으로 걸음을 옮겼다. 실은 아까 기마전에서 아군 중에 부상자가 발생했다. 바로 노노아와 타케시다.

　(엄청난 태클을 걸었다고 하니까 말이지……. 럭비였으면 걔는 분명 반칙 수준의 태클을 걸었을 거야.)

　기마의 선두에서 태클을 주동했을 소녀를 떠올린 마사치카는 쓴웃음을 머금었다. 하지만 그런 노노아가 가장 심하게 다쳤기에, 그 쓴웃음에는 미안한 마음이 진하게 어려 있었다. 부상이라고 해도 찰과상 정도지만, 모델로 활동하고 있는 여자애를 다치게 했다고 생각하니 마사치카는 미안한 마음이 앞섰다.

　(본인은 아무렇지 않아 했지만…… 진짜, 망설임이 없는 애는 무섭다니깐~. 같은 편일 때는 참 믿음직하지만…….)

　방식이 어찌 됐든 간에 그것은 아리사와 마사치카를 이기게 해주려고 한 일이다. 아직 보건실에서 쉬고 있다면, 병문안 선물이라도 가지고 가봐야 마땅하리라.

　참고로 타케시는 태클의 충격으로 낙마하려 하는 사야카를 감싸주다, 그녀의 팔 혹은 등에 안면을 강타당하면서 코피가 났다고 하는 명예로운 부상(?)이었다.

　그리고 그 후에 타케시의 얼굴이 묘하게 벌겠고, 사야카의 태도 또한 미묘하게 어색했는데…… 마사치카는 괜히 언급하지는 않았다. 구체적으로 어떻게 감싸면서 어느 신체 부위가 닿았는지는 확실치 않지만, 괜히 캐묻지는 않았다. 친구끼리의 비하인드 스토리를 듣고 어떤 반응을 보이면 좋을지 감조차 오지 않았다.

(자, 노노아는…….)

활짝 열린 미닫이문을 통해 보건실 안을 쳐다보니, 앞쪽에 있는 침대에 커튼이 쳐져 있었다.

(아, 누가 자고 있나?)

만약 그렇다면 목소리를 내면 안 되겠다고 생각한 마사치카는 조용히 보건실 안으로 들어간 후, 말없이 실내를 둘러봤다. 마침 선생님도 자리를 비운 건지 눈에 보이는 범위에는 사람이 없었다.

(없나……. 그만 돌아간 걸지도 몰라.)

그렇게 생각한 마사치카는 보건실을 나서려다ㅡ.

『진정됐어?』

옆에 있는 커튼 너머에서 흘러나온 남성의 목소리를 듣고, 우뚝 멈춰 섰다.

(잠깐만, 왜……?)

자기가 잘못 들은 거라고 생각한 마사치카가 귀를 기울인 순간…… 들려온 다른 이의 목소리에, 그는 심장이 얼어붙었다.

『응……. 미안해. 갑자기 울음을 터뜨렸네…….』

그것은, 몇 년이 흘러도 결코 잊을 수 없는 목소리다. 한

때는 갈구했고, 한때는 기피한…… 어머니의 목소리다.

그 목소리를 들을 순간, 아까 들은 목소리가…… 아버지의 목소리가 틀림없다고 생각한 마사치카는 더욱 혼란에 빠졌다.

(왜? 어째서?)

머릿속에서 물음표가 소용돌이쳤다. 왜, 이 두 사람이 같이 있는 걸까. 토모히사와 아사에는 거짓말을 한 것일까. 어째서…….

『괜찮아. 이유를 말해줄 수 있겠어?』

『모르겠어……. 유키와 마사치카를 보니, 갑자기…….』

『그래……. 조바심 내지 않아도 돼. 정리하지 않아도 되니까, 천천히 이야기해주지 않겠어?』

그 자리에 못 박힌 듯이 서 있는 마사치카의 귀에 두 사람의 목소리가 스며들었다.

혼란에 빠진 뇌는 그 내용을 이해하지 못했지만…… 그래도 두 사람 사이에 정이 존재한다는 것은 알 수 있었다.

그 사실을 인식한 순간…….

"큭!"

정신을 차리고 보니, 마사치카는 보건실에서 뛰쳐나왔다.

"하아, 헉…… 헉…….."

오랫동안 전력 질주를 한 것처럼 호흡이 거칠어진 마사치카는 복도의 벽을 손으로 짚었다. 시야에 비친 복도의

바닥이 어째선지 흐릿해보였다.

알고 있었다. 저 두 사람이…… 부모님이 이혼한 후에도 때때로 만나고 있다는 것은 말이다. 아버지인 쿄타로는 말하지 않았지만, 그 정도는 안 들어도 알 수 있다. 하지만…….

(왜, 저렇게…… 옛날에는, 더…….)

마사치카의 뇌에 선명하게 새겨져 있는 부모님의 모습은 난처한 표정을 짓고 있는 아버지에게 감정적으로 따지는 어머니의 모습이었다. 하지만…… 방금 커튼 너머에서 들려온 두 사람의 목소리는 그 이전의, 사이가 좋았던 시절의 두 사람 같았다.

(왜, 왜…….)

물음표가 머릿속에서 소용돌이쳤다. 그 소용돌이의 밑바닥으로 점점 빨려 들어갔다.

아직 정이 남아 있었다면…… 서로의 버팀목이 되어줄 생각이 있었다면…… 왜 두 사람은 헤어진 것일까.

대체 무엇을 위해…… 누구를 위해…….

"……!"

갑자기 구역질이 난 마사치카는 손으로 입을 막았다. 그리고 자기도 굽히고 있던 등을 펴더니, 떨리는 폐로 심호흡을 했다.

"……."

가슴 깊은 곳에서 치밀어오르는 것을 삼킨 후, 흐릿해진 시야는 눈을 깜빡이며 원래대로 되돌렸다. 바로 그때……
앞쪽의 모퉁이 너머에서 아야노가 모습을 보였다. 그리고
그녀의 뒤를 이어 뜻밖의 인물이 나타나자 마사치카는 경
악했다.

"……!"

그와 동시에 상대방도 마사치카를 발견한 건지, 앞장을
서던 아야노가 한순간 걸음을 멈췄다. 하지만 등 뒤의 인
물은 걸음을 멈추지 않았고, 아야노는 눈의 깜빡임으로 자
신이 동요했다는 것을 드러내면서도 다시 걸음을 옮겼다.

(어, 째서……)

아야노의 뒤편에서 걷고 있는…… 외가 쪽의 할아버지,
스오우 겐세이를 본 마사치카는 얼이 나갔다.

몇 년 만에 보지만 위엄과 활력으로 가득 찬 그 모습은
변함이 없었고, 자신을 응시하는 냉철한 눈동자 또한 마찬
가지였다. 양복 차림인 것을 보면 일하다 잠시 들른 것 아
니면 일을 마치고 돌아가는 길일까.

그런 생각을 하는 사이에 서로의 거리가 좁혀지더니, 겐
세이는 2미터 정도 떨어진 곳에서 멈춰서서 마사치카를
내려다봤다.

"오랜만이구나."

"……."

일단 상대방이 인사를 건네왔지만, 마사치카는 어떤 말

투로 말하면 좋을지 망설여졌다. 옛날에는 명가의 자제답게 존댓말을 썼지만…… 지금도 존댓말을 쓸 필요가 있을까. 그렇다고 반말을 하려니, 오랜 세월 동안 새겨져 온 상하관계가 훼방을 놓았다.

"뭘, 하러……?"

결국, 마사치카의 입에서 나온 것은 존댓말이라고도, 반말이라고도 할 수 없는 어정쩡한 질문이었다. 그러자 겐세이는 눈을 슬쩍 가늘게 뜨는 것으로 답했다.

저 냉철한 눈동자. 표정 너머까지 꿰뚫어 볼 듯한 시선을 받자, 마사치카는 자신의 모든 것을 간파당한 기분에 사로잡혔다. 그 직후, 말로 형용할 수 없는 수치심과 반발심이 치밀어 올랐다.

"유미가 쓰러졌다는 말을 듣고 데리러 왔을 뿐이다."

하지만 겐세이는 그런 마사치카의 갈등을 개의치 않는다는 듯 그렇게만 말한 후, 마사치카의 옆을 스쳐 지나갔다.

"아무튼, 너와는 상관없는 일이지."

겐세이가 스쳐 지나가면서 던진 그 말에 마사치카의 가슴속에서 반발심이 샘솟았다. 그대로 뒤를 돌아보며 겐세이의 등을 노려봤지만…….

"……!"

어중간하게 벌어진 입에서는 아무 말도 나오지 않았다. 「상관없다」라는 말 한마디에 그 어떤 반론도 못 한 마사치카는 그저 겐세이를 쳐다보기만 할 수밖에 없었다. 그런 마사치카의 얼굴과 겐세이의 등을 번갈아 쳐다보며 아야노는 망설이는 듯한 기색을 보였다.

"……."

그렇게 몇 초 동안 망설인 아야노는 결국 마사치카에게 고개를 숙인 후, 겐세이의 뒤를 쫓았다.

두 사람이 보건실에 들어가는 모습을 별생각 없이 쳐다보는 마사치카의 뇌리에 이대로 있다간 유미와 마주치게 될 거라는 생각이 스쳤다. 그 순간, 마사치카는 빠른 발걸음으로 이 자리를 벗어났다.

"하아……."

건물을 나선 마사치카는 하늘을 올려다봤다. 늦더위가 맹위를 떨치고 있는 가을 하늘을 향해, 가슴속에서 스며 나온 무겁고 긴 한숨을 토했다.

"……."

더는 구역질이 나지 않았다. 그저 「또 도망쳤다」라는 생각만이 가슴속을 가득 채우고 있었다.

"큭……."

구역질이 나는 것도 아닌데 뱉은 그 목소리는 대체 무엇을, 누구를 향한 것일까. 딱히 자각이나 자기분석을 하지 않으며 가볍게 고개를 좌우로 저은 마사치카는 그대로 학생회용 텐트로 향했다.

다른 임원은 아직 식사 중이거나 다른 일을 하는 중인지, 텐트 안에는 아무도 없었다. 하지만 누구와도 이야기할 기분이 아닌 마사치카는 마침 잘됐다고 여기면서 접이식 의자에 털썩 앉았다.

(하아~. 이러고 있다간 또 마샤 씨에게 위로받겠네…….)

문득 그런 생각을 하며…… 몇 초 동안 멍하니 있던 마사치카의 뇌리를 어떤 생각이 섬광처럼 스치고 지나갔다.

(잠깐만, 유키는 어쩌고 있는 거야?!)

거기까지 생각이 미친 마사치카는 이제까지 동생을 잊고 있었던 자기 자신을 향한 강렬한 분노를 느꼈다.

자기 자신을 두들겨 패주고 싶다는 충동에 사로잡히며, 텐트에서 뛰쳐나간 마사치카는 그대로 유키를 찾기 시작했다.

주위의 인파를 둘러보며, 교정 가장자리를 따라 돌아봤다. 그러다 실행위원으로 보이는 학생 몇 명과 이야기를 나누는 유키를 발견한 마사치카는 그녀를 향해 뛰어갔다.

"유키!"

마사치카가 큰 목소리로 부르자, 당사자만이 아니라 주위의 학생까지 그를 돌아봤다. 자신을 향한 주위의 시선에 호기심 어린 감정이 진하게 어려 있다는 것을 눈치챈 마사치카는 움찔했다. 그리고 곧, 그 시선에 담긴 의미를 눈치챘다.

(아, 그래. 우리는…….)

겨우 수십 분 전에 출마전에서 대결했던 대립 후보 관계다. 그런 두 사람이 어떤 대화를 나눌 것인가. 주위의 학생들은 그 점에 주목하고 있는 것이다.

"……."

그 후에 있었던 이런저런 일 때문에 출마전을 까맣게 잊고 있었던 마사치카는 예상치 못한 주위의 주목 탓에 이를 악물었다.

그런 오빠를 배려하는 건지, 유키는 마사치카에게 다가서면서 숙녀다운 미소를 머금은 채 말했다.

"어머, 마사치카 씨. 무슨 일이시죠? 많이 당황하신 것 같군요."

"……."

유키가 남들의 눈길을 의식해서 존댓말로 그렇게 말하자, 마사치카는 뭐라고 말하면 좋을지 생각했고…….

"괜찮은 거야……?"

결국, 그의 입에서 나온 것은 추상적인 질문이었다. 그러자 유키는 고개를 살며시 갸웃거린 후에 답했다.

"아, 출마전 마지막의 그것 말인가요? 괜찮답니다. 아랴 양이 저를 받아주셨으니까요."

마사치카의 질문에 담긴 의미를 모르는 건 아니다. 알면서, 출마전 이야기로 위장해서 「괜찮다」고 답했다. 마사치카는 그 점을 이해했기에 더는 아무 말도 할 수가 없었다.

중등부 때처럼 두 사람의 선거전 페어였다면 마사치카는 다소 억지로라도 유키를 다른 곳으로 데려가서 그녀의 마음을 헤아려줄 수 있을 것이다.

하지만 현재 두 사람은 대립 후보 관계이며, 함부로 행동했다간 괜한 오해나 억측을 살 것이다. 그렇기에 마사치카는 아무 말도 하지 못했다.

"걱정해주셔서 감사해요. 그럼 할 일이 있으니 가볼게요."

"아…… 그래."

그저 멀어져가는 동생의 등을 쳐다볼 수밖에 없다.

주위의 사람들이 자신에게서 눈길을 떼는 것을 느끼면서, 무력감에 사로잡힌 마사치카는 학생회 텐트를 향해 터벅터벅 걸어갔다. 그렇게 고개를 숙인 채 걷고 있는 마사치카의 귀에 익숙한 목소리가 전해졌다.

"마사치카 님."

그 목소리를 듣고 고개를 들어보니, 체육복을 입은 아야노가 곁에 있었다. 아마 겐세이를 배웅한 후에 돌아온 것이리라.

자신을 쳐다보는 소꿉친구의 얼굴을 본 마사치카는 힘없이 웃더니 약간 갈라진 목소리로 말했다.

"미안해, 아야노…… 유키를 부탁할게."

마사치카가 지칠 대로 지친 목소리로 부탁하자, 아야노

는 평소처럼 공손히 인사했다.

"맡겨주십시오."

하지만, 평소와 다르게…… 그녀의 말은 그것으로 끝나지 않았다.

"하지만……."

"응?"

한쪽 눈을 살짝 치켜뜬 마사치카가 의아한 표정을 짓자, 희미하게 시선이 흔들리던 아야노는 마음을 다진 듯한 투로 말했다.

"유키 님께 지금, 가장 필요한 사람은…… 마사치카 님이라고 생각합니다."

"아!"

"실례하겠습니다."

왠지 꾸짖는 듯한 시선을 보내며 아야노가 한 말이, 마사치카의 가슴에 날카롭게 꽂혔다. 얼이 나간 채 멍하니 서 있는 마사치카를 향해 다시 인사를 한 후, 아야노는 그의 옆을 지나치며 걸어갔다.

그녀의 등을 쳐다보지도 못하며 천천히 고개를 숙인 마사치카는 학생회 텐트로 돌아갔다. 그리고 아무도 없는 텐트 안에서 접이식 의자에 앉더니, 찬란한 햇살이 쏟아지는 운동장을 쳐다보며 눈을 가늘게 떴다. 그리고 툭 내뱉듯이 말했다.

"추워……."

◇

시간을 잠시 거슬러 올라가서— 마사치카가 나간 후의
교실 안에서 아리사는 극도의 혼란에 빠져있었다.

(사랑? 내가 사랑? 누구를? 마사치카를?!)

머릿속에서 몇 번째일지 모른 자문자답이 되풀이되고 있
었다.

(아니, 그럴 리가…… 아니, 내가, 말도 안 돼, 사랑을…….)

지리멸렬하게 그 생각을 부정하려 하는 머릿속과 달리
가슴속은 불가사의한 행복으로 가득 찬 채 두방망이질 치
고 있었다. 견디다 못한 아리사는 두 손으로 얼굴을 감싸
더니 힘차게 의자에 앉았다.

(냉정해지는 거야, 쿠죠 아리사! 이상적인 자기 자신을
떠올려 봐!)

그리고 강한 말로 자기 자신을 꾸짖었다.

그렇다. 이상적인 자기 자신…… 완벽하고 싶다. 자기 자
신을 포함해 누구에게도 부끄럽지 않은 삶을 살고 싶다.
인간으로서…… 그리고 여성으로서 말이다.

아리사가 생각하는 이상적인 모습은 크게 두 가지로 나
뉜다.

하나는, 말하자면 철의 여인. 남자를 필요로 하지 않고 자기 혼자서 어엿한 개인으로 완성되는 길. 멋지다. 분명 멋지다.

그리고 다른 하나는…… 말하자면 비익연리의 두 사람. 완벽하고 이상적이며 운명적인 반려자와 만나, 서로만을 유일무이한 파트너로 삼아서 서로의 버팀목이 되어주며 함께 성장하면서 인생을 나아가는 길. 아름답다. 누구나 인정해 마지않는 아름다운 인생이라 할 수 있으리라.

(그래……. 내 인생의 파트너가 될 사람은 완벽하고, 이상적이며, 운명적이어야만 해!)

완벽하고 이상적이라면 당연히 다양한 면에서 자기에게 걸맞은 상대여야만 한다. 즉…….

(얼굴도 잘생겼고, 몸매도 좋으며, 머리도 좋은 데다, 운동 신경도 빼어난…… 게다가 노력도 아끼지 않는 성격에…… 그리고 상냥하고 신사적이면 더할 나위 없겠네.)

자기평가에 따른 기준을 쏟아낸 후, 아리사는 마지막에 자기 소망을 덧붙였다. 실은 외모를 그다지 따지지 않는 만큼 가장 중요한 것은 마지막 소망 부분일 것이다.

그것을 자각하고 있는지는 모르겠지만, 아리사는 다시 냉정하게…… 그렇다. 냉정하게 마사치카를 평가했다. 우선 외모.

"……."

눈을 감고 머릿속으로 마사치카의 모습을 떠올려본 아리사는…… 약간 퉁명한 표정으로 팔짱을 끼더니, 입술을 살짝 내밀며 자신의 머리카락을 만지작거렸다.

(뭐…… 나쁘지는 않으려나? 처음 봤을 때는 멍하게 생긴 얼굴에 인상도 밋밋하다고 생각했지만, 잘 보니 나름…… 꽤, 멋지……거든? 몸매도 나쁘지 않은 편이잖아?)

바다에서 봤던 마사치카의 육체를 떠올린 아리사는 헛기침을 했다. 외모는 합격. 다음은 능력이다.

(머리는…… 좋은 편 아닐까? 적어도 머리 회전 하나는 엄청 빠르고…… 운동신경도 꽤 좋아 보이긴 해. 어라? 생각해보니…….)

마사치카는 의외로 완벽하고 이상적인 게 아닐까? 하고 생각한 순간, 머릿속의 마사치카가 의욕 없는 표정을 지어서 아리사를 짜증 나게 만들었다.

(그래……. 능력이 뛰어나지만 걔는 가장 중요한 열의가 없어!)

한순간이지만 마사치카를 이상적인 상대라고 생각한 것이 수치스러운지, 아리사는 마사치카를 향한 불만을 늘어놓기 시작했다.

(항상 헤실거리며 빈둥빈둥…… 성실함과는 거리가 먼 데다 심술궂고, 항상 잘난 듯이 나를 깔본달까, 나를 어린애 취급해! 칠칠찮고, 머리카락은 항상 엉망인 데다, 이성

의 가슴이나 다리를 힐끔힐끔 쳐다볼 뿐만 아니라, 여러 여자애와 친하게 지낸다니깐! 전혀 신사적이지 않아!!)

머릿속으로 그렇게 외친 아리사는 거친 숨을 내쉬었다. 하지만 곧 쓸쓸한 마음이 치밀어 오르더니, 그와 동시에 가슴 깊은 곳에서 어떤 말이 떠올랐다.

—하지만, 상냥해.

그 마음의 말이 아리사의 뜨거워진 머리를 식혀줬다.

눈을 치켜뜨며 책상 위를 보니 거기에는 손수건에 쌓인 페트병이 놓여 있었다. 그것이 바로 마사치카가 상냥하다는 증거다.

(그래……. 마사치카는 항상 상냥했어.)

학생회 페어가 되기 전에도, 된 후에도 마사치카는 항상 아리사를 상냥히 대했다.

그것을 떠올리기만 해도 가슴속이 상냥한 온기로 가득 찬 아리사는 왠지 눈물 어린 미소를 지으려다…… 퍼뜩 정신을 차리더니 고개를 절레절레 저었다.

"아냐……. 그것만으로는 안 돼……. 그것만으로 인생의 파트너를 정할 순 없어……."

어금니를 꼭 깨문 아리사는 작은 목소리로 자기 자신을 향해 그렇게 말했다.

그렇다. 그것만이 아니다. 완벽하고, 이상적이며, 또한 운명적이어야만 한다. 운명적이라는 건…… 처음 만난 순간, 두 사람의 미래를 예감하는 느낌이다. 그렇게 강한 인연이 느껴지는 상대가 아니면 안 된다. 그 점을 고려하며 마사치카와의 첫 만남을 떠올려 보니…….

(자고 있었어…….)

옆자리의 책상에 엎드려서 자고 있던 마사치카를 떠올린 아리사는 김샌 듯한 표정을 지었다. 충격이나 낭만은 눈곱만큼도 느껴지지 않았다. 연애 드라마로서는 빵점인 만남이었다.

(역시 안 돼. 전혀 운명이 느껴지지 않는걸—.)

등 뒤로 머리카락을 쓸어 넘긴 아리사는 깔보는 듯한 웃음을 흘렸다. 하지만 또 쓸쓸한 마음이 치밀어 오르더니 마음이 이렇게 속삭였다.

—하지만, 손을 내밀어줬어.

『잔말 말고 내 손을 잡아! 아랴!』

생각해보니, 그게 계기였다. 그 후로 두 사람은 쭉 파트너로서 함께 걸어왔다. 이것은 일종의 운명이라고 할 수 있지 않을까…….

(아, 아냐! 그게 운명이라면…… 만약 사귄다면, 결혼해야만 하는 거잖아?!)

아리사에게 있어, 장래를 약속하지 않는 교제는 장난질이나 다름없다. 그런 것은 아리사가 이상적으로 여기는 숙녀가 할 행동이 아니다.

만약 자신이 누군가와 교제를 한다면, 그때는 당연히 결혼을 전제로 한 교제여야 하며…….

(결혼할 수 있겠어?! 마사치카^{그런 애}와 말이야!!)

자신의 열정에 찬물을 끼얹듯이, 일부러 강한 어조로 자기 자신에게 물었다.

그렇다. 지금은 다소 나아졌지만, 마사치카는 원래 나태하고 매사를 귀찮게 여기는 남자다. 그런 남자와 결혼한다면, 분명 매일 스트레스를 받으며 짜증을 팍팍 낼 것이다. 게을러서 매일 아침 제대로 일어나지도 않을 테니, 아리사가 아침마다 깨워줘야 할 것이다. 그리고 장난기 많은 그 남자라면 히죽거리면서 「굿모닝 키스 안 해주니 일어날 마음이 안 드네」 같은 헛소리를 늘어놓을 게 틀림없다. 음, 나쁘지 않네.

(나쁘거든?!)

자기 생각에 셀프 태클을 건 아리사는 의자 위에서 몸을 배배 꼬았다.

"하아아아~, 정말!"

아리사는 부정과 긍정을 오가며 같은 자리에서 맴도는 생각을 잠시 멈추기로 했다. 그렇게 머릿속을 리셋한 후에 다시 의자에 깊이 눌러앉자, 깨끗해진 뇌에 자조적인 생각이 떠올랐다.

(나, 지금 뭐 하는 거야…….)

어처구니없다. 솔직해지지 못한 채, 필사적으로 자기 연심을 부정하고, 마사치카는 이상적인 상대가 아니라며 되뇌고 있다. 그러면서도 마사치카가 이상적인 상대가 아니란 생각을 받아들이지 못해서, 그것을 또 자기가 부정하고 있는 것이다.

혼자 난리를 피우고 있다. 변명을 늘어놓으면 놓을수록……자기가 마사치카에게 끌리고 있다는 사실이 인정하는 꼴인데 말이다.

이상적인 사람이 아니다? 운명적이지 않다? 그래서 어떻다는 거냐. 그런 하찮은 구실로 부정할 수 있을 만큼, 이 마음은 가볍지 않다.

『하찮은 구실? 쭉 이상적인 자신을 추구해 왔으면서, 그런 삶을 하찮다며 부정하는 거야?』

머릿속에서, 자신의 냉정한 부분이 그렇게 말했다.

『첫사랑에 빠져서 뇌가 푹 익어버리기라도 했어? 앞으로의 인생에서 더 이상적인 상대를 발견할 가능성도 있잖아. 접해본 남자라고는 겨우 몇 명밖에 안 되는데, 벌써 인생의 파트너를 정하려는 거야? 제정신이 아니구나.』

이 목소리가 하는 말은, 분명 옳다. 지극히 타당한 말을 하고 있다고, 지금의 자신도 알고 있다. 제정신이 아니라고 말한다면, 그 말이 옳을 것이다. 사랑에 미쳤다고 한다면, 그 말이 옳을지도 모른다.

하지만, **그래도 괜찮다**고 생각하고 말았다.

"(정말, 제정신이 아니네.)"

아리사는 이제까지, 변변찮은 남자와 사귄 것을 후회하는 여성을 볼 때마다 그들을 무시했다. 제대로 된 상대를 고르지 않았으면서 뭘 후회하는 것이냐, 변변찮은 남자라는 건 사귀기 전에 알 수 있었을 텐데, 하면서 말이다. 하지만, 아아, 그건 잘못된 생각이었다. 사랑을 모르는 사람의 헛소리였다.

어쩔 수가 없는 것이다. 한 번 진심으로 누군가를 사랑하게 되면 상대의 결점이 보이더라도 눈을 감고 마는 것이다.

"좋아해……."

작게 속삭였다. 신중하게, 소중하게, 확인하듯 속삭였다.

"나는, 마사치카를 좋아해……."

감정을 담아 입에 담은 말이 자신의 귀를 통해 뇌에 스며들었다. 그것만으로, 마음이 행복으로 가득 찼다. 부끄러우면서 기쁜 나머지 바닥을 굴러다니고 싶은 듯한, 춤이라도 덩실덩실 추고 싶은 듯한 그런 들떴다는 말로 표현할 수밖에 없는 감정이 온몸에 휘몰아쳤다.

"우후후♡"

자연적으로 히죽거리는 볼을 양손으로 억누른 아리사는 의자 위에서 두 발을 버둥거렸다. 아아, 이런 감정에 어떻게 저항할 수 있을까. 이 행복함 앞에서는 논리도, 이성도,

전부 무력했다. 그런 것으로 이 연심을 부정하다니, 상상만 해도 슬펐다.

바로 그때였다.

『점심 휴식 시간에 잠시 실례하겠습니다. 스마트폰을 분실하신 분을 찾고 있습니다. 빨간색 고양이 스트랩이 달린—.』

갑자기 안내 방송이 들려오자, 아리사는 등받이에서 몸을 떼면서 교실에 비치된 시계를 쳐다봤다.

"어, 벌써 시간이 이렇게 됐어?!"

대체 얼마나 오랫동안 여기에 있었던 것일까. 빨리 밥을 먹지 않는다면 오후 경기에 늦고 만다.

"이럴 때가 아냐……!"

다급히 교실을 나서려던 아리사는 유리창에 비친 자신의 얼굴을 문뜩 쳐다봤다.

"……."

찰싹 소리가 나게 자기 볼을 한 번 때린 아리사는 표정을 굳혔다. 아직도 가슴속은 들뜬 마음으로 가득 차 있었다. 하지만 그것을 겉으로 드러냈다간, 언니와 어머니가 캐물을 게 뻔했다.

"좋아, 됐어."

다시 한번 진지한 표정을 지어본 후, 아리사는 다시 교정으로 향했다. 그리고 늦게 온 아리사를 걱정하는 언니와 부모님의 질문에 대충 대꾸하면서, 점심시간이 끝나기 직전에야 겨우겨우 식사를 마쳤다.

"그럼 아랴, 나는 저쪽에서 도울 일이 있으니까 이만 가 볼게."

"나도 같이 갈까?"

"아냐. 괜찮아~. 마음만 받을게~."

부드러운 미소를 지으며 고개를 좌우로 젓는 언니와 헤어진 후, 아리사는 혼자서 학생회용 텐트로 향했다. 그리고 텐트 안에 혼자 있는 마사치카를 보자…… 두근, 하며 심장이 크게 뛰었다.

일단 억눌러뒀던 행복함이 다시 가슴 깊은 곳에서 샘솟아 나오자, 아리사는 미간에 힘을 주며 표정을 굳혔다. 그리고, 태연한 척하며 텐트 안에 들어갔다.

"수고 많네."

"그래……. 이제, 괜찮아?"

마사치카가 그렇게 묻자, 아리사는 한순간 그 말이 무슨 뜻인지 이해하지 못했다. 한동안 멍하니 서서 머리를 굴린 후에야, 출마전 패배 이야기를 한다는 것을 눈치챘다.

"으, 응. 이제 괜찮아. 걱정 끼쳐서 미안해."

"신경 쓰지 마."

마사치카는 가벼운 어조로 그렇게 말한 후, 어깨를 으쓱했다. 마사치카의 그런 사소한 상냥함을 느낀 아리사는 너무나도 기뻤다. 무심코 미소를 지을 뻔한 그녀는 표정을 감추려는 듯 서둘러 접이식 의자에 앉았다.

"으음, 마사치카는 오후 경기 중에서 뭐에 나가?"

"나는 댄스 때까지는 딱히 없어. 아랴도 마찬가지지?"

"응."

평소와 다름없는 소소한 대화. 아리사는 그것조차 즐겁다고 느끼며, 마사치카를 향해 미소 지었다.

"그러고 보니—."

그리고, 그제야 마사치카가 어딘가 이상하다는 점을 눈치챘다. 평소와 다름없어 보이는 표정은 어딘가 공허했고, 그 눈동자는 어딘가를 가만히 응시하고 있었다.

"어?"

그 시선을 따라간 아리사가…… 한 인물을 발견한 순간, 그녀는 찬물을 뒤집어쓴 듯한 기분이 들었다.

(유키, 양…….)

그곳에는 실행위원과 이야기를 나누고 있는 유키가 있었다.

그 모습을 조용히 응시하는 마사치카의 눈빛은 매우 복잡해 보였다. ……좋아하는 사람이, 자신과 같은 마음일 거란 보장은 없다. 그런 당연한 현실이 아리사의 가슴에 날카롭게 새겨졌다.

(아…….)

그 순간, 누군가를 생각하며 피아노를 치는 마사치카의

모습이 뇌리에 떠올랐다. 가슴속에서 쉴 새 없이 샘솟아 나오던 행복함이 순식간에 얼어붙었다.

(어, 안 돼. 울면―.)

느닷없이 감정의 격렬한 파도에 휩쓸린 바람에 아무런 준비도 되어 있지 않던 마음의 방파제가 순식간에 무너지려 했다. 강렬한 위기감에 휩싸인 아리사는 서둘러 자리에서 일어났다.

"다, 다른 사람을 도우러 갈게……."

감정을 억누르며 겨우겨우 그렇게 말한 아리사는 바로 뒤돌아섰다.

"응? 그래……."

마사치카는 의아한 반응을 보였지만, 아리사를 불러 세우거나 쫓아가지는 않았다.

그 바람에 또 감정이 격해진 아리사는 빠른 발걸음으로 그 자리를 벗어났다.

"뭐야? 대체 뭔데……."

아까까지만 해도 그렇게 행복했고 기뻤으며 즐거웠다. 하지만 지금은 이 세상 전체가 미웠다.

"대체, 뭐야……?"

아리사는 입술을 깨물고, 마사치카가 조용히 유키를 응시하는 가운데……. 그런 두 사람을 헤아려주지 않는 것처럼, 오후 파트의 시작을 알리는 안내 방송이 울려 퍼졌다.

제 2 화 거짓말

"마사치카의 멋진 활약을 그다지 봐주지 못해서 미안한걸."

"아니, 그건 괜찮은데……."

운동회를 무사히 마치고 자택으로 돌아온 마사치카는 오랜만에 얼굴을 마주한 아버지, 쿄타로와 함께 저녁을 먹고 있었다.

미안해하는 아버지를 보며 어깨를 으쓱한 마사치카는 저녁 식사를 내려다봤다.

"그것보다 나는 저녁이 영국 귀국 선물인 피시앤칩스인 점에 태클을 걸고 싶거든?"

"왜? 맛없어?"

"맛을 떠나서 만든 지 오래되어서 감자가 흐물흐물하고, 생선튀김도 기름에 절여졌어."

"그래서 더 좋지 않니?"

"이해가 안 돼……."

아버지의 선물 고르는 센스가 별로인 건 어제오늘 일이 아니지만, 그 점은 식료품 쪽에서 현저하게 드러났다. 예전부터 해외의 그 어떤 요리도 비교적 맛있게 먹는다고 들기는 했지만…… 아버지는 미각의 허용범위가 넓은 게 아니라 그냥 혀가 제구실을 못 하는 게 아닐까, 하고 마사치카는 전부터 의심했다.

(전자레인지가 아니라 오븐으로 데울 걸 그랬나…….)

절반으로 줄어든 피시앤칩스를 쳐다본 마사치카는 뒤늦게 그런 후회를 했다. 그런 아들의 신통치 않은 표정을 본 쿄타로는 풀이 죽었다.

"일본에서는 영국 요리가 맛없다고 여겨지지만, 그렇지 않거든……. 마사치카가 본고장의 맛을 느껴줬으면 했어."

"이걸 본고장의 맛이란 말을 영국인이 들으면 아마 발끈할걸?"

어째서 시간이 지나도 맛이 나빠지지 않는 요리를 고르지 않은 것일까…… 하고 불평을 하면서도, 마사치카는 아버지가 준비한 선물이기에 다 먹었다. 그리고 영국산 홍차로 입안의 기름을 씻어낸 후에 한숨 돌렸다.

"응. 이쪽은 확실히 맛있네."

웬일로 꽝이 아닌 선물이었기에 마사치카가 만족한 투로 그렇게 말하자, 쿄타로도 홍차의 향기를 즐기며 말했다.

"듣자 하니 왕실에도 납품되는 찻잎이라더구나."

"흐음? 엄청나네."

그런 정보를 듣고 귀중한 차라는 것을 실감한 마사치카는 찻잔에 코를 가져가서 향기를 맡았다. 그러다 보니, 홍

차를 좋아했던 어머니가 생각났다.

(……그쪽에도, 같은 선물을 줬으려나.)

보건실에서 들었던 두 사람의 대화를 떠올린 마사치카는 문득 그런 생각을 했다. 그리고 평소처럼 그런 생각을 관두려…… 마사치카는 마음을 바꿨다.

"—니는……."

"응?"

"……어머니는, 괜찮아?"

마사치카가 머뭇거리며 그렇게 말하자, 일부러 그 화제를 꺼내지 않은 듯한 쿄타로는 눈을 살짝 치켜떴다. 그리고 눈을 약간 내리깔면서 찻잔을 조용히 응시하는 마사치카에게 상냥한 미소를 지어 보이며 말했다.

"그래. 갑자기 컨디션을 조금 해쳤을 뿐이었거든."

"……."

거짓말이다. 그때 그 모습은 컨디션을 조금 해친 수준이 아니었다.

하지만 캐물어봤자 쿄타로는 대답해주지 않을 것이다. 게다가 마사치카 또한, 이대로 어머니의 이야기를 하는 건 힘들었다.

하지만…… 그래도, 꼭 묻고 싶은 게 있었다.

"……아버지는 말이야."

"응?"

"어머니를…… 아직 사랑해?"

마사치카가 그렇게 묻자, 쿄타로는 안경 너머의 눈을 치켜뜬 후에 살며시 웃었다.

"그래. 지금도 사랑한단다……."

"……!"

마사치카는 그 대답을 듣고 숨을 삼켰다. 보건실에서 두 사람의 대화를 들은 후, 쭉 가슴속에서 어떤 생각이 맴돌았다. 역시, 두 사람이 헤어진 원인은—.

"하지만 말이지……. 우리에게는 거리와 시간이 필요했어."

마사치카의 마음속에서 확신으로 변하려 하던 생각을 쿄타로는 전부 꿰뚫어 보고 있는 것처럼 부정했다.

그리고 고개를 든 마사치카의 눈을 상냥히 응시하며 타이르는 투로 말했다.

"나는…… 유미의 버팀목이 되어주지 못했어. 그대로 같이 있었다간 유미를 상처 입힐 거라고 생각했지. 그래서 우리는 헤어지기로 한 거야."

어디까지나 원인은 자신에게 있다고, 쿄타로는 상냥하면서도 슬픈 표정으로 말했다.

(이것도, 거짓말이야.)

직감적으로 그렇게 생각했다. 마사치카는 부모님이 이혼한 원인 중 일부가 자기에게 있다고 생각했다. 하지만……
하지만, 쿄타로가 그렇게 단언하지 않은 덕분에 마음이 가벼워진 것은 사실이었다. 그래서…….

"……그렇, 구나."

마사치카도 작게 미소 지으며 고개를 끄덕였다. 거짓말이라는 것을 알면서도 말이다. 아버지의 상냥한 거짓말을 눈치 못 챈 척하면서 웃었다. 그런 아들의 거짓말에 아버지 또한 미소로 답했다.

상냥하면서도 슬픈 미소를 서로에게 짓는 이 두 사람은 닮은꼴 부자지간이었다.

다음 날. 아버지와 아들이 늦은 아침을 먹고 있는 집 안의 거실에서는, 어제 일을 질질 끌고 있는 듯한 가라앉은 분위기가 감돌고 있었다.

마사치카는 뭔가를 생각하며 묵묵히 식사했고, 쿄타로는 그런 아들을 온화한 눈길로 응시했다. 두 사람 다 별말 없었기에, 식기가 달그락거리는 소리만 울려 퍼지고 있는 이 집에…… 갑자기 철컹하며 현관문이 열리는 소리가 전해졌다. 그리고 복도를 달리는 소리가 이어서 들려오더니, 현관과 이어진 문이 힘차게 열렸다.

"헤이! 내가 왔다고, 사랑하는 오라버니~! 그리고…… 사랑하는 마이 파더~!"

아침 식사 중인 부자지간에게, 포니테일을 휘날리며 그렇게 활기찬 인사를 건넨 이는 바로 유키였다. 아침부터 기운 넘치는 딸을 보고 당황한 듯 몸을 살짝 젖힌 쿄타로는 의자에서 일어나더니, 연극배우 같은 몸놀림으로 두 팔을 펼쳤다.

"오오, 사랑하는 내 마이 도터~."

"헤~이!"

자기 장난을 받아준 아버지에게 그대로 달려간 유키는 태클을 하는 듯한 기세로 열렬하게 껴안았다. 그런 딸을 아무렇지 않게 받아준 쿄타로 또한 유키를 상냥히 안아줬다. 그리고 포옹을 푼 두 사람은 어찌 된 건지 동시에 마사치카를 쳐다봤다.

"왜……? 아직 식사 중이거든?"

"나와 식사 중에 뭐가 더 중요한데?!"

"지금은 식사려나~."

"그럼 그걸 확 없애버리면 내가 가장 소중하겠네?"

"얀데레 같은 발상 집어치워."

"그러지 말고 좀 받아주는 게 어떠니, 마이 선~."

"아침부터 과하네."

아버지에게 그렇게 대꾸한 마사치카는 한숨을 내쉬면서 자리에서 일어나더니, 두 팔을 벌렸다.

"헤~이!"

유키는 기다렸다는 듯 그런 오빠를 향해 뛰어가더니 힘껏 점프했다. 그리고 두 팔과 다리로 오빠를 꼭 끌어안았…… 아니, 매달렸다.

"그래그래."

쓴웃음을 머금으면서 그런 동생의 등을 쓰다듬어준 마사치카는 그대로 의자에 앉았다. 그리고 여동생이 매달린 상태에서 아무렇지 않게 식사를 시작했다.

"유키, 머리카락이 방해돼. 옆으로 좀 비켜."

"오케이~."

오빠의 말에 따라, 유키는 마사치카의 다리 위에서 능숙하게 몸을 돌리더니, 마사치카의 허벅지 위에 두 다리를 얹으면서 옆에서 포옹하는 자세를 취했다. 그리고 먹다 만 토스트를 향해 손을 뻗더니, 그것을 오빠의 입가로 가져갔다.

"자, 아~."

"아~."

"그렇게까지 하라곤 말 안 했거든?!"

보다 못한 쿄타로가 태클을 걸자, 남매는 동시에 의아한 눈길로 그를 쳐다봤다.

"아니, 왜 그런 눈으로 쳐다보는 건데? 그리고 유키! 나와 마사치카를 대하는 태도가 너무 차이 나는 것 아니니?"

아버지가 쓸쓸한 표정으로 그렇게 말하자, 유키는 아무렇지 않은 표정으로 대답했다.

"파더, 그건 순수한 호감도 차이야."

"순수한 눈길로 무슨 그런 잔혹한 소리를 하는 거야……."

"아빠에게 아~ 이벤트를 진행하기엔 호감도가 좀……."

"너무 괴로워……."

쿄타로는 풀이 죽은 것처럼 고개를 푹 숙였다. 그 모습을 보고 죄책감을 느낀 듯한 유키는 눈을 살짝 내리깔면서 마사치카의 무릎에서 내려오더니, 위로하듯 아버지의 어깨에 손을 얹었다.

"뭐~. 매일 바쁘게 일하느라 딸과 함께 시간을 못 보내는 아빠를 위해, 빠르게 이벤트를 보는 방법을 준비했어."

"그게 뭐니?"

구원받은 듯한 표정으로 고개를 든 쿄타로를 상냥히 응시하며, 유키는 엄지와 검지로 동그라미를 만들었다.

"과, 금♡"

"소셜 게임 형식으로 사회인한테서 돈 뜯으려고 하지 마."

"……!"

"지갑 찾지 마! 돈으로 호감도를 사봤자 허무할 뿐이라고!"

"돈으로 호감도를 사봤자 허무할 뿐……? 룸살롱을 못 끊는 이 세상의 회사원들에게도 같은 말 할 수 있어?"

"할 수 있어. 아니, 그런 사람들에게 꼭 말해주고 싶다고."

"아~ 아~ 현재 아~ 픽업 이벤트 진행 중입니다. 아~ 확률은 3퍼센트이며, 10회 픽업에 1만 엔. 100회 돌리시면

원하시는 아~ 이벤트를 확정적으로 받으실 수 있습니다."

"1회 천 엔에 10만 엔 천장이라니, 악랄 그 자체네. 그리고 100회로 확정인 거면 확률이 좀 이상하지 않아?"

"그게, 같은 아~ 이벤트라도 색상이 다섯 가지거든."

"색상이 뭔데?"

"속성."

"속성?"

"파란색이면 쿨한 아~, 빨간색이면 정열적인 아~, 녹색이면 힐링 느낌의 아~, 노란색은 날카로운 츤데레 느낌의 아~, 핑크색은…… 감이 오지~?"

"감이 오긴 무슨. 대체 뭔데?"

"그건 아무리 오빠라도, 뽑아서 직접 확인해보라고 말할 수밖에 없달까……."

"오빠한테서도 돈을 뜯어내려는 거냐. 그런데 그 이벤트는 어떻게 할 수 있는데?"

"내 입으로."

"아예 대놓고 부정행위를 하려는 거냐."

"일단 10회만 부탁드립니다."

"방금 그 말을 듣고도 돌리려고 하지 마!"

쿄타로가 1만 엔 지폐를 내밀자, 마사치카는 전력을 다해 태클을 걸었다.

갑자기 거실이 시끌벅적해졌다. 그 한복판에서, 유키는

진심으로 즐거워하는 듯 웃었다.

◇

"그럼 가자."

아침 식사를 마친 후. 오빠가 설거지를 마칠 때까지 기다린 유키가 마치 드라이브라도 가자는 듯 선글라스를 쓴 채 엄지를 치켜들자, 따로 아무 말도 못 들었던 마사치카는 눈만 깜빡거렸다.

"가자니, 어딜 말이야?"

"그야 물론, 아랴 양의 생일 파티에 대비해 쇼핑하러 가자는 거야."

"아, 정식으로 초대를 받았구나."

어제 다른 멤버도 초대했다고 생각한 마사치카는 고개를 끄덕이다 갑자기 고개를 갸웃거렸다.

"하지만, 나는 뭘 살지 이미 정해뒀는데……."

"그것도 체크할 겸 가자는 거야~. 오빠한테만 맡겨뒀다간, 이상한 걸 살지도 모르잖아."

여동생에게 대놓고 센스를 의심받은 마사치카는 입술을 삐죽 내밀었다.

"너무하네……. 이래 봬도 고민 끝에 고른 거라고."

"흐음? 참고삼아 묻겠는데, 뭘 선물할 생각이야?"

유키가 마치 「일단 들어는 줄게」라는 듯한 표정을 짓자, 마사치카는 자신만만한 목소리로 대답했다.

"직접 만든 물건이면 마음이 담겨 있는 느낌이 드니까……수제 하바리움을 선물할 생각이야."

그것은 아리사에게 줄 생일 선물을 고민하던 와중에 인터넷에서 발견한 것이다. 유리병 안에 꽃을 넣고, 오일로 적셔서 보존하는 인테리어 소품이다.

검색으로 나온 사진을 보고, 그 아름다움과 세련됨에 「이거라면 여성에게 주는 선물치고는 꽤 센스 있겠는걸」하고 생각했다. 쿄타로도 같은 생각인지, 마사치카의 말을 듣고 감탄한 듯 고개를 끄덕였다.

"흐음, 괜찮겠는걸?"

"그렇지?"

아버지가 동의하자, 마사치카는 의기양양하게 고개를 들며 그렇게 말했다. 하지만…….

"아니…… 솔직히 미묘해."

유키가 인정사정없이 찬물을 끼얹자, 마사치카와 쿄타로는 그녀를 쳐다봤다.

"……어디가 문제인데? 꽃다발만큼 부담스럽지도 않고, 물을 안 줘도 된다고. 괜찮지 않아?"

마사치카가 반항적인 말투로 그렇게 말했지만, 유키의 표정은 여전히 어두웠다.

"아니, 하바리움은 분류상으로 보면 인테리어 쪽이잖아? 방의 분위기에 어울리는지가 중요하니까…… 오빠, 아랴 양의 방이 어떤 느낌인지 알아?"

마사치카는 유키의 지적을 듣고 말문이 막혔다. 바로 그때, 유키는 인정사정없이 추격타를 날렸다.

"그리고 꽃꽂이도 방의 인테리어와 꽃을 두는 장소에 따라서 재료와 화분이 달라지잖아. 왜 거기까지 생각이 미치지 않은 건데?"

"……."

"애초에, 아빠가 동의한 시점에서 꽝인 걸 눈치채야 하는 거 아냐?"

"그건 그래."

"너무한 거 아니니?"

갑자기 무시당한 쿄타로는 화들짝 놀라며 항의했다.

하지만, 아이들의 시선은 차가웠다.

"아버지가 얼마나 센스 없는지는 어제도 통감했으니까……."

"화려한 걸 좋아하는 할아버지와 할머니도 문제지만~, 아빠는 단순히 센스가 없잖아~."

"뭐……."

쿄타로가 고개를 푹 숙인 가운데, 유키는 마사치카의 팔을 끌어안았다.

"그러니 센스 없는 파더~는 두고, 같이 쇼핑 가자~. 응~?"

"오랜만에 돌아온 아버지에게, 가족 서비스를 시켜주지 않겠니……?"

"이번에는 한동안 일본에 있을 거잖아~? 오늘은 그냥—."

거기까지 말한 유키는 갑자기 입을 다물더니, 바지 호주머니를 만져본 후에 방긋 미소 지었다.

"그렇게 생각했지만…… 아빠~, 부탁 하나만 해도 돼~?"

"응? 뭐니?"

그리고 표정이 환해진 쿄타로를 향해, 유키는 귀엽게 고개를 까딱거리며 말했다.

"지갑, 집에 두고 왔어♡ 가져다줄래?"

쿄타로의 미소에 금이 갔다.

"자, 쇼핑몰에 도착~."

"진짜로 아버지를 부려 먹을 줄이야……."

마사치카와 유키만 내려준 후에 유키의 집으로 향하는 아버지의 차를 쳐다보며, 마사치카는 말로 형용할 수 없는 표정을 지었다. 그리고 문득, 아야노에게 가지고 오게 하면 된다는 데 생각이 미친 마사치카는 유키에게 물었다.

"그런데…… 오늘, 아야노는 어디 갔어?"

"응? 아, 오늘은 볼일이 있나 봐."

"그렇, 구나……."

마사치카는 그 대답을 듣고 조금 안도했다. 그도 그럴 것이, 운동회 때 아야노에게 따끔한 말을 들은 후로 만나지 못했던 것이다. 마사치카로서는 그녀의 얼굴을 마주하는 게 좀 부담스러웠다.

바로 그때, 멋쩍은 듯 입가에 주먹을 댄 유키가 일부러 몸을 배배 꼬았다.

"그, 그러니까…… 오늘은 오빠와 단둘이네?"

"그 옷차림으로 그래 봤자 효과는 절반 이하로 떨어지거든?"

높은 위치에서 묶은 트윈테일과 베레모, 그리고 커다란 선글라스로 눈매를 감춘 예의 변장 스타일을 한 유키를, 마사치카는 흘겨봤다. 아마 고개를 비스듬히 숙인 채 시선만 돌려서 자신을 힐끔힐끔 쳐다보고 있겠지만, 선글라스로 눈을 가린 탓에 수상한 사람처럼 보일 뿐이었다.

"큭, 내 필살의 올려다보기가 안 통한다고……?! 아니, 내 완벽한 변장에 이런 단점이 있다니……!"

"설령 정통으로 맞더라도, 나한테는 너의 올려다보기가 안 통하거든?"

"어쩔 수 없지! 이렇게 되면 몸으로 유혹할 수밖에 없어!!"

"인마, 말 좀 가려서 해."

폴짝 뛰면서 마사치카의 팔을 끌어안은 유키가 몸을 비벼대기 시작했다. 그리고 평소보다 톤이 높은 달콤한 목소리로 말하면서, 길 양옆에 줄지어 있는 가게 중 하나를 손가락으로 가리켰다.

"저~기~, 오빠~. 나~, 붕어빵 먹고 싶어~."

"아니, 그런 건 자기 돈으로 사 먹어."

"지갑이 없단 말이야, 이 바보야."

"참, 그랬지요! 잠깐, 바보?"

"아, 좋은 의미에서 바보란 말이야~."

"그렇게 말하면 마이너스를 플러스로 바꿀 수 있다고 생각하지 말라고."

"만담에서 나오는 바보란 의미야."

"그렇게 치면 나는 태클 담당이라고, 이 바보야."

"네, 제가 바보 담당입니다~."

그런 이야기를 나누면서 「뭐, 붕어빵 정도라면야」 하고 생각한 마사치카는 유키를 팔에 대롱대롱 단 채 가게로 향했다.

"그런데, 뭐로 할래?"

"나는 커스터드!"

"그래. 저기요. 팥이랑 커스터드 맛을 하나씩 부탁해요."

"감사합니다. 팥과 커스터드라고 하셨죠? 자, 360엔 되겠습니다."

"으음…… 510엔 드릴게요."

"네. 잔돈 150엔 여기 있습니다."

점원 누님에게 계산을 마치자, 누님의 옆에 있던 아주머니 점원이 보온기에 들어있던 붕어빵을 종이봉투에 담아서 유키에게 웃는 얼굴로 내밀었다.

"남매끼리 쇼핑하러 왔니? 사이가 좋구나~."

"응!"

"어머나, 참 환한 미소네."

활기차게 대답하는 유키를 본 아주머니 점원은 웃음을 흘리더니, 붕어빵 두 개와 함께 조그마한 만주 두 개를 비닐봉지에 담아서 줬다.

"자, 덤이란다."

"아, 괜찮습─."

"고마워!"

사양하려고 하는 마사치카의 말을 막듯이 큰 목소리로 그렇게 말한 유키는 그 비닐봉지를 넘겨받았다. 그리고 마사치카의 손을 잡아끌더니, 점원에게 손을 흔들면서 가게 앞에서 벗어났다. 유키의 순진무구한 행동을 본 점원들은 다들 미소를 머금으며 손을 흔들었다.

그리고 붕어빵 가게 점원들에게 보이지 않는 곳까지 이동하자, 마사치카는 정색하며 말했다.

"저 사람들, 너를 초등학생이라고 생각했을걸?"

"훗, 이게 이 변장의 장점⋯⋯."

"사기잖아."

"밝고 활기차게 행동했을 뿐인데, 사기라는 말은 좀 심하지 않아?"

유키는 태연자약한 표정으로 비닐봉지에서 만주를 꺼내더니, 한 입 깨물었다.

"으음, 맛있어. 역시 붕어빵 가게에서 파는 만주는 맛있다니깐~."

"흐음~?"

유키가 내민 비닐봉지에서 만주를 꺼낸 마사치카도 한 입 깨물었다. 그러자 얇고 부드러운 피가 찢어지면서, 안에 가득 들어있던 앙금의 적당한 단맛이 입안 전체에 퍼져 나갔다.

"정말이네. 맛있는걸."

"그렇지~? 이러니 붕어빵도 맛이 궁금하네⋯⋯."

"내 것도 맛보고 싶은 거지? 괜찮긴 한데, 어디까지나 교환이야."

"와아~."

어린애처럼 환성을 지른 유키는 붕어빵을 꺼내더니, 머리 부분을 조심조심 깨물었다.

"우왓, 아뜨뜨, 어, 그래도 마시써~."

"천천히 먹어~."

일단 주변 사람들에게 방해되지 않는 위치에 멈춰 선 두 사람은 붕어빵을 먹었다. 그러면서 별생각 없이 주위를 둘러보던 유키가 불쑥 입을 열었다.

　"그러고 보니, 아까부터 마스크를 한 사람이 많네~."

　"아, 텔레비전에서 독감이 유행한다고 했거든. 그래서 아닐까?"

　"아~, 그럴 것 같네……. 그럼 나도 선글라스가 아니라 마스크를 하는 편이 나았던 거 아냐? 마스크와 선글라스, 둘 다 변장에 딱이잖아."

　"으음~, 그 둘 중에서는 역시 선글라스가 낫지 않을까? 눈을 가리면 인상이 꽤 바뀌거든. 에레나 선배도 눈이 드러난 바람에 정체가 들통났잖아."

　"그 마스크 이야기하는 거야? 섹시 가면이었지? 에이~, 그건 들통나는 게 당연하잖아."

　"눈가만 숨기면 들키지 않는다는 건 클리셰인데 말이지."

　"점의 위치로 정체가 들통나는 데까지가 클리셰거든?"

　"으음, 그건 만화 이야기 아니지? 그걸로 태클 걸진 않을 거야."

　"……."

　"손등으로 눈가를 숨기지 마!"

　그런 대화를 주고받으면서 붕어빵을 다 먹은 후, 유키는 마사치카를 올려다보며 물었다.

"그런데, 아랴 양에게 뭘 선물할 거야?"

"으음…… 뭐, 적당히 둘러보면서 정할까 해."

자신만만하게 내놓은 하바리움이 퇴짜를 맞은 마사치카는 쓴웃음을 머금으며 그렇게 말했다. 그러자 유키는 질렸다는 듯 어깨를 으쓱했다.

"정말…… 이럴 때야말로 평소의 신사다움이 드러나는 법이라고, 이 오라버니야. 평소에 은근슬쩍 가까운 여성들이 가지고 싶어 하는 것과 필요로 하는 것을 파악해두지 않으니까, 이런 사태가 벌어지는 거야."

"……그러는 넌 뭘 선물할 건데?"

"나? 아랴 양의 스마트폰 보호 필름이 꽤 낡아 보였거든. 그래서 유리로 된 고급 필름을 선물할 생각이야."

"……"

마사치카는 그 뜻밖의 내용을 듣고 미간을 찌푸렸다.

여자애가 여자애에게 주는 선물치고는 귀여움이나 세련됨이 부족하지만, 꽤 괜찮은 선택지다.

스마트폰은 누구나 매일 쓰는 물건이며, 보호 필름은 흠집이 많이 나서 화면이 잘 보이지 않게 되더라도 자기 돈을 들여서 교체하진 않는 편이니 말이다.

(그런 거야말로 내가 줄 선물로 적당할 것 같은데…….)

괜히 꽃 같은 것을 선물하는 것보다는, 실용성에 특화되는 편이 건네주는 사람으로서도 마음이 편할 것이다. 하지만 그렇다고 해서, 여동생의 아이디어를 갈취할 수도 없다.

"훗훗훗, 아랴 양의 스마트폰 기종도 이미 알거든~? 이런 부분에서 사전 준비를 얼마나 열심히 했는지 드러나는 법이야, My 오빠님~."

"끄응······."

유키는 우쭐대듯 웃어댔지만, 마사치카에게는 반론의 여지조차 없었다. 하지만 이대로 잠자코 백기를 들기는 싫었기에, 어찌어찌 이의를 제기했다.

"하지만 스마트폰의 보호 필름을 선물하면, 『지금 건 더러우니까 좀 갈아』 같은 의미로 상대방이 받아들일 수 있지 않을까?"

"그 정도는 대립 후보 간의 신경전 정도로 받아들여지지 않으려나?"

"거기까지 생각해서 필름을 선물하는 것도 좀 그렇다 싶은데······."

마사치카는 말로 형용할 수 없는 표정을 지었지만, 자기 지적이 단순한 심술에 지나지 않는다는 것을 알기에 더는 아무 말도 하지 않으며 돌아섰다. 그리고 마사치카는 쇼핑몰을 둘러보며 적당한 선물이 없는지 찾아봤지만······.

"맞다. 아로마 캔들 같은 건 괜찮지 않을까?"

"사람마다 향기의 취향이 다르거든? 그리고 자기가 그런 걸 받으면 기쁠 것 같아?"

"그럼 저 세련된 모래시계는……."

"인테리어는 방의 분위기에 이하 생략."

"개의 사진이 실린 달력……."

"이미 달력을 샀다면 어쩔 건데?"

"저기 있는 좀 귀여운 핑크색 보조 배터리는……."

"내 보호 필름 아이디어에 영향을 받은 거지? 그걸로 괜찮겠어? 오빠한테는 자존심이 없어?"

"아, 피부에 좋은 비누 같은 건……."

"몸을 씻는데 쓰는 물건을 남자한테 받으면 좀 징그럽지 않으려나~. 그 향기를 몸에 둘러줬으면 해~ 같은 의미 같잖아. 그리고 비누면 아랴 양만이 아니라 가족이 함께 쓰게 될걸?"

"……혹시나 해서 묻는 건데, 액세서리 쪽도 이상한 의미가 담긴 것처럼 느껴지겠지?"

"물론이야~. 게다가 오빠가 센스 있는 물건을 고를 것 같지도 않거든~."

"그럼 무난하게 과자를……."

"소비품을 선물하는 건 이 상황에서는 도피나 다름없어."

"확 카탈로그 기프트로 할래."

"선택 자체에서 도망치는 거잖아. 애초에 고등학생이 선물해도 되는 물건이 아니라고~."

내놓는 아이디어마다 퇴짜를 맞고만 마사치카는 자기 센

스에 대한 신뢰가 나노 레벨까지 박살 나고 말았다. 이제
는 공허한 헛웃음만 났다.

"결국…… 오빠는 어떻게 할 건데~?"

유키가 도끼눈으로 쳐다보며 그렇게 묻자, 마사치카는
현실도피를 하듯 허탈한 웃음을 흘렸다.

"아하하~♪ 이 오빠는 진짜~ 하나도 모르겠어~☆"

"큭, 되게 귀엽네."

"헛소리 마."

"마음이 깨끗해지고 있어……!"

"헛소리하지 말랬지?"

일부러 선글라스를 벗은 유키는 손가락으로 눈구석을 누
르며 하늘을 올려다봤다. 마사치카도 그 모습을 보고 수치
심을 느낀 건지 정색했다. 그리고 그런 연기를 하며 유쾌
한 듯이 히죽거리는 동생을 보더니, 깊디깊은 한숨을 내쉬
었다.

"뭐, 수제 과자라도 선물할게……."

"아아……. 뭐, 나쁜 아이디어는 아니네. 아랴 양은 남이
만든 요리도 잘 먹는 사람이고, 남자가 직접 만든 과자라
면 고득점을 노릴 수 있을 테니까……."

"그럼, 그걸로……."

이렇게 시간을 들여놓고 아무것도 사지 못한 마사치카가
안도감과 허탈함을 동시에 느끼고 있을 때, 유키는 가볍게

어깨를 으쓱했다.

"뭐, 내가 이런저런 소리를 하긴 했지만…… 사실 뭘 선물할지는 그렇게 중요하지 않을 거야."

"뭐?"

마사치카가 무슨 소리인지 모르겠다는 듯 한쪽 눈을 살짝 치켜뜨자, 혀를 차며 검지를 흔든 유키가 의기양양한 표정으로 말했다.

"주는 건 선물이라는 물체가 아니라 마음이란 의미야, 마이 브라더~."

"즉, 마음을 담으란 소리지? 그래서 내가 직접 만든 과자를 선물하겠단 거잖아."

마사치카가 그렇게 말하자, 유키는 질렸다는 듯 두 팔을 어깨높이까지 들어 올렸다.

"그게 전부가 아니거든……? 말과 행동으로 마음을 전하라는 소리야."

마사치카는 그 말을 듣고서야 유키가 하고 싶은 말이 뭔지 눈치챘다.

마사치카가 무심코 표정을 굳히자, 히죽거리면서 검지를 입술에 댄 유키가 소악마처럼 속삭였다.

"매년 우리가 하는 걸 해준다면…… 아랴 양의 호감도도 폭발적으로 증가하면서 즉시 이벤트 해방~일걸?"

그것은 언제부터일까. 유키가 먼저 시작하면서 남매 사

이에 연례행사가 된, 생일 선물을 건네줄 때의 이벤트다. 하지만 그건…….

"아니, 그걸 어떻게 남들 보는 앞에서 하냐고……."

마사치카가 표정을 굳히면서 그렇게 말하자, 유키는 노골적인 표정을 지으며 마사치카의 어깨에 팔을 둘렀다.

"에이, 브라더~. 내가 협력하면 어떻게든 될 일이잖아……. 당일에 단둘이 있게 해줄 테니까, 어때?"

"우와~, 무지 믿음직하네~. 아무도 부탁 안 했지만 말이야~."

코앞에 있는 여동생의 얼굴을 쳐다보며, 마사치카는 국어책 읽는 투로 그렇게 말하면서 도끼눈으로 쳐다봤다. 하지만 유키는 전혀 개의치 않으면서 웃더니, 에스컬레이터를 손가락으로 가리켰다.

"뭐, 그때를 위해서라도 옷 좀 신경 쓰자."

"옷?"

마사치카가 무슨 소리인지 모르겠다는 투로 되묻자, 유키는 커다란 선글라스 밖으로 눈썹이 모습을 보일 만큼 눈을 치켜뜨며 말했다.

"브아~보 멍충아! 파티인 만큼, 재킷 착용은 필수일 거 아냐!"

"시끄러우니까 귓가에서 소리 지르지 마……. 어, 아니, 뭐? 저기, 생일 파티거든? 그것도 중류 가정이라고."

"중류 가정이든 학생이든, 초대를 받았으면 정장을 입고 가야 할 거 아냐. 아랴 양의 부모님도 만나게 되는 자리란 말이야."

그 지적을 들은 순간, 마사치카는 퍼뜩 놀랐다.

그렇다. 아리사의 어머니는 학부모 면담 자리에서 가볍게 인사를 나눴지만, 이번 생일 파티에는 아리사의 아버지와도 얼굴을 마주하게 될 것이다. 선거전에 임하는 딸의 한 명뿐인 파트너로서, 인사를 해야만 하는 것이다.

"맞는 말이야……."

"정말, 정신 좀 차려……. 자, 알았으면 빨리 가자."

"오케이."

오늘은 웬일로 믿음직한 여동생의 말에 따라, 마사치카는 신사복 판매장이 있는 층으로 향했다. 그리고 여동생이 골라준 옷을 구입한 후, 그대로 이번에는 여성복 판매장이 있는 층으로 향했다. 그리고 유키의 뒤를 따르면서 근처에 있는 옷의 가격표를 별생각 없이 본 순간, 화들짝 놀랐다.

"어, 잠깐. 나, 네 옷까지 사줄 돈은 없거든?"

"응~?"

자기 옷이라고 하는 예상 못 한 지출 탓에, 마사치카의 지갑에 남아 있는 돈이라곤 2,000엔뿐이었다. 이 돈으로 유키의 옷을 사주는 건 어렵지 않을까…… 하고 마사치카는 생각했지만, 유키는 자기 스마트폰을 흔들어 보이며 이렇게 말했다.

"뭐, 백화점 매장에서는 전자 화폐를 쓸 수 있지 않겠어? 혹시 몰라서 10만 엔 넘게 넣어뒀거든."

"진짜냐……. 잠깐만, 그러면 아버지한테 지갑 심부름을 시킬 필요는 없었던 거 아냐?"

"에헷☆"

마사치카가 냉철하게 지적하자, 유키는 혀를 쏙 내밀면서 자기 머리를 살짝 쥐어박았다. 그 모습을 도끼눈으로 노려보던 마사치카는 잠시 망설인 후…… 머뭇머뭇 입을 열었다.

"어, 머니……. 그렇게 상태가 안 좋은 거야?"

마사치카가 그 말을 입에 담은 순간, 옷을 살펴보던 유키의 손이 얼어붙은 것처럼 움직임을 멈췄다. 그 반응을 본 마사치카는 확신했다.

지갑을 집에 두고 왔다는 건, 구실에 지나지 않는다.

유키는 집에 있는 어머니를 아버지와 만나게 해주고 싶었다. 그 말은…… 어머니가 아버지의 도움을 필요로 한다는 의미다.

(역시 그런 거구나…….)

보건실에서 들었던 부모님의 대화를 떠올렸다. 아마 유미는 마음을—.

"어, 완전 멀쩡한데……."

마사치카의 예상을 완전히 부정하는 그 목소리가 마사치카의 허를 찔렀다. 그 말을 들은 마사치카가 눈을 껌뻑이며 유키를 쳐다보니, 그녀는 오빠를 올려다보면서 미심쩍은 듯이 고개를 갸웃거렸다.

"왜 갑자기 그런 소리를 하는 거야? 오빠 입에서 어머님이 언급된 것 자체에 놀라움을 금할 수가 없거든?"

"아니, 그게……."

자기를 올려다보는 유키의 눈동자는, 선글라스 탓에 보이지 않았다. 유키의 생각을 읽을 수가 없다.

"뭐~. 무슨 착각을 한 건지는 모르겠지만, 어머님은 건강해~. 아, 이 옷 괜찮네."

하지만 그렇게 말하며 고개를 돌리는 유키의 태도를 보고, 마사치카는「얼버무렸다」라는 느낌을 받았다.

"아, 입어봐도 될까요~?"

"네, 이쪽으로 오세요~."

하지만 추궁을 하기도 전에 유키가 탈의실로 향한 탓에 마사치카가 내민 손은 갈 곳을 잃었다.

"오빠분께서는 이쪽으로 오세요~."

"아, 네……."

점원이 탈의실 근처에 있는 의자를 권해주자, 마사치카는 거기에 앉았다. 그리고 허벅지에 팔꿈치를 얹은 후, 손으로 이마를 감쌌다.

"……."

유키가 거짓말을 하고 있다는 건 눈치챘다. 그리고 그 거짓말을 눈감아줬으면 한다는 것도 말이다.

(역시, 어머니는…….)

하지만, 설령 그렇더라도…….

마사치카가 무엇을 할 수 있을까. 애초에 마사치카는 아직 유미를 원망하고 있으며, 유미를 위해 뭔가를 하고 싶지도 않았다.

유키도 그 점을 알기에 아무 말도 하지 않는 것이며, 마사치카가 아니라 쿄타로에게 도움을 청한 것이리라.

(그래……. 아버지가 갔으니까, 내가 할 수 있는 일 따윈 없어.)

아무것도 할 수 없을 뿐만 아니라 할 마음도 없으면서, 자기 흥미를 우선해 유키에게 캐묻는 것이 옳은 행동일까.

유키가 숨기고 싶어 한다면, 그 의지를 존중해야 하지 않을까. 마사치카가 지금 해야 하는 건, 유키가 즐거운 시간을 보낼 수 있도록 최선을 다하는…….

"……쓰레기 같은 변명이네."

작은 목소리로 그렇게 내뱉어서 본심을 짓뭉갠 마사치카는 앞머리를 거칠게 쥐어뜯으면서 자리에서 일어났다.

그리고 근처에 있는 거울 앞으로 이동하더니, 자기 비하와 자기혐오로 일그러진 표정을 정돈했다. 하다못해 동생이 마음 편히 쇼핑을 즐길 수 있도록 평소처럼 가볍고 실없는 미소를 머금었다.

"하아……. 뭐, 이 정도면 됐겠지."

작게 한숨을 토하며 의자로 돌아가려던 순간— 계산대 옆에 세워져 있는 회전식 진열대에 걸려 있는 한 물건에 시선이 멈췄다.

"맙소사……."

무심코, 그렇게 중얼거렸다. 그리고 그대로 빨려가듯 다가가더니, 그 물건을 손에 쥐고 뚫어지게 살펴봤다.

그 후, 마사치카는 유키가 들어간 탈의실을 힐끔 쳐다보더니…… 아직 나오지 않을 거라고 판단한 후, 서둘러 계산대로 향했다.

한편…….

(아~, 놀랐어. 선글라스 덕분에 살았네……. 아냐, 들켰으려나.)

탈의실에 들어간 유키는 오빠의 기습에 제대로 대응하지 못한 것을 자책하듯 입술을 일그러뜨렸다.

마사치카의 추측은 옳았다. 운동회 이후로 유미는 툭하면 얼이 나간 것처럼 멍하니 있었고, 주의력 또한 산만해졌다. 유키가 보기에도 의사에게 데려가는 편이 좋겠다 싶었지만…… 유미 본인은 그것을 자각하지 못하는 건지, 생각에 잠겼을 뿐이라고 주장하는 게 문제였다.

(나도…… 어머님이 병에 걸렸다고 생각하고 싶진 않지만…….)

그래도 최근의 유미를 보고 있으면 가슴속이 불안으로 가득 찼다. 하지만 그 불안을 마사치카에게 털어놓을 수는 없다. 그랬다간 마사치카는 마음에 상처를 입고, 자기혐오와 후회에 빠질 것이다.

(오라버니는…… 웃으며 지내줬으면 해.)

그것이 유키의 소망이다. 변함없이 쭉 이어져 온 유키의 마음인 것이다.

"하아……."

밖에서 들리지 않도록 작게 한숨을 내쉰 유키는 일단 옷을 갈아입기로 했다. 옷을 갈아입는다는 명목으로 탈의실에 들어왔으니, 옷도 안 갈아입고 꾸물대고 있을 수는 없다.

모자와 선글라스를 벗고, 상의를 벗은 후, 셔츠를 벗고, 바지도 벗었다.

그러자 거울에는 전체적으로 조그마하고, 가녀리며, 얄팍한 몸이 비쳤다. 다행히 가슴과 엉덩이는 남들만큼 성장했기에, 빈약해 보이지는 않았다. 하지만 이렇게 옷을 벗고 보면, 가냘프다는 인상을 받게 된다.

(가족을 보면, 유전자적으로는 더 커져야 할 것 같은데…… 역시 어릴 적에 침대에 누워서 지낸 게 영향을 끼친 걸까.)

딱히 자기 체형에 콤플렉스를 가지고 있지는 않다. 하지만, 좀처럼 성장하지 않는 이 몸을 보며 걱정에 사로잡히는 가족에게 미안한 마음이 들었다. 특히 어머니는 자신이 낳은 유키의 몸을 꽤 걱정하는 것 같았다.

"……."

유키는 원망 섞인 표정을 지으며, 자신의 얄팍한 하복부에 손을 댔다.

(빨리…… 어른이 되고 싶어.)

빨리, 가족을 안심시켜주고 싶다.

쭉, 그것을 바라왔다. 하지만 이 몸은 그 마음을 비웃듯, 어른이 되어주지 않았다. 그리고 그런 몸에 얽매인 마음 또한 일부가 아직 순진무구한 어린애인 채였다.

육친을 상대로 사춘기 특유의 기피감이나 수치심을 느끼지 않는다. 이성에게도 연애 감정을 품은 적이 없다. 그 이전에 성욕조차 자각한 적이 없다.

"……."

이를 악문 유키는 충동적으로 자기 하복부를 때리려다……겨우 참으며 주먹을 내렸다.

"스읍…… 하아…….."

심호흡을 하면서, 마음속에서 일렁이는 파도를 억눌렀다.

아무리 자신의 몸을 원망하더라도, 달라지는 건 없다. 이 몸도, 마음도 유키가 마사치카의 동생이라는 현실도 결코 달라지지 않는다.

"……."

뜻대로 안 되는 현실 속에서 유키는 거울에 이마를 댔다. 그리고 거울에 비친 자기 자신을 노려보며 중얼거렸다.

"괜찮아……. 나는…… 나는 괜찮아……."

눈을 꼭 감으며, 마음을 달랬다. 오빠를 걱정시키지 않기 위해서, 평소처럼 미소를 짓자. 바보 동생이 되는 것이다.

"후우……."

깊게 숨을 내쉬고, 입가를 말아 올린 유키는 작은 목소리로 마법의 말을 중얼거렸다.

"(여동생 모드, 발♡동.)"

중얼거린 말이 귀를 통해 뇌에 전해지자, 머릿속이 전환됐다. 심술궂고 자신만만한 미소가 볼에 자연스럽게 어리자, 사소한 일은 신경 쓰이지 않게 됐다.

"응, 좋아."

거울에 비친 자기 자신의 미소를 보며 만족한 듯이 고개를 끄덕인 유키는 탈의실에 가지고 들어온 옅은 청색의 드레스를 입은 후, 머리카락 또한 상류층 아가씨 느낌으로 세팅했다.

"훗…… 나는 이렇게 귀여워~."

그리고 거울 앞에서 자신만만한 미소를 지은 후, 유키는 힘차게 탈의실을 뛰쳐나갔다.

"짜~잔! 어때~?"

유키가 멋진 포즈를 취하자, 마사치카 또한 평소와 다름
없는 미소를 지으며 맞이했다.

"괜찮네. 재롱 잔치 하는 것 같아."

"하하하, 코를 확 뽑아버린다?"

"뽑아버린다고?!"

서로가 바란 것처럼, 남매는 평소와 마찬가지로 즐거운
시간을 보냈다.

"일주일 전에 연락을 주다니…… 정말 곤란하군요."

한편, 마사치카와 유키가 있는 곳과는 다른 대형 상업
시설에서는 사야카가 그런 푸념을 늘어놓고 있었다. 그런
그녀의 옆에는 노노아가 있었으며, 조금 떨어진 곳에는 약
간 거북한 표정을 짓고 있는 타케시와 히카루도 있었다.

그들은 문화제에서 함께 밴드를 짠 친구로서, 넷이 함께
아리사의 생일 파티에 초대를 받는데……. 타케시의 「여
자애한테 뭘 선물하면 좋을지 모르니까 조언 좀 해줘!」라
는 본심 반 핑계 반의 도움 요청에 따라, 넷이서 생일 선물
을 사러 왔다. 물론 거기에는 타케시의 「휴일을 사야카 양
과 보내고 싶어!」라는 의도가 담겨 있으며, 히카루와 노노
아도 그 점을 알고 있다. 하지만 노노아는 자초지종을 안

다고 해서 적극적으로 도와주는 타입이 아니며, 당사자인 사야카는 아무것도 눈치채지 못했다. 그 결과…….

"이쪽에도 준비할 시간이 필요한데 말이죠……. 아리사 양의 취향을 모르는 상황에서는 만족스러운 선물을 고를 수도 없으니까요."

"뭐~, 맞아~."

푸념을 늘어놓는 사야카와 대충 맞장구를 치는 노노아는 당연한 듯이 여성용 물품을 파는 층에 있었다. 이곳에는 타케시와 히카루 이외의 남자 손님도 있지만 대부분 여친을 따라온 것이며, 사야카와 노노아의 대화에 끼지 못하는 사내자식들은 여러모로 몸 둘 곳이 없었다.

"뭐, 불평을 늘어놔봤자 소용이 없으니까요……. 이 색깔이라면 어떤 옷에도 어울릴 테니까, 적당할 것 같군요."

"저기, 일단 14만 엔이나 하는 백은 관두는 게 어때~? 아릿사, 분명 당황할 거야."

고등학생이 쓰기에는 너무 비싼 백을 손에 쥐는 사장 영애에게 태클을 건 노노아는 천천히 타케시와 히카루에게 다가갔다.

"미안해~. 사얏찌, 쇼핑에 시간 꽤 드는 타입이거든~."

"아, 괜찮아……."

"응……. 뭐, 여자애 중에는 그런 사람이 많다고 듣긴 했어."

"맞아~. 그건 그렇고, 따분하진 않아?"

"아냐. 사야카 양이 즐거워 보이니까······."

표정은 투명하지만 실은 꽤 들떠 있는 사야카를 쳐다보며, 타케시는 작게 웃었다. 그 모습을 본 노노아는 가볍게 고개를 갸웃거렸다.

"좋아하는 애가 즐거워하는 모습을 쳐다보고 있는 것만으로도 그렇게 즐거워~?"

"어, 아······ 그게, 좋아하는 사람이 항상 웃길 바라는 건······ 누구나 마찬가지 아닐까? 뭐, 사야카 양은 웃고 있진 않지만······."

타케시가 멋쩍은 듯 볼을 긁적이며 그렇게 말하자, 노노아는 한쪽 눈을 살짝 치켜떴다.

"그래? 나는 좋아하는 사람의 다양한 표정을 보고 싶은데 말이야~."

노노아가 그렇게 말하자, 타케시는 잠시 눈을 껌뻑거린 후에 전율한 듯이 고개를 끄덕였다.

"그, 그래······. 좋아하는 사람이니까, 우는 얼굴이나 화난 얼굴도 전부 보여줬으면 한다······ 어른이네······."

"노노아 양이 그렇게 말하니, 무게감이 있는걸······."

타케시와 히카루는 약간 감탄한 것처럼 고개를 깊이 끄덕였다. 노노아는 그 말에 답하지 않더니, 점원과 이야기를 나누고 있는 사야카를 조용히 관찰했다.

(그래, 다양한 표정을 보고 싶어······.)

노노아의 그 시선에 담긴 의미가, 자신들의 해석과 근본적으로 다르다는 것을……

타케시와 히카루는 전혀 눈치채지 못했다.

제 3 화　순수

　"의외로 여기 오는 건 처음 아냐……?"

　점심시간. 메시지 애플리케이션으로 연락을 받은 마사치카는 부실동 2층 복도 구석에 있는, 외부 계단으로 이어지는 문을 밀어서 열었다. 묵직한 금속 문이 열리자, 약간 서늘한 가을바람이 정면에서 불어왔다. 그 바람에 눈을 가늘게 뜨며 외부 계단으로 나가자, 1층으로 이어지는 곳에서 느긋한 목소리가 들려왔다.

　"아. 왔네. 야이~."

　"그래…… 야이~."

　뜻 모를 인사에 일단 답한 마사치카는 계단을 내려갔다.

　"기다리게 했네……. 그런데, 왜 이런 장소에서 보자고 한 거야?"

　자신을 부른 노노아를 쳐다보며, 마사치카는 그렇게 물었다. 금속제 비상계단은 바람이 너무 잘 들어서, 이 계절에는 좀 서늘하다. 이야기를 나눌 거라면 빈 교실이 낫지 않나……라고 마사치카가 돌려서 말하자, 노노아는 한쪽 눈을 살짝 치켜떴다.

"그야…… 여기라면 누가 와도 소리로 금방 알 수 있잖아?"

그렇게 말한 노노아는 시선을 위쪽으로 돌리더니, 다시 마사치카 쪽으로 슬며시 돌렸다.

"게다가 나로서는 일단~ 쿠젯찌를 신경 써준 거야~. 빈 교실에서 나와 있는 모습을 다른 사람이 본다면, 곤란해지는 건 쿠젯찌잖아?"

여러 의미로 받아들일 수 있는 질문이었기에, 마사치카는 무심코 입을 다물었다. 순진하게 생각하자면「중학생 시절에 이런저런 짓을 벌였던 자기와 빈 교실에 단둘이 있다간, 괜한 오해를 살 것이다」라는 의미이리라. 하지만…… 지나친 생각일지도 모르지만, 마사치카의 입장에서 생각한다면「아랴나 마샤에게 알려지면 성가셔지지 않겠어?」라는 의미로도 받아들일 수 있었다.

(응. 어느 쪽이든 간에 더 캐묻는 건 손해겠어.)

그렇게 판단한 마사치카는 어깨를 으쓱한 후에 본론에 들어갔다.

"그런데, 할 이야기가 뭐야?"

마사치카는 노노아에게 경계심을 품으며 물었다. 그러자 노노아는 몸을 돌리더니, 난간에 팔꿈치를 올려놓고 먼 곳을 쳐다봤다. 그리고 몇 초 후, 마사치카를 쳐다보지 않으며 애매한 목소리로 말했다.

"아니…… 딱히, 무슨 일이 있는 건 아닌데……."

"뭐?"

기본적으로 자기가 하고 싶은 말을 서슴없이 하는 노노아답지 않은 태도였기에, 마사치카는 미간을 찌푸렸다. 그리고 노노아의 옆에 서더니, 그녀와 마찬가지로 교정 쪽을 쳐다봤다.

그리고 잠시 후, 노노아는 천천히 말했다.

"전에 말이지~? 이야기 정도는 들어주겠다고 했었잖아? 그래서 이야기 좀 들어달라고 연락한 거야."

"……그래."

그게 밴드 멤버+α로 유원지에 갔을 때의 일이라는 것을 떠올린 마사치카는 고개를 끄덕였다. 그와 동시에 「무슨 소리를 하려는 걸까」 하며 의심하는 마사치카에게 노노아는 담담히 말했다.

"딱히 대답을 원하는 건 아니니까…… 내 이야기만 좀 들어줄래?"

노노아답지 않은 발언이었기에 마사치카는 그녀의 얼굴을 뚫어지게 쳐다봤다. 먼 곳을 응시하는 그녀의 얼굴은 괜히 경계심을 품는 게 미안하게 느껴질 만큼 덧없고…… 어딘가 안타까움마저 감도는 것처럼 느껴졌다.

"……뭐, 약속은 약속이잖아. 이야기 정도라면 들어주겠어."

"고마워."

노노아가 순순히 그렇게 말하자, 마사치카는 페이스가

무너지고 말았다.

　(으~ 으음~? 설마, 진짜로 이야기를 들어줬으면 하는 것뿐인가?)

　아직 의식을 떨쳐내지 못한 마사치카는 다시 고개를 갸웃거리며 머리를 긁적였지만, 노노아는 그런 그를 개의치 않으며 이야기를 시작했다.

　"어제~ 아릿사에게 줄 생일 선물을 사려고, 사얏찌와 타케쉬~와 히카룽과 함께 외출했었어~."

　"알아……."

　유키와 외출하기로 해서 거절했지만, 마사치카도 연락을 받았었기에 알고 있기는 했다.

　"그리고 밥 먹을 때 말이지~~? 사얏찌와 타케쉬~가 애니 이야기를 즐겁게 나누더라고."

　"흐음?"

　"아마 사얏찌가 유원지에서 캡슐 토이를 하는 걸 보고 타케쉬~가 그 애니를 본 걸 거야."

　"아~ 그렇게 된 거구나."

　마사치카가 알기로 애니메이션을 그다지 보지 않는 타케시가 어째서 사야카와 오타쿠 토크를 한 걸까……라는 의문을 느꼈지만, 아무래도 그것은 타케시의 노력이 이뤄낸 결실 같았다.

　좋아하는 사람이 좋아하는 것을 이해하려 한다. 누구라

도 떠올릴 수 있는 아이디어지만, 실제로 행동에 옮길 수 있는 인간은 얼마나 있을까.

(대단하잖아, 타케시……. 감탄을 금치 못하겠는걸.)

그것을 실행에 옮긴 절친에게 놀라움을 느끼면서 마사치카는 이 이야기의 본론을 눈치챘다.

"자기가 모르는 이야기를 즐겁게 나누는 두 사람을 보고, 소외감을 느끼기라도 한 거야……?"

"응~?"

마사치카가 그렇게 추측하자, 노노아는 명확하지 않은 목소리를 냈다. 그리고 뜻밖에도 고개를 좌우로 저었다.

"아니, 그건 아무렇지 않았어~."

"뭐? 그랬구나."

"응."

아무렇지 않은 듯 고개를 끄덕이는 노노아의 표정은 정말 개의치 않는 것처럼 보여서…… 마사치카는 고개를 갸웃거렸다. 그리고 이어지는 노노아의 말은 마사치카를 더욱 당혹스럽게 만들었다.

"그건 괜찮았지만…… 두 사람이 한창 이야기를 나누고 있을 때, 엄마한테서 메시지가 왔어."

"……?"

"그래서 바로 스마트폰을 꺼내서 메시지를 확인했는데……."

바로 그때, 노노아는 눈을 가늘게 떴다. 그리고 약간 그늘진 표정을 지으며 말했다.

"사얏찌가 화를 안 내더라니깐."

"뭐⋯⋯?"

"평소 같으면, 내가 식사 도중에 스마트폰을 꺼내면 주의를 주는데⋯⋯ 사얏찌, 타케쉬~와의 이야기에 빠졌나 봐~. 『아~ 지금, 사얏찌의 마음속에서 내 우선도는 낮구나~』하고 생각했더니, 뭐랄까~ 좀⋯⋯."

거기까지 말한 노노아는 입을 다물었다. 그런 그녀의 표정을 보자⋯⋯ 마사치카는 무슨 말을 해주면 좋을지 생각나지 않았다.

(뭐, 야? 설마⋯⋯ 진짜로 고민 상담을 하려고 부른 거야?)

유원지에서 교제 신청(?) 이후로 처음 단둘이 만나는 자리이기에 마사치카는 평소보다 노노아를 더 경계했다.

하지만 노노아가 꺼낸 이야기는 그 건과 상관없는⋯⋯ 평범한 고등학생다운 고민 상담이었다. 그녀의 얼굴에는 불만, 의문과 함께 쓸쓸한 분위기가 감돌고 있었기에⋯⋯ 마사치카는 죄책감과 연민을 느꼈다.

"그건⋯⋯."

"아, 별말 안 해도 돼. 아까도 말했다시피 내 이야기를 들어줬으면 해서 연락했을 뿐이거든."

노노아는 마사치카의 말을 끊더니, 난간에서 몸을 뗐다.

그리고 어깨를 벌리듯 가볍게 기지개를 켜면서 말했다.

"으응~ 그리고 말이지? 무슨 말을 해주면 좋을지 모르겠잖아~? 나 스스로도 그게 뭐 어때서~ 싶은걸."

노노아는 자기 자신을 밀쳐내는 듯한 투로 그렇게 말했다. 하지만 마사치카는 그렇게 넘겨버릴 수 없었다.

마사치카는 이제 와서 부끄러움을 느끼며 후회하고 있었다. 노노아가 타케시에게 무슨 짓을 하는 건 아닐까 의심하면서 이야기를 들어줬으면 하는 그녀를 경계했다는 사실을 말이다.

(역시…… 편견에 너무 사로잡힌 걸까.)

노노아의 말에는 거짓이 섞여 있지 않을 것이다. 노노아가 타케시에게 무슨 짓을 할 생각이라면 마사치카에게 이런 이야기를 해줄 리가 없다. 노노아가 일을 벌이기로 작정하면 몰래 저지를 것이다. 누군가의 찬동이나 동조를 원할 리가 없다.

그러니 이것은…… 진짜로 이야기를 들어주기를 바랄 뿐이리라. 쓸쓸함과 소외감 같은 이제까지 느낀 적 없는 감정. 그것에 당혹스러움을 느끼고, 휘둘리면서 혼자 끌어안고 있을 수 없게 된 탓에 마사치카에게 의지했다. 그런 그녀에 비해…… 마사치카의 태도는 불성실했다.

(하지만…… 뭐라고 말해주면 되지?)

안이한 공감이나 얄팍한 위로가 노노아의 마음에 전해지

지 않으리라는 건 알고 있다. 애초에 노노아 자신도 잘 모르는 감정에 제삼자가 멋대로 답을 제시하는 것 자체가 무례하고 오만한 짓이 아닐까.

그렇다면 어떻게 해야 할까. 마사치카는 고민하고…… 또 고민한 끝에, 말했다.

"그래……. 뭐, 언제든 또 이야기를 들어줄게."

"아핫, 고마워."

노노아가 살며시 웃자, 마사치카도 슬며시 웃었다.

아마 이것이 정답이리라.

남에게 이야기를 하는 과정에서 자기 내면에서 마음이 정리가 되는 일은 의외로 흔하다. 노노아에게 필요한 것은 분명 그것이며, 마사치카가 해야 하는 건 이야기를 들어주는 것이다. 그러는 사이에 노노아 스스로 자신의 감정에 대한 답을 찾아내리라.

(그래……. 애도 딱히 악인은 아니잖아.)

이것은 어디까지나 마사치카의 인식이지만, 노노아는 그저 자기 마음에 순수할 정도로 솔직할 뿐이다. 타인을 헤아리지 않으며 자기 길을 나아가는 순수함이…… 철저한 사회적 동물인 일반인의 눈에는 이단(악)처럼 보일 뿐이다.

이렇게 새로운 인간관계 속에서 조금씩 자신의 감정을 찾아 나가면…… 언젠가 노노아도 평범한 사람처럼 웃고 울지도 모른다.

(그다지~ 상상이 안 되지만 말이야~.)

그 장면을 상상해 보니 너무 어울리지 않는다 싶어서 쓴 웃음을 머금은 마사치카는 노노아에게 물었다.

"그런데, 할 이야기는 그게 다야? 더 있으면 들어줄게."

"으음~ 일단은 이게 다야. 이야기했더니 개운해졌네."

"그래. 그럼 다행이야."

노노아가 그렇게 말하자, 마사치카는 진심으로 그렇게 답했다. 눈앞의 소녀가 평범한 고등학생처럼 고민하고 그것을 타인에게 털어놓은 것이 묘하게 기뻤다. 하지만……

"답례 삼아, 내 엉덩이 주물러도 돼."

노노아가 태연한 어조로 그렇게 말하자, 그 말을 듣고 한순간 얼어붙고만 마사치카는 딱딱한 미소를 머금었다.

"2초에 5만 엔짜리 엉덩이를 말이야? 뒷일이 걱정되니까 사양하겠어."

"그래~? 참고로 오늘은 티 팬티인데 말이야."

"정말?!"

"응, 봐."

그렇게 말한 노노아는 오른손으로 치마를 들어 올렸다. 들어 올린 치마 아래로 노노아의 새하얀 피부가 드러났다. 예쁜 다리란 이런 것이라는 듯, 늘씬하고 아름다운 허벅지가 드러났다. 그 뒤를 이어서 동글동글하며 아름다운 엉덩이……가 보인 순간, 마사치카는 얼굴과 함께 시선을 위로

들어 올렸다.

"보였어?"

"……안 보였어."

엉덩이가 아니라 티 팬티가 말이다. 보이지 않은 만큼, 어디까지나 예상이다.

"아～, 맞다. 하긴 쿠젯찌는 엉덩이보다 가슴을 좋아하지. 브래지어를 보여주면 더 좋아했으려나～."

"네가 그걸 어떻게 아는 거야?"

마사치카가 정색하며 쳐다보자, 노노아는 별것 아니라는 투로 말했다.

"응? 그야 툭하면 아릿사의 가슴을 쳐다보잖아."

"정말이야?!"

마사치카는 반사적으로 그렇게 말한 후, 「아차, 떠본 건가!」 하며 당황했지만…… 노노아의 표정은 진지했다. 상대방도 덩달아 표정이 진지해질 정도로 진지한 표정이었다. 그 표정을 본 마사치카는 「아, 진담이구나」 하고 깨닫고 말았다.

"진짜야……? 그, 그렇게 보였어?"

"보인달까…… 아릿사를 쳐다볼 때마다, 가슴 쪽에서 시선이 한순간 멈추거든?"

"어어～ 아니, 하지만 그건…… 어쩔 수 없는 거잖아. 한순간 정도면 봐줘……. 커다란 보석이 달린 목걸이를 걸고 있는 사람을 본다면 누구라도 무심코 눈길을 주지 않겠어? 그것과 마찬가지야…….”

“딱히 비난하는 건 아니거든?”

“무덤덤하게 지적당하는 것도 싫단 말이야…….”

마사치카가 고개를 푹 숙이자, 노노아는 오른손으로 다시 치마를 들어 올렸다.

“그런데, 어쩔래? 만질래?”

“저기…… 그런 짓을 했다간 사야카한테 혼날 거라고.”

“아…….”

마사치카가 그렇게 말하자, 노노아는 시선을 위쪽으로 돌리면서 치마를 내렸다.

(역시, 사야카한테는 약하구나.)

그렇게 생각하니 왠지 우스우면서도 안심이 되었기에, 마사치카는 미소를 머금으며 노노아에게 말했다.

“그런 짓 안 해도 이야기 정도는 들어줄게. ……우리는 밴드 동료잖아.”

“친구니까, 가 정답 아냐~?”

“미안하지만 솔직히 너를 친구라고 불러도 될지 좀 의문이거든.”

마사치카가 노노아를 친구라고 부를 수 있을지도, 노노아가 마사치카를 친구라 인식하고 있는지도 말이다. 양쪽 다 판단이 안 서지만…… 그래도, 지금 노노아가 그렇게 말해준다면…….

"뭐어…… 하긴, 그래. 응, 친구 맞아."

"오~ 그럼 잘 부탁해~."

"어, 응? 그래. 나야말로 잘 부탁해?"

노노아가 내민 손을 움켜쥐며, 영문을 모르겠지만 악수를 했다. 그리고 노노아와 악수를 했다는 사실 자체에 약간 쓴웃음을 머금었다.

(사야카와 그런 관계가 될 거라고는 생각도 못 했지만……설마 노노아와도 이런 관계가 될 줄이야…….)

얼마 전의 자신이라면 생각도 못 했을 일이다. 마사치카의 마음속에서 노노아는 무슨 짓을 저지를지 모르는 위험인물이라고 항상 분류됐었다.

하지만…… 밴드 활동, 그리고 타케시와 사야카의 관계를 접하면서 노노아 또한 변하고 있다. 그 점을 오늘 이야기를 나누면서 알았다. 그렇다면…….

(너무 경계하지 말고…… 조금씩 다가가야 할지도 몰라. 아랴가 당선된다면 내년에는 학생회에서 한솥밥을 먹게 될 거잖아.)

마음속으로 그렇게 반성한 마사치카는 드디어 자기 내면에 깊이 뿌리내려 있던 노노아에 대한 편견을 버리기로 결심했다.

"그럼 나는 이만 가볼 건데……."

"응. 고마워~. 나는 바람 좀 더 쐴래~."

"그래……."

평소와 다름없는 무기력한 태도와 표정. 그 이면에 남아 있는 고독과 고뇌를 느낀 마사치카는 눈을 가늘게 떴다. 하지만 더는 아무 말도 하지 않으며 그는 돌아서서 계단을 올라갔다.

"그럼, 다음에 봐."

"응~."

노노아는 별생각 없는 듯 대충 인사를 건넸다. 그러면서도 같이 돌아가려 하지 않는 건…… 분명 혼자 있고 싶기 때문이리라.

(무슨 말을…… 해주는 편이 좋을까? 이대로 혼자 있게 둬도 될까?)

그런 생각이 머릿속을 스쳤다. 하지만 건넬 말도, 같이 있어 줄 변명도 생각나지 않았다. 마사치카는 약간의 무력감을 느끼며 계단을 벗어났다.

……그렇게 생각에 빠져있었던 탓에, 마사치카는 눈치채지 못했다.

자신의 오른편, 2층에서 3층으로 이어지는 계단에 누군가가 있다는 사실을. 그리고…… 자신의 등을 조용히 쳐다보던 노노아가 실험체를 관찰하는 듯한 무기질적인 눈동자를 머금고 있다는 사실을.

◇

(동정심은 참 위대하네~.)

멀어져가는 마사치카의 등을 쳐다보며 노노아는 별다른 감정에 사로잡히지 않은 채 그렇게 생각했다.

동정심은 위대하다. 동정하게만 만들면 그 어떤 인간도 상냥해진다. 적대관계에 있는 인간도 도움의 손을 내밀어주며 살인을 저지르더라도 죄가 가벼워진다고 들었다. 정말 위대하다. 이렇게 손쉽고 편리한 감정은 없다.

(쿠젯찌조차도 나한테 상냥하게 대해주잖아~?)

마사치카가 자신을 항상 경계하고 있다는 것을 그녀도 진작에 눈치채고 있었다. 눈치챘으면서 딱히 문제 될 것은 없다고 여기며 신경 쓰지 않았다. 이제까지는 말이다.

(하지만…… 더 생생한 감정을 접하기 위해선 경계심이 방해되거든.)

유원지의 벤치에서 마사치카에게 사귀자는 말을 꺼냈던 것은 통한의 실수. 그 바람에 마사치카가 다시 경계심을 품은 것이다.

하지만 그 덕분에…… 약한 모습을 보이면 마사치카의 경계심이 느슨해진다는 정보를 얻었다. 그리고 방금 대화를 통해 그것이 틀림없다는 것도 확인했다.

(게다가…….)

아무래도 마사치카는 노노아가 인간다워지기를 바라는 것 같았다.

(참 상냥하네.)

노노아는 그렇게 생각하며 어깨를 으쓱했다.

하지만, 하다못해 마사치카의 앞에서는 인간처럼…… 인간이 **되어 가고 있는 것처럼** 행동하자. 이제부터 미야마에 노노아가 무슨 짓을 해도 그가 어렴풋하고 덧없는 희망을 버리지 못하도록 말이다. 미야마에 노노아가 인간이 되려고 하는 한, 쿠제 마사치카는 그녀를 버리지 못하는 것이다.

(상냥한 인간은 참 다루기 쉽다니깐~.)

전혀 기쁘지 않은 표정으로 그런 생각을 한 노노아는 천천히 머리 위쪽을 올려다보며 말했다.

"거기, 누구 있어?"

노노아는 큰 목소리로 그렇게 말했지만, 돌아온 것은 정적이었다. 하지만 그대로 잠시 기다리자, 갑자기 위로 이어지는 계단에 누군가가 발을 걸쳤다. 계단의 틈새를 통해 내려오고 있는 한 쌍의 발이 보였다. 하지만 어찌 된 건지 발소리는 들리지 않았다.

그리고 계단 난간 너머로 모습을 드러낸 이는…… 아야노였다. 무표정한데도 왠지 얼굴이 굳어 있는 것처럼 보이는 아야노를 올려다보면서 노노아는 물었다.

"……키미시마, 여기서 뭐 하는 거야?"

"······."

노노아가 그렇게 묻자, 아야노는 말없이 시선을 돌렸다. 뭐라고 대답할지 고민하는 모습이었지만 노노아는 개의치 않으며 질문을 이어갔다.

"혹시, 우리 이야기를 들었어?"

이것은 질문의 형태를 한 확인이다. 사실 노노아는 마사치카가 나타난 직후에 아야노가 이 자리에 온 것을 알고 있었다. 정확하게는 다리가 보이기만 해서 누구인지는 식별 못 했지만, 발소리가 전혀 들리지 않았기에 아야노라고 추측했다.

즉, 노노아는 일부러 아야노를 내버려둔 거지만······ 그 사실을 당사자가 알 리 없었다. 노노아가 비난하는 듯한 눈길로 쳐다보자, 아야노는 허둥지둥 시선을 돌렸다. 그리고 몇 초 동안 침묵한 후, 재빨리 계단을 내려온 아야노는 노노아를 향해 고개를 숙였다.

"두 사람의 대화를 엿들어서 죄송합니다······."

아야노가 깊이 고개를 숙이자, 노노아는 시선에 담긴 압력을 약간 줄이면서 난간에 기댔다.

"그래서? 왜 쿠젯찌를 미행한 거야?"

"······."

"이야기를 엿들었으니 이유를 물어볼 권리 정도는 있다고 생각하거든~?"

노노아가 죄책감을 자극하는 발언을 하자, 고개를 숙인 채 침묵하고 있던 아야노는 천천히 입을 열었다.

"저기…… 운동회에서 마사치카 님에게 실례되는 말을 했기에…… 그것을 사죄할 기회를 엿보던 와중에……."

"우리가 이야기를 시작했다는 거야?"

"네…… 죄송합니다."

다시 고개를 숙인 아야노를 노노아는 조용히 관찰했다.

"흐음~ 그렇게 사과하기 어려운 짓을 한 거야?"

"그렇, 습니다……."

아야노는 눈을 살짝 내리깐 채 노노아의 말을 긍정하면서도 상세한 이야기는 하지 않았다. 하지만 노노아는 이대로 아야노를 돌려보낼 생각이 없었다.

(웃키~의 파트너이자, 쿠젯찌의 소중한 소꿉친구이기도 한 인간…… 써먹을 데가 있을지도 몰라.)

냉철하게 그런 판단을 내린 노노아는 아야노의 얼굴을 가만히 관찰했다.

노노아는 예전에 사야카에게 물어본 적이 있다. 어떻게 하면 타인을 움직일 수 있는지를 말이다.

사야카는 대답했다. 타인을 움직이게 하는 건 합리와 이익이라고 말이다. 하지만 그것만으로는 움직이지 않는 사람도 있다. 왜냐하면 모든 인간에게는 감정이 있으며, 때때로 감정은 합리와 이익을 초월해서 인간의 행동을 지배하기도 하는 것이다.

사야카의 그 말을 통해, 노노아는 배웠다. 즉…… 감정을 조종할 수 있다면, 합리와 이익을 넘어서 사람의 행동을 지배할 수 있는 것이다.

그 이전에도 노노아는 상대의 행동을 관찰해 언동을 바꾸면서 상대의 마음에 들도록 행동했다. 하지만 다음 경지가 존재했다. 상대의 감정을 받아들여서 언동을 바꾸는 게 아니다. 자신이 언동을 바꿔서…… 상대의 감정을 조종한다.

(표정을 읽을 수는 없지만…… 충성심이 죄책감을 능가한 걸까? 좀 다른 방향에서 공격해 봐야겠네.)

그렇게 판단한 노노아는 팔짱을 끼더니, 고개를 끄덕였다.

"평소 사이가 좋은 상대일수록 사과하기 힘들 때가 있잖아~. 나도 알아. 비난하는 듯한 소리를 해서 미안해."

"아, 아뇨……. 제 문제는 이야기를 훔쳐 들은 것과는 상관이 없으니까요."

노노아가 친근한 태도를 취하며 그렇게 말하자, 아야노는 당황한 듯 눈을 껌뻑였다. 하지만 노노아는 개의치 않는다는 듯 싱긋 웃으며 말을 이었다.

"실은 나도 비슷한 경험을 한 적이 있어서 알아~. 친구에게 말을 걸려고 다가갔더니, 그 애가 마침 다른 사람과 이야기를 나누고 있더라~. 『이야기 끝날 때까지 좀 기다려야지~』하고 생각했는데, 갑자기 고백을 해서…… 엄청

거북했다니깐. 나중에 들켜서 혼나긴 했는데 그럴 때 어떻게 하면 좋을지 모르겠어~."

자기 노출과, 공감.

당황과 미안함에 흔들리던 아야노의 눈동자가 노노아를 똑바로 향했다.

(좋아, 걸려들었어.)

마음속으로 냉철하게 관찰하면서 노노아는 빙긋 미소 지었다.

"이것도 인연이니까, 괜찮다면 나한테 이야기하는 건 어때~? 안심해. 나, 입은 무거운 편이야. 친구한테도 『의외로 입이 무겁네』란 말을 자주 듣거든."

자기 자신의 평가가 아니라, 주위 인간의 평가를 입에 담았다.

"아니, 그럴 수는……."

"사양 안 해도 돼. 쿠젯찌도 내 이야기를 들어준 적이 있거든. 이건 쿠젯찌에게의 답례 같은 거야. 소중한 소꿉친구와 거북한 사이여선, 쿠젯찌도 괴로울 거잖아."

마사치카를 위해서, 라는 대의명분을 부여해줬다.

"게다가 쿠젯찌와 키미시마의 정확한 관계를 아는 사람은 웃키~ 말고는 나와 사얏찌뿐일걸?"

선택지를 줄여서, 시야가 좁아지게 만들었다.

"뭐~, 무리할 필요까지는 없어. 상담할 상대가 필요하면 말해~ 정도거든."

한껏 몰아붙인 후, 마지막에는 주도권을 넘겨줬다.

"……."

노노아가 입을 다물자, 시선이 흔들리던 아야노는……
천천히 입을 열었다.

"꼭, 비밀로 해주셨으면 합니다만……."

(걸려들었어.)

마음속으로 지은 미소를 겉으로 드러내지 않으며, 노노
아는 계속 말해보라는 시선을 아야노에게 보냈다.

"실은, 마사치카 님이 아리사 양과 입후보한 것을 이제
와서 비난하는 듯한 발언을 해버려서……."

"왜 그런 거야?"

"그건…… 마사치카 님이, 유키 님의……."

거기까지 말하고 입을 다문 아야노는 「아뇨」 하며 자기
발언을 부정했다.

"애초에 저한테는 그런 말을 할 자격이 없습니다. 제가
유키 님을 더 잘 보필했다면……."

아야노가 허공을 쳐다보며 말하는 단편적인 독백을, 노
노아는 말없이 음미했다.

(으음~. 그러니까 웃키~에게 버팀목이 필요한 상황에,
쿠젯찌가 웃키~보다 아릿사를 우선했다는 이야기일까?)

그리고 그런 마사치카를 대신해 자신이 유키의 버팀목이

되어주지 못하기에, 아야노는 분한 것이다. 그렇게 예상한 노노아는 배려하는 듯한 시선을 머금었다.

"그래……. 소중한 사람에게 도움이 되지 못하는 건 참 괴로운 일이야…….."

"네……."

"나도 중등부 선거전에서 사얏찌에게 그다지 도움이 못 됐거든……. 그 심정은 이해해."

"그렇, 습니까?"

"응."

아야노가 자신을 쳐다보며 그렇게 묻자, 노노아는 고개를 끄덕였다.

"결국, 사얏찌는 선거전에서 웃키~한테 졌잖아. 내가 더 도움이 됐다면 결과는 달라졌을까…… 하고 지금도 생각해."

"……."

아야노의 시선이 자신의 볼을 향하고 있는 것을 느끼면서 노노아는 하늘을 올려다본 채 말을 이었다.

"아버지의 기대를 저버렸어~ 하며, 사얏찌가 엉엉 울더라니깐~. 그런 사얏찌를 보면서, 나는……."

당시의 심경이 되살아나자, 노노아는 입을 다물었다. 그리고 아야노를 쳐다보며, 안타까운 미소를 머금었다.

"마음이 떨렸어."
^{아팠어}

그러면서 아야노의 오른손을 양손으로 감싸쥔 노노아는

말했다.

"하지만 말이지? 그 순간 깨달았어……. 진정으로 소중한 사람에게는 쭉 곁에서 같은 편에 서주기만 해도 충분하다는 걸 말이야. 그것만으로도 마음의 버팀목이 되어줄 수 있어. 그러니까……."

아야노의 눈동자를 들여다보며, 노노아는 진지한 어조로 말했다.

"키미시마도 윳키~의 편에 서주기만 하면 될 거야. 그것만으로도 윳키~는 충분히 구원받을 거라고 생각해."

"……."

노노아는 그렇게 말했지만, 아야노는 시선을 돌렸다. 그리고 괴로운 듯한 목소리로 말했다.

"하지만, 저는……."

"응?"

"저는…… 완전히 유키 님의 편이 되지는 못할지도 모릅니다."

가슴속 깊은 곳에서 나온 듯한 그 말을 들은 순간, 노노아는 아야노의 본심을 접했다는 것을 확신했다.

(흐음~?)

노노아는 흥미에 찬 미소를 걱정스러운 표정으로 감추면서 물었다.

"어째서?"

"······."

"괜찮아. 신에게 맹세코 누구에게도 말하지 않을게."

허황하게 느껴지는 맹세였지만, 아야노는 천천히 입을
열었다.

"저는····· 마사치카 님께서 스오우 집안으로 돌아와 주
시기를 바라고 있습니다."

그 입에서 흘러나온 건, 마사치카와 유키에게도 이야기
하지 않은 아야노의 소망이었다.

"예전처럼 또 셋이서····· 사이좋게, 행복한 일상을 보내
고 싶어요."

어릴 적의, 그 나날. 유키는 순수하게 오빠를 따랐고, 마
사치카는 동생에게 미안한 감정을 품지 않았으며····· 그런
두 사람을 바라보는 아야노는 언제나 참 행복했던······.

"하지만 그건 두 사람의 뜻에서 벗어나는 일이라····· 이
건 저 혼자만의 희망에 지나지 않습니다."

눈을 내리깔며 희미하게 떨리는 목소리로 그렇게 말하는
아야노를····· 노노아는 꼭 안아줬다. 놀란 아야노가 몸을
딱딱하게 굳히자, 노노아는 목 깊숙한 곳에서 쥐어짜 낸
듯한 목소리로 이렇게 속삭였다.

"그래······. 쭉 혼자서 그런 마음을 품고 있었구나······. 힘
들었겠네······."

그대로 10초가량 아야노를 안아준 후 몸을 뗀 노노아는

그녀의 두 어깨를 움켜쥐며 말했다.

"좋아, 결심했어! 나, 키미시마의 편이 될래!"

"네?"

"사얏찌도 쿠젯찌와 웃키~가 사이좋게 지내기를 바라잖아? 게다가 이렇게 절실한 마음을 들었더니~, 도와주고 싶어지네."

환한 미소를 지으며 그렇게 말한 노노아는 표정을 누그러뜨리며 말을 이었다.

"게다가 쿠젯찌 본인도 자기 가문과 제대로 마주해야만 한다고 생각해. 응, 맞아."

"그, 럴까요?"

모른다. 아야노에게는 그게 나을 것 같기에, 그렇게 말했을 뿐이다.

"응, 틀림없어. 그러니까 나도 협력할게. 아, 괜찮다면 아야노노라고 불러도 돼?"

"으, 음…… 네."

당황한 것처럼 눈빛이 흔들리는 가운데, 아야노는 고개를 끄덕였다. 그 모습을 본 노노아는 더욱 진한 미소를 머금었다.

자신과 세상이 어긋나 있다는 사실을 의식한 그날. 연못의 개구리를 향해 돌을 던지던 악동들의 마음을 지금이라면 조금은 이해할 수 있을 것 같았다.

분명 그들은 진심으로 개구리를 해칠 생각은 아니었을 것이다.

　자기가 던진 돌이 조그마한 목숨을 상처입힐지도 모른다. 그 부도덕인 느낌과 스릴 자체를 즐긴 것이다.

　(응…… 알아.)

　이것이 나쁜 짓이라는 건 인식하고 있다. 어쩌면 혼날지도 모른다. 어쩌면 아무 일도 일어나지 않을지도 모른다. 어쩌면 자기가 던진 돌이 일으킨 파문이 뜻밖의 무언가를 뒤흔들지도 모른다. 어쩌면 이 행위에는 목적은 물론이고 이유조차 없을지도 모른다.

　그래도, 돌을 던질 것이다.

　(재미있어졌네♡)

　다시 아야노의 손을 두 손으로 감싸 쥔 노노아는 아름다운 미소를 머금었다.

　"잘 부탁해, 아야노. 그럼 쿠젯찌에게 어떻게 사과할지부터—."

　그 입술에서는 순진하고 순수한 악의가 방울져 떨어지고 있었다.

◇

　"그럼 오늘 종례는 끝내도록 할까. 당번, 인사."

"차렷, 인사."

"""감사합니다~."""

방과 후, 가방을 챙겨서 일어난 마사치카는 옆자리에 있는 아리사에게 말을 건넸다.

"아랴, 미안하지만 볼일이 있어서 학생회에는 좀 늦게 갈 것 같아."

"그래? 그것보다…… 또 스마트폰을 쓴 거야?"

마사치카가 스마트폰을 가볍게 들어 보이며 그렇게 말하자, 아리사는 꾸짖는 듯한 눈길을 보냈다. 아리사가 우등생다운 쓴소리를 하자, 마사치카는 어깨를 으쓱했다.

"게임은 안 했어. 연락을 주고받는 것 정도는 괜찮지 않아? 오히려 수업 중에 전원을 꺼두는 사람은 아마 너뿐일걸?"

"교칙에 따르는 것뿐이야."

"뭐, 네가 옳긴 하지만…… 이 정도는 봐줘."

목을 움츠리며 그렇게 말한 마사치카는 서둘러 교실을 나섰다. 그의 등을 살짝 노려보던 아리사는 가볍게 한숨을 내쉬었다.

(정말, 아직도 학생회 임원으로서의 자각이 부족하다니 깐……. 하지만 너무 잔소리하는 것도 좋지 않을 거야. 미, 미움받으면 곤란하잖아?)

무의식적으로 머리카락을 손가락에 말면서 그런 생각을 하다…… 또 머릿속이 핑크빛으로 물들었다는 것을 눈치챈 그녀는 고개를 내저었다.

(이러면 안 돼⋯⋯. 얼마 전부터 긴장을 풀었다 하면 이런다니깐.)

지금의 자신을 보는 사람이 없나 싶어 주위를 둘러보면서, 아리사는 새침한 표정으로 스마트폰의 전원을 켰다.

몇 시간 만에 켠 스마트폰은 진동하면서 메시지가 왔다는 사실을 알려줬다.

(어머? 엄마일까?)

가볍게 눈을 치켜뜬 아리사는 보낸 이를 확인하더니⋯⋯ 뜻밖이라는 느낌에 사로잡혔다.

"노노아 양⋯⋯?"

약간 당혹스러워하면서도, 노노아에게서 온 메시지를 확인했다.

그리고 학생회 멤버에게 자신과 마사치카가 조금 늦을 거라고 메시지로 연락한 아리사는 가방을 들고 자리에서 일어났다.

(이거 또 신기한 장소로 불려 왔네⋯⋯.)

아야노에게 받은 메시지에 따라 계단을 올라가면서 마사치카는 마음속으로 혼잣말을 했다. 이곳은 부실동의 옥상으로 이어지는 계단이다. 문화제 때, 마사치카가 마리야와 이야기를 나눴던 장소다.

"아⋯⋯."

옥상으로 이어지는 문 앞에 서 있는 아야노를 쳐다보면서 마사치카는 가볍게 한 손을 들어 보였다.

마지막으로 만났을 때 나눈 대화가 좀 문제가 있었던 만큼 이 인사에는 어색한 기색이 약간 감돌았다.

인사를 받은 아야노의 무표정한 얼굴 또한 평소보다 약간 딱딱해 보였다.

"이런 곳으로 불러서 죄송합니다, 마사치카 님."

"아니, 그건 괜찮은데⋯⋯ 무슨 일이야?"

"네. 우선⋯⋯."

아야노는 그렇게 운을 떼자마자 바로 무릎을 꿇으려— 했기에 마사치카는 단숨에 계단을 올라가서 그녀의 어깨를 잡고 말렸다.

"아니, 이런 데서 아무렇지 않게 무릎을 꿇지 말라고. 교복과 머리카락이 더러워질 거잖아."

"네? 그러니까 좋은 거 아닌가요?"

"큭, 그렇게 올곧은 눈길로 쳐다보니 상식이 흔들리려고 해⋯⋯. 혹시나 해서 묻겠는데, 더러워질수록 성의가 전해질 거란 의미지? 마조히스트 같은 의미가 아닌 거 맞지?"

"물론 전자입니다. 그리고 저는 마조히스트가 아니에요."

"아, 응. 그래……."

"고통을 받고 쾌감을 느끼지 않습니다. 저는 그저, 물건 처럼 함부로 다뤄지고 싶다는 소망을 남몰래 품고 있을 뿐 이죠."

"남몰래 품고 있기는 무슨. 완전 오픈 상태잖아. 그리고 세상에서는 그런 사람을 마조히스트라고 부른다고."

"그렇, 습니까?!"

무표정한 상태에서 눈을 치켜뜬 아야노의 등 뒤에서 번 개가 치는 듯한 이펙트가 발생했다. 아야노의 몸이 굳어지 자, 마사치카는 그 틈에 그녀의 두 팔을 잡고 반쯤 억지로 일으켜 세운 후에 물었다.

"그런데 무슨 일이야? 무릎은 안 꿇어도 되니까 간결하 게 이야기해줘."

"아, 네……."

마사치카가 단호한 어조로 명령을 내리자, 아야노는 몸 을 흠칫한 후에 고개를 숙였다.

"우선 운동회 때의 일…… 정말 송구합니다. 하인이면서 주제넘은 소리를 했습니다."

"……"

그 사죄는 마사치카로서는 예상했던 내용이었다. 그렇기 에…… 마사치카의 대응은 이미 정해져 있었다.

"아냐, 사과할 필요 없어. 네 말이 옳아. 네 입장을 생각하면, 그런 쓴소리를 하는 게 당연해……. 무엇보다 유키를 생각해서 한 발언이잖아. 오히려…….”

아야노가 고개를 들게 한 후, 그녀의 눈을 응시한 마사치카는 깊이 고개를 숙였다.

“미안해. 네가 그런 말을 하게 만들다니, 정말 면목 없어.”

“마, 마사치카 님, 고개를 드십시오.”

당황한 기색이 역력한 아야노의 목소리가 들려오자, 마사치카는 고개를 들면서 안타까운 듯이 웃었다.

“네가 사과할 필요 없어. 애초에…… 그 누구보다도 유키의 편에 서 달라고 부탁한 사람은 바로 나잖아.”

그것은 문화제 첫날의 밤에, 마사치카가 아야노에게 한 부탁이다.

“그러니까…… 고마워. 유키의 편에 서줘서 말이야.”

그렇게 말한 마사치카는 다시 고개를 숙였다. 그러자 아야노는 눈을 치켜떴고, 곧 그녀의 분위기가 누그러졌다.

“과분한 말씀입니다, 마사치카 님.”

아야노가 그렇게 말하면서 희미한 미소를 머금자, 마사치카도 미소를 머금었다. 한동안 말없이 서로를 향해 미소 지은 후, 아야노는 표정을 굳히며 마사치카에게 물었다.

“마사치카 님…… 마사치카 님의 유키 님을 향한 마음은 지금도 변함없으십니까?”

“유키는 내가 가장 사랑하는, 그리고 이 세상에서 그 누구보다도 소중한 사람이야. 그 마음이 흔들린 적은 단 한 번도 없어."

마사치카가 주저 없이 단언하자, 아야노는 잠시 눈을 감으며 천천히 고개를 끄덕인 후에 그를 똑바로 바라보며 대답했다.

"그렇다면 저는 망설이지 않겠습니다. 저는 앞으로도 유키 님을 최우선으로 생각하며 행동하겠어요."

"응, 그렇게 해……."

마음을 확인하고 의지를 굳힌 후, 두 사람은 시선을 교환했다. 그런 두 사람의 아래편…….

층계참으로 이어지는 계단의 중간에서, 아리사는 딱딱하게 굳어버렸다. 머릿속으로는 마사치카가 아야노에게 한 말이 반복 재생되고 있었다.

(가, 장 사랑…… 소중…….)

계단이 요동치고 있었다. 난간도 흐물거리는 탓에 잡고 버틸 수가 없었다.

(아, 우아, 아아아아아아아아아아—.)

고함을 지르고 싶다. 토하고 싶다. 가슴속에 있는 것을 전부— 전부, 전부 토해버리고 호흡을 멈추고 싶다.

"……!"

그 충동을 희미하게 남아 있던 이성이 막았다. 아리사는 무너지듯 계단을 내려왔다.

그저 자리를 벗어나기 위해 계단을 계속 내려가기만 했다. 그렇게 1층까지 내려갔을 때, 옆에서 목소리가 들려왔다.

"어, 아릿사, 안녕…… 어, 왜 밑에서 기다리고 있는 거야? 약속 장소는 위층인데……."

그 목소리를 듣고 고개를 들자, 의아한 눈길로 계단 위쪽을 쳐다보고 있는 노노아의 모습이 눈에 들어왔다.

뭔가 할 이야기가 있다고 했는데…… 지금의 아리사에게는 노노아를 상대해줄 마음의 여유가 없었다.

"미안한데…… 용건은 다음으로 미뤄도 될까?"

"뭐? 아~ 괜찮은데…… 왜 그래? 무슨 일 있어?"

"미안해."

그렇게 말한 아리사는 불안정한 발걸음으로 노노아의 옆을 지나치려 했다. 하지만…….

"잠깐만, 기다려봐."

옆에서 팔을 잡힌 바람에 걸음을 멈출 수밖에 없었다. 고개를 돌려보니, 평소와 다르게 진지한 표정을 짓고 있는 노노아가 아리사를 쳐다보고 있었다.

"그런 표정을 짓고 있는 아릿사를 내버려 둘 순 없거든? 무슨 일 있었던 거야?"

그 순간, 아리사는 충동적으로 노노아의 팔을 뿌리치며 그대로 내달릴 뻔했다. 하지만 겨우겨우 그런 행동을 참고, 떨리는 폐로 심호흡을 한 번 한 후에 입을 열었다.

"무슨 일이 있었는지는, 말 못 해……."

그것은 자신이 품고 있는 마음을 밝히는 것을 의미하니까…….

"그래도…… 잠시만, 곁에 있어 줄래?"

곁에서, 감시해줬으면 한다.

이대로 혼자 있게 됐다간, 말도 안 되는 짓을 벌일 것만 같았다. 그런 생각이 담긴 아리사의 부탁을 노노아는 태연하게 승낙했다.

"응, 좋아~."

"……고마워."

"아~냐. 우리는 친구 사이잖아?"

태연한 어조로 그렇게 말한 노노아는 아리사의 팔을 놓더니, 그녀의 어깨를 두드렸다. 평소와 미찬가지로 사소한 일을 신경 쓰지 않는 노노아의 모습을 접한 아리사는 작게 웃었다.

설마 밝은 목소리로 말하며 친근하게 행동하는 노노아의 얼굴이, 실은 무표정한 줄은 꿈에도 모른 채…….

제 4 화   드러냄

딩~ 동~ 댕~ 동~.

청소 시간 종료를 알리는 벨이 울렸다. 아리사는 그것을 보건실의 침대 안에서 듣고 있었다.

『몸이 안 좋으면~. 보건실 침대에서 한숨 자는 건 어때~?』

그렇게 말하는 노노아에 의해 반쯤 강제로 침대에 눕혀진 아리사는 학생회 업무가 시작될 시간인데도 여전히 침대 안에서 꼼짝도 하지 않았다.

(이건, 땡땡이일까……)

그렇다면, 평생 처음 하는 땡땡이다.

머릿속으로 멍하니 그런 생각을 하면서 아리사는 자조했다.

땡땡이는 절대 용서받을 수 없는 일이다. 말도 안 된다. 인생의 오점이다. 그렇게 생각하는데도, 몸을 일으킬 기력이 없었다.

마음속은 무겁고 갑갑한 감정에 짓눌리면서, 자신이 취한 행동에 대한 경멸이 생겨날 여지마저 없었다.

『유키는 내가 가장 사랑하는, 그리고 이 세상에서 그 누구보다도 소중한 사람이야.』

계단 위에서 들려온 마사치카의 그 말이, 머릿속에서 계속 되풀이되고 있었다. 잘못 들었다고 생각하고 싶었다.

하지만 문화제에서 피아노를 연주하던 마사치카의 모습이, 운동회 때 유키를 향하던 시선이…… 아리사에게 현실 도피를 허락하지 않았다.

(아아, 어쩌면 그 두 사람은…….)

쭉 서로를 마음에 품어 왔지만, 집안 문제로 맺어지지 못한 사이가 아닐까. 유키는 명가의 외동딸이며, 마사치카는 중류 가정 출신이다. 집안의 격이 맞지 않는다는 이유로, 서로를 좋아하는데도 교제를 허락받지 못했다…… 그렇게 생각한다면, 운동회에서 마사치카가 유키의 어머니를 향해 지었던 그 표정도 납득이 된다.

(마사치카가 숨기고 있는 사정은 역시 그런 것일까……?)

그렇다면 참 우스웠다. 처음부터, 그 두 사람 사이에 파고들 여지 같은 건 없었다.

마사치카가 아리사에게 품고 있는 감정은 어디까지나 타인을 향한 존경과 친애이며…… 거기에 연모의 정은 존재하지 않는 것이다.

그런데도 자신은 혼자서 멋대로 좋아하게 되어서, 멋대로 들떴다가, 결국…… 멋대로 슬픔에 젖어 있다.

"……!"

가슴에 경련이 일어난 아리사는 자기도 모르게 울음을 흘리려다, 억지로 숨을 참았다.

울지 마. 커튼 너머에는 아직 노노아가 있다. 실연했다고 질질 짜는 모습은 아무에게도 보여주고 싶지 않다.

(그래. 실연이 대수야? 빨리 눈치챈 만큼, 상처가 얕아서 다행이잖아.)

연심을 자각하고, 금세 그것이 이뤄지지 않을 사랑이라는 것을 눈치챘다. 돌이킬 수 없게 되기 전에, 그것을 깨달아서……

"으, 흐, 흑……."

이불을 뒤집어쓴 채, 치밀어 오르는 오열을 베개에 얼굴을 묻어서 억눌렀다. 그런데도 떨림이 잦아들지 않는 가슴에서 멋대로 말이 넘쳐 나왔다.

【싫어, 싫단 말이야…….】

마지막 긍지로, 하다못해 누구도 알아듣지 못하도록. 목소리가 떨리지 않도록, 작게 중얼거렸다.

【좋아해…… 좋아해…….】

마음이, 넘쳐 나왔다. 말을 막을 수가 없었다.

뭐가, 상처가 얕아서 다행이라는 거냐. 이미 돌이킬 수 없게 된 지 오래다. 이미 돌이킬 수 없을 만큼, 마음을 빼앗기고 말았다. 쿠제 마사치카 이외의 누군가와 함께하는 미래 따위, 상상조차 할 수 없다. 자신의 옆에서 마사치카가 사라지는 것을 상상하기만 해도, 가슴이 옥죄어들었다.

【좋아한단, 말이야…….】

『감사합니다, 미야마에 님. 덕분에 마사치카 님에게 제
대로 사과할 수 있었어요.』

『그래~, 다행이야. 그것보다 나는 노노아라고 불러도 된
다고 했잖아. 님도 됐어.』

『그럼…… 노노아 양. 감사합니다.』

『아냐. 상의할 일 있으면 또 언제든 연락 줘~.』

아야노와 메시지를 주고받으면서, 노노아는 커튼 너머에
서 희미하게 들려오는 아리사의 목소리를 듣고 있었다.

(으음…… 역시, 감정을 억누르는 타입은 영 재미없네~.)

극한까지 감정을 억누른 목소리에서는, 아리사의 속내가
느껴지지 않았다.

노노아가 원하는 건 순수하고 강렬한, 훤히 드러난 격렬
한 감정이다. 가슴속의 움직이지 않는 마음마저 떨리게 할
듯한 강렬한 감정의 폭발을 보고 싶다.

하지만 어중이떠중이가 감정을 폭발시켜봤자 자신의 감
정이 떨리지 않는다는 건, 이제까지의 시도를 통해 알고
있다. 그렇다면 사야카만큼은 아니더라도, 꽤 친분을 쌓은

^{아리사}
상대라면 어떨까 싶어서 시도해봤지만…….

(뭐, 어차피 메인은 쿠젯찌잖아. 재미없더라도 계속 손을 써둬야겠지~.)

포석은 최대한 깔아두는 편이 좋다. 그러니…….

(자, 마무리를 시작해볼까요~.)

마음이 약해졌을 때 파고드는 건, 마인드 컨트롤의 기본이다. 이참에 단숨에 아리사와 거리를 좁히기 위해, ^{를 완전히 무너뜨리기}노노아는 커튼을 향해 손을 뻗었ㅡ.

위잉.

손에 쥔 스마트폰이, 메시지가 왔다는 것을 알려줬다.

『노노아 양, 아직 청소 중이야?』

메시지를 보낸 이는 히카루였다. 그 메시지를 본 노노아는 오늘이 경음악부에서 밴드 연습을 하는 날인 것을 떠올렸다.

(으음…… 오늘은 빼먹을까.)

침대 쪽을 쳐다보며 그렇게 답장을 보내려던 순간, 스마트폰이 또 진동했다.

『오늘은 경음악부에 안 오는 거야?』

이번 메시지를 보낸 이는 사야카였다. 그 이름을 본 순간, 노노아는 양손으로 스마트폰을 쥐면서 초고속으로 메시지를 입력했다.

『갈 건데? 혹시 보러 올 거야?』

『잠깐.』

『알았어. 금방 갈게~.』

마지막에 하트 마크가 난무하는 이모티콘을 보낸 후, 노노아는 스마트폰을 호주머니에 집어넣으면서 커튼 너머로 아리사에게 말을 건넸다.

"아릿사~? 나, 경음악부에 가볼게~."

그 말에 아리사는 대답하지 않았다. 하지만 노노아는 개의치 않더니, 배려심 넘치는 친구를 가장하듯 일부러 발소리를 크게 내며 보건실을 나섰다.

(자~, 서두르자~ ♪)

노노아는 그대로 음악실로 향하며 가벼운 발걸음으로 복도를 뛰어가기 시작했다. 그런 그녀의 머릿속에서는 아야노와 아리사가 깨끗하게 사라졌다.

"그럼, 고생하셨습니다~."

"그래, 수고했어~."

"수고했어~."

"고생 많으셨습니다."

학생회 업무를 마친 마사치카는 학생회실을 나섰다. 그리고 어두워진 복도 밖을 쳐다보며 눈썹을 살짝 찌푸렸다.

(결국, 아랴는 안 왔는걸…….)

학생회 그룹 채팅방에「조금 늦는다」는 취지의 메시지를 보내기는 했지만, 그 후로는 아무 연락이 없었다. 마리야가 전화를 걸었는데도 받지 않았다. 오늘은 운동회 사후 처리 관련 업무를 처리해야 하니, 여러모로 바쁘리라는 것은 그녀도 사전에 알고 있었다.

그런 상황에서 아리사가 업무에 참가하지 않을 리가 없기에, 학생회 멤버 전원은 화내기보단 그녀를 걱정했다. 게다가 마사치카는 개인적으로도…….

(운동회 이후로 아랴와 그다지 이야기를 나누지 못했어.)

가족 문제로 신경을 쓸 여유가 없었고, 아리사도 그걸 눈치채서 신경을 써주고 있는 거라고 여겼지만…… 오늘 학생회를 무단으로 결석한 것을 보면 그게 전부는 아닌 것 같았다.

(마샤 씨가 다시 전화를 걸어보겠다고 했지만…… 나도 좀 찾아볼까.)

그렇게 생각한 마사치카는 아리사가 있을 만한 장소를 돌아보기로 했다.

"없네……."

교실과 교무실을 거친 후에 제2음악실에 들른 마사치카는 복도에서 그렇게 중얼거렸다.

(뭐, 실은 이미 돌아간 거라면 웃기겠지만…….)

그럴 리가 없다는 것을 마사치카 본인도 알고 있다. 그 렇기에, 더 걱정되었다.

(일단, 다시 한번 교실에 가볼까…….)

그렇게 생각하며 돌아선 순간, 마사치카는 뜻밖의 인물과 마주쳤다.

"호오, 쿠제잖아."

연극배우 같은 톤으로 말을 건네온 이는 바로 피아노부 부장인 키류인 유쇼였다. 한 달 전의 문화제에서 학교 전체를 휘말리게 하는 소동을 일으켰고, 그 벌로써 사촌인 스미레에게 머리를 빡빡 깎인 끝에 한 달 정학을 받았던 남자다. 문화제에서 격돌했던 악연으로 얽힌 상대를 본 마사치카는 바로 얼굴을 찡그렸다.

원래부터 나르시시스트에 자기중심적인 유쇼를 좋아하지 않았지만, 문화제 때는 이 남자 탓에 흑역사를 만들고 말았다. 게다가, 지금은 아리사가 걱정되는지라…….

"응. 그럼 안녕."

마사치카는 그를 힐끔 쳐다본 후, 빠른 걸음으로 지나치려 했다. 하지만…….

"뭐, 기다려보라고."

유쇼는 재빨리 마사치카의 앞으로 이동하더니, 괜히 벽에 기대서면서 그를 흘겨봤다. 순정만화나 연애 드라마를 너무 많이 본 것 아니냐고 태클을 걸고 싶어지는 태도였기에, 마사치카는 볼에 경련이 일어났는데도 불구하고 짜증을 어찌어찌 억누르며 말했다.

"애초에 나와 너는 평범하게 이야기를 나눌 사이가 아니라고 생각하거든? ……무슨 볼일인데?"

"응? 뭐, 중요한 일은 아닌데 말이야."

"확 한 방 꽂아버린다, 이 점박이 빡빡이야."

그 자비 없는 호칭을 들은 유쇼의 표정이 굳어졌다.

하지만 자신도 그 표현이 적절하다고 생각하는 건지, 그 표정에 드러난 것은 분노가 아니라 웃음기였다.

그도 그럴 것이 스미레에게 깨끗하게 밀린 유쇼의 머리는 정학 기간에 머리카락이 좀 자라기는 했지만, 두피 자체가 떨어져 나간 부분은 빨리 낫지 않았다. 그 바람에 점박이처럼 머리카락이 옅은 부분이 있어서, 그야말로 『점박이 빡빡이』다.

너무나도 적절한 표현이었기에 유쇼는 웃음이 날 것 같았지만, 억지로 참아내면서 과장되게 두 팔을 벌린 채 어깨를 으쓱했다.

"이런, 남의 신체적 특징을 웃음거리로 삼다니…… 이래서 서민은 문제라니깐."

"다른 사람을 서민이라고 부르는 놈한테만은 그런 소리 듣고 싶지 않다고."

물론 마사치카도 타고난 장애나 병 혹은 사고로 저렇게

된 것이라면 웃음거리로 삼지 않았을 것이다.

하지만 유쇼가 저렇게 된 것은 명백한 자업자득이다. 과거에 상대에게 피해를 잔뜩 받았을 뿐만 아니라 지금 이 순간에도 열받고 있는 사람으로서는 이 정도 말은 해주고 싶었다.

(아니, 나를 서민이라 부른다는 건…… 이 자식, 나와 유키가 남매라는 걸 눈치채지 못한 건가?)

문득 그런 생각을 한 마사치카는 그럴 만도 하다고 고쳐 생각했다.

아무리 옛날 성이 같더라도, 「어쩌면 남매인 게 아닐까」 하고 생각을 비약할 수 있는 인간은 압도적으로 소수파일 것이다. 대부분의 인간은 우연이라고 생각하거나, 아니면 먼 친척일지도 모른다고 추측할 뿐이리라. 바로 남매라는 것을 눈치챈 노노아가 비정상적인 것이다.

그런 생각을 하고 있을 때, 마음을 진정시킨 듯한 유쇼가 아무 일도 없었다는 듯이 다시 말을 걸어왔다.

"네가 방과 후에 이런 곳에 있는 걸 보면, 네가 관악부의 도우미가 됐다는 소문은 사실인가 보지?"

"그런 소문을 대체 누구한테 들은 거야……?"

그것은 일부 인간만 아는 정보이기에, 마사치카는 긍정도 부정도 하지 않으며 그렇게 되물었다. 그러자 유쇼는 별것 아니라는 투로 대꾸했다.

"나는 피아노부의 부장이거든? 같은 음악계 동아리인 만큼, 소문 정도는 들려."

"흐음, 그래? ……유감이지만, 나는 사람을 찾고 있을 뿐이야. 그러니까, 이만 실례하겠어."

꼭 필요한 말만 한 마사치카는 다시 유쇼의 앞을 지나치려 했다. 하지만…….

"네가 찾는 상대는 쿠죠 아리사려나?"

유쇼가 그 말을 입에 담은 순간, 마사치카는 멈춰 설 수밖에 없었다. 그리고 의혹과 경계심이 어린 시선으로 유쇼를 노려봤다.

"그런 표정 짓지 마. 나는 우연히, 미야마에와 함께 보건실에 들어가는 쿠죠를 봤을 뿐이지."

"노노아와……?"

방금 머릿속에 떠올린 인물이 언급되자, 마사치카는 미간을 찌푸렸다. 그래도 유쇼가 한 말이 유익한 정보인 것은 사실이기에, 내키지 않는 마음으로 예를 표했다.

"……고마워. 그럼 가보겠어."

그리고 이번에야말로 유쇼의 앞을 지나치려 했지만—.

"좀 기다려보라고, 쿠제……. 너, 미야마에를 진짜로 학생회에 영입할 생각이야?"

그 의미심장한 질문을 들은 순간, 마사치카는 마음속으로 「짜증 나」 하고 중얼거리며 대답했다.

"우리가 당선된다면, 말이지……."

마사치카가 퉁명한 어조로 대답하자, 유쇼는 그를 무시하는 듯한 미소를 머금었다.

"제정신이야? 그렇게 위험한 존재를 자기 품속으로 받아들이겠다니, 제정신이 아닌걸."

유쇼가 그렇게 말하자, 마사치카는 한순간 말문이 막혔다. ……막히고 말았다.

그것이야말로, 마사치카 본인이 유쇼의 말이 일리 있다고 인정하는 무엇보다 큰 증거였다.

"설마 너, 미야마에를 아군으로 삼으면 든든한 인간이라고 생각하는 건 아니겠지? 그렇게 생각한다면 그건 엄청난 착각이야."

마사치카의 생각을 꿰뚫어 본 유쇼가 그것을 전면적으로 부정했다.

"미야마에는 누군가의 아군이 되지 않아. 그 여자에게 이 세상의 인간은 두 종류일 뿐이지. 소중한 관찰 대상과 망가뜨려도 되는 관찰 대상. 그게 다야."

"배배 꼬인 녀석한테는 그렇게 보이는 거야……?"

"착해 빠진 녀석한테는 그렇게 보이지 않는 걸까?"

빈정거림을 아무렇지 않게 반박당하자, 마사치카는 입가를 일그러뜨렸다. 그래도…… 노노아를 친구로 인정한 사람으로서, 유쇼의 말을 침묵으로 긍정할 수는 없었기에 마사치카는 또 반론했다.

"키류인…… 네가 아는 건 예전의 노노아잖아? 개도 많은 사람과 만나고, 많은 경험을 쌓으면서, 조금씩 달라지고 있어. 지금의 개는 예전의 개와 달라."

"다르지 않아. 네가 다르다고 생각한다면 그건 그 애가 그렇게 보여주고 있을 뿐이지."

"너……."

유쇼가 어디까지나 노노아를 사악한 존재라고 이야기하자, 마사치카는 분노가 치밀기 시작했다. 하지만 유쇼는 더는 말해봤자 소용없다는 듯 어깨를 으쓱할 뿐이었다.

"하아, 이렇게까지 말하는데도 이해 못 하는 건가."

고개를 좌우로 저으며 그렇게 말한 유쇼는 벽에서 등을 떼더니, 마사치카의 옆을 지나쳤다.

"마지막으로 한마디 해두겠어. 타인의 선한 면을 믿고 마는 것이야말로 너의 크나큰 약점이야, 쿠제."

마사치카를 지나치면서 그 말만을 남긴 후, 유쇼는 사라졌다.

그 말에는 마사치카가 여러모로 생각해볼 여지가 담겨 있지만…… 일방적으로 그런 소리를 듣기만 하는 건 아니꼬웠기에, 마사치카는 멀어져 가는 유쇼의 등을 쳐다보며 이렇게 말했다.

"그 머리 모양으로도 연극하는 듯한 태도를 버리지 못하는 것이야말로 너의 크나큰 약점이야, 키류인."

"……!"

유쇼가 발을 헛디디는 모습을 힐끔 쳐다본 후, 마사치카는 보건실로 향했다. 그 사이에도 머릿속에서는 유쇼의 말이 소용돌이치고 있었다.

(노노아가 달라진 듯이 보인 건…… 전부 걔의 연기라고?)

말도 안 된다. 저런 배배 꼬인 악마의 말에 귀를 기울일 필요는 없다. 노노아와 유쇼, 너는 어느 쪽을 믿는 것이냐.

그런 생각을 하는 와중에도 의문은 사라지지 않았다.

머리 한편에, 유쇼의 주장을 긍정하는 자신이 존재한다는 것을 부정할 수 없었다. 한번 싹튼 의심이 머릿속에 뿌리를 내리더니 서서히 침식하기 시작했다.

(노노아와 아랴가 같이 보건실에……? 아랴가 어디 안 좋아진 걸까? 그런데 반도, 동아리도 다른 노노아가 왜 아랴와 같이 있는 거지? 설마 노노아가 아랴에게 무슨 짓을…….)

추령제의 뒤풀이 삼아서 간 유원지의 벤치에서 노노아가 보내던 자신을 휘감는 듯한 시선과 말이 뇌리에 떠올랐다.

그것이 얼마나 진심인지는 알 수 없고 노노아에게 상식적인 생각이 얼마나 통할지도 알 수 없다.

하지만 어디까지나 일반론에 비춰볼 때…… 여자는 신경 쓰이는 남자의 옆에 자기보다 더 가까운 여자가 있다면, 그 여자에게 적개심을 품지 않을까.

(만약 노노아도 그렇다면…… 아니, 하지만 그 후로 노노아는 나에게 전혀 어필하지 않았어. 그리고 애초에! 아까 노노아에게 편견을 품지 않기로 마음먹었잖아!)

친구를 의심하는 머릿속의 생각을 마사치카는 수치심과 자기혐오를 느끼며 내다 버렸다.

『타인의 선한 면을 믿고 마는 것이야말로 너의 크나큰 약점이야.』

그 직후에 뇌리에 떠오른 유쇼의 충고도 머릿속에서 지운 마사치카는 빠른 발걸음으로 보건실을 향했다. 아리사와 이야기를 나눠 이 의혹을 완전히 해소하기 위해서. 혹은, 그렇게 되기를 소망하면서…….

"실례합니다."

조바심을 억누르며 미닫이문에 노크한 후, 마사치카는 보건실에 발을 들였다. 그러자, 책상 앞에 앉아 있던 보건실 선생님이 고개를 들었다.

"어머…… 혹시, 쿠죠 양 때문에 왔니?"

"아, 네. 으음……."

"저기 있단다. 슬슬 깨울 생각이었는데, 마침 잘 됐어."

그렇게 말한 보건 선생님은 유일하게 쳐져 있던 커튼을 걷으며 안으로 들어갔다.

『쿠죠 양, 몸은 좀 어때? 쿠제 군이 왔단다.』

선생님의 그 말에 이어, 작은 목소리가 들려왔다. 그리고 잠시 후, 선생님이 미안한 표정을 지으며 커튼 밖으로 나왔다.

"미안해, 쿠제 군. 모처럼 와줬는데…… 쿠죠 양, 조금만 더 쉬었다가 혼자 돌아갈 테니 신경 쓰지 말아 달라고 하네."

"네?"

그것은 완곡한 거절이다. 대면하는 것조차 거절당할 거라고 생각하지 못했던 마사치카는 말문이 막히고 말았다. 하지만…….

(뭐, 그래도…… 본인이 싫다니까…….)

자신의 감정을 우선해서 끈질기게 굴면 폐가 될 것이다. 아리사가 자신을 보기 싫어한다면, 그 뜻을 존중해줘야 올바른 파트너라 할 수 있으리라.

"아, 그럼…… 마리야 씨를, 언니분을 부를게요."

"응. 그편이 좋을 것 같네."

하다못해 아리사가 제대로 돌아갈 수 있도록, 마리야를 부르자고 생각하면서 스마트폰을 꺼낸 바로 그때였다.

—또, 도망칠 거야?

그런 목소리가 머릿속에 울려 퍼졌다. 무심코 손을 멈춘 순간, 마사치카의 머릿속에는 유키의 얼굴이 떠올랐다. 쇼핑 중에 유키가 지었던 거짓 미소가 생각났다.

"……"

못 본 척을 했다. 눈치채지 못한 척을 했다. 유키가 마음속으로 괴로워하고 있다는 것을 눈치챘으면서…….

그것이 유키의 의지니까, 동생의 의지를 존중해주자, 같은 자기한테만 유리한 그런 쓰레기 같은 변명을 늘어놓으며 도망쳤다.

지금, 자신은…… 그때와 똑같은 짓을 하려는 게 아닐까?

(아랴가 평소와 다른 상태라는 것을 알면서, 거절을 당했다고 『아, 네. 알겠습니다』 하며 물러나는 게 정말 옳을까? 나는…… 약속했잖아!)

아리사와 함께 선거전에 나가기로 결심한 그날. 옆에서 버팀목이 되어주겠다고, 더는 외톨이로 만들지 않겠다고, 맹세했다.

더는, 약속을 깰 순ㅡ.

"아랴!"

가슴속에서 폭발한 자신을 향한 분노인지 사명감인지 알 수 없는 감정에 휘말린 마사치카는 입을 열었다.

스마트폰을 호주머니에 넣고 깜짝 놀란 보건 선생님의 옆을 재빨리 스쳐 지나간 후, 커튼을 걷었다.

그리고 등 뒤에서 들려오는 선생님의 제지하는 목소리를 무시하면서 마사치카는 커튼 안으로 발을 들었다.

◇

꿈을 꾸고 있다.

아리사가 침대 안에서 울고 있자, 마사치카가 찾아와서 말해줬다. 전부 착각이다. 나한테 가장 소중한 사람은 바로 너다. 그렇게 말하며 상냥하게 안아줬다. 그런, 참 형편 좋은 꿈을…….

"─죠 양, 쿠죠 양."

누군가가 몸을 흔들자, 아리사는 눈을 떴다. 그러자 새하얀 이불 너머에서 스며들어오는 빛과, 그 빛에 어렴풋이 비치고 있는 베개가 눈에 들어왔다.

"쿠죠 양, 몸은 좀 어때? 쿠제 군이 왔단다."

"아!"

선생님의 그 말을 들은 아리사의 가슴은 희미하게 뛰었지만, 곧 침묵했다.

직감적으로 눈치챘다. 꿈에서처럼 마사치카가 찾아와줬지만, 꿈과 같은 일이 벌어지지는 않을 것이다.

알고 있다. 전부 꿈이라는 것을 말이다. 하지만 지금은 아직…… 현실을 보고 싶지 않다.

"……조금만 더 쉬었다가 혼자 돌아갈 테니, 돌려보내 주지 않겠어요?"

"어…… 그, 래……. 돌려보내면 되는 거지?"

"네."

"괜찮니? 혹시 필요한 게 있으면―."

"괜찮아요."

짤막하게 대답한 아리사는 더 이상의 대화를 거부하듯, 이불을 뒤집어썼다.

가슴속에서 날뛰고 있던 제어 불가능한 감정은 잠든 사이에 일단 잦아들었다. 그것을 대신해 지금 아리사의 온몸을 가득 채우고 있는 건 말로 표현할 수 없는 허탈감이었다.

허무하다. 전부 공허하다. 자신이 하는 일. 지금 이러고 있는 것에 그 어떤 의의도 찾을 수 없다.

아니, 실제로 의의는 없을 것이다. 그저 무익하고, 무가치하며, 무의미한 짓을 홀로 벌였을 뿐이니까…….

"아랴!"

바로 그때, 날카롭게 이름을 불린 아리사는 흠칫했다. 그 직후, 커튼이 걷히는 소리와 함께 누군가가― 아니, 마사치카가 자기 옆에 서는 기척이 느껴졌다.

"아랴……? 무슨 일이 있었던 거야?"

"저, 저기, 쿠제 군! 몸이 안 좋은 사람한테 함부로―."

"선생님, 잠시만 기다려주시겠어요? 아랴가 저보고 나가 달라고 한다면, 바로 나가겠어요."

마사치카가 그렇게 말하자, 선생님은 말문이 막혔다. 그리고 이불 너머에서 마사치카의 배려심으로 가득 찬 목소리가 들려왔다.

"아랴…… 괜찮아? 무슨 일이 있었는지, 설명해주지 않
겠어?"

상냥한 목소리. 아리사를 진심으로 걱정하고 있다는 게
느껴지는 목소리.

하지만 그것도 지금은 공허하게만 들렸다.

(저 상냥함은 나 혼자만의 것이 아닌 거잖아……?)

그런 삐뚤어진 생각이 머릿속에 떠오르더니, 곧 거품이
되어 사라졌다. 나 혼자만의 것이 아니면, 어떻다는 건가.
하찮다. 무의미하다. 이런 생각도, 전부…….

"설마, 노노아가 무슨 짓을…… 한 거야?"

"……?"

하지만 그때 마사치카의 심각한 목소리가 들려오자, 아
리사의 머릿속에 물음표가 떠올랐다. 그것을 계기로 마비
되어 있던 뇌가 정상적으로 작동되기 시작했다.

"아까 키류인한테 너와 노노아가 같이 있다는 말을 들어
서……."

"아냐……."

"어……."

드디어 반응을 보인 아리사가 그렇게 말하자, 마사치카
는 놀랐다.

"노노아 양 탓이 아냐……. 몸이 안 좋아진 나를, 신경 써

줬을 뿐이야."

"어…… 아, 그렇구나. 아, 그럼 전부 내가 지레짐작……."

후회와 수치심으로 범벅이 된 목소리를 들은 아리사가 슬그머니 이불을 들어 올리면서 한쪽 눈으로 쳐다보자, 침대 옆에서 몸을 웅크린 채 양손으로 얼굴을 감싼 마사치카가 눈에 들어왔다.

"—한 거냐, 부끄러워. 그 자식, 절대 용서 못 해……."

사고를 친 듯한 느낌이 물씬 나는 그 모습을 보자, 아리사는 무심코 「후훗」 하고 웃음을 흘렸다. 그리고 마사치카가 「응?」 하면서 고개를 들려고 했기에, 즉시 이불을 내리며 시선을 가렸다.

(나…… 왜 웃은 거야…….)

그런 의문에 사로잡혀 있는데도, 어찌된 건지 아리사는 입가가 말려 올라갔다. 마사치카는 한심하다는 듯 머리를 감싸 쥐고 있었다. 그게 전부지만, 왠지 우스워서 웃음을 참을 수가 없었다.

"아랴……?"

아리사가 이불 아래에서 몸을 부들부들 떨자, 마사치카가 의아한 목소리로 그녀를 불렀다.

그러자 아리사는 필사적으로 감정을 억누르며, 담담한 목소리로 말했다.

"그냥…… 좀, 싫은 이야기를 들었을 뿐이야."

"싫은 이야기…… 혹시, 출마전에서 진 것 때문이야?"

아리사가 상세한 부분을 생략하며 그렇게 말하자, 마사치카는 뚱딴지같은 추측을 했다. 이것은 아리사도 뜻밖이었기에 뭐라고 대답하면 좋을지 몰라서 침묵하고 말았다. 그리고 그 침묵을 어떻게 받아들인 건지, 마사치카의 오해는 더욱 깊어져 갔다.

"확실히 출마전에서 진 건 우리한테 뼈아프긴 해. 하지만 스미레 선배와 에레나 선배가 우리 편이라는 인상을 심어줄 수 있었으니까, 종합적으로 보자면 나쁜 결과는 아니었어. 이제까지 승승장구를 이어온 만큼, 한동안은 이런저런 소리를 하는 애들이 있을지도 몰라. 하지만 그런 녀석들을 일일이 상대할 필요는—."

아리사가 유키의 지지자에게 싫은 이야기를 들은 탓에 충격을 받은 거라고 착각한 마사치카는 진지한 목소리로 위로하듯 그렇게 말했다. 그것 또한 아리사는 왠지 우스웠다.

(정말, 하나도 눈치 못 챘네…….)

대체, 누구 탓에 이렇게 풀이 죽은 건지 알긴 아는 걸까.

그런 식으로 생각하던 아리사는 문득, 이제까지도 이랬던 걸지도 모른다는 생각에 도달했다.

마사치카는 언제나 한 수 앞을 내다보며, 아리사에 대해 전부 아는 것처럼 행동했지만…… 가장 중요한 것은 눈치채지 못했다. 그게 너무 우습고, 마사치카에게 한 방 먹여

준 느낌이 들어서 기쁜 나머지…….

(후훗, 정말…… 아~무것도 모른다니깐.)

네가 내 마음을 눈치채지 못해서 기쁘다. 네가 내 마음을 눈치채지 못해서 원망스럽다.

이불을 뒤집어쓴 채, 마사치카가 열심히 늘어놓는 말을 들으며 아리사는 상반되는 마음에 휩싸였다. 하지만 마사치카가 자신을 위해 이렇게 최선을 다하고 있다고 생각하니, 점점 행복한 마음이 온몸을 채워갔다.

설령 그것이 요점을 벗어난 말일지라도, 지금 마사치카가 쏟고 있는 상냥함은…… 아리사만의 것이다.

(네 운명의 상대가…… 내가 아니라는 게, 슬퍼.)

아리사의 운명의 상대는 마사치키였지만, 마사치카의 운명의 상대는 아리사가 아니었다. 그게 너무나도 슬프다. 숨을 쉬지 못할 만큼 괴롭다. 하지만…… 포기할 수는 없다.

(그러니…… 한동안은 이 마음을 묻어두자.)

마사치카가 끌렸고, 응원하고 싶다고 생각한 건 힘차게 앞으로 나아가는 쿠죠 아리사다. 그러니 이렇게 풀이 죽어서 웅크리고 있을 수는 없다.

언젠가 마사치카가 자신을 돌아봐주는 그때까지 아리사는 당당히 서 있어야만 한다. 그것을 마사치카가 바라니 말이다. 그러니…….

"—도 늘어났잖아? 게다가, 나도…….”

아리사를 격려하기 위해 말을 이어가려 하는 마사치카를 향해, 아리사는 이불 밖으로 오른손을 내밀어서 손짓을 했다.

"응? 왜 그래?"

마사치카는 몸을 내밀면서, 머뭇머뭇 아리사 쪽으로 얼굴을 가져갔다. 아리사가 말없이 계속 손짓을 하자, 은밀히 나눌 이야기가 있다고 생각한 마사치카는 그녀의 머리 쪽으로 얼굴을 내밀었다.

"왜 그래……?"

마사치카의 의아한 목소리가 바로 옆에서 들려오자, 아리사는 몸을 벌떡 일으켰다. 그리고 깜짝 놀란 마사치카에게 자기가 덮고 있던 이불을 씌웠다.

"우왓……!"

침대를 두 손으로 짚은 마사치카가 반사적으로 눈을 꼭 감았다. 그런 그의 머리를 아리사가 가슴으로 꼭 끌어안았다.

그리고 의외로 부드러운 마사치카의 검은 머리카락에 살며시 입술을 대며 속삭였다.

지난번처럼 무심코 중얼거린 말이 아니다. 마음에서 우러나온, 넘쳐흐를 듯한 연모의 정이 담겨 있는 말이었다.

　몰래 자신의 마음을 전한 후, 눈을 감은 아리사는 자신의 연심을 가슴 깊은 곳에 가라앉혔다.

　그리고 천천히 포옹을 풀자, 마사치카는 고개를 들어 올렸다. 그리고 새하얀 이불 아래에서 두 사람이 시선이 뒤엉켰다. 아리사에게 느닷없이 포옹을 받고 혼란에 빠진 건지, 마사치카는 눈가가 굳어 있었다.

　"으, 음…… 무슨 일이야?"

　자기 또래의 소년다운 표정을 짓고 있는 마사치카에게, 마음을 정리한 아리사는 평소처럼 도발적인 미소를 지었다.

　"네가 둔감해서 다행이라고 했어. 이제, 괜찮아……."

　그렇게 말한 아리사가 이불을 걷자, 보건실의 형광등 불빛이 눈부시게 쏟아졌다. 무심코 눈을 가늘게 뜨면서 한동안 눈을 깜빡이고 있을 때…… 마사치카의 등 뒤에서 질린 듯한 미소를 짓고 있는 보건 선생님이 눈에 들어왔다.

　"저기, 너희들…… 선생님 앞에서 뭐 하는 거니?"

　아리사는 그 말에 답하지 못한 채, 죄책감과 거북함에 사로잡히며 무심코 시선을 돌렸다. 그러자 선생님은 땅이 꺼지게 한숨을 내쉰 후에 말했다.

　"뭐…… 너희가 뭐 하는지 못 봤으니까, 이번에는 눈감아줄게. 자, 기운이 났으면 이만 돌아가렴."

"아, 네……. 감사합니다."

아리사는 그 말에 따라 실내화를 신은 후, 가방을 들고 자리에서 일어났다. 그리고 고개를 꾸벅 숙이면서 문 쪽으로 향하고 있을 때, 선생님이 두 사람을 살짝 째려보면서 이렇게 말했다.

"혹시나 해서 말해두는 건데…… 보건실 침대에서 그렇고 그런 짓을 했다간, 바로 정학이야."

"안 하거든요?!"

마사치카의 강렬한 부정을 듣고, 아리사도 그제야 『그렇고 그런 짓』의 의미를 눈치챘다.

"아, 안 해요! 절대로 안 해요!!"

아리사가 위협하는 고양이처럼 고함을 지르자, 선생님은 뜨뜻미지근한 눈길로 쳐다보며 손짓을 했다. 그 반응을 본 아리사는 입술을 삐죽 내밀었지만, 그래도 인사를 한 후에 보건실을 나섰다. 마사치카가 아리사의 뒤를 따르며 미닫이문을 닫자, 사람의 존재를 감지한 복도의 조명이 켜지기 시작했다.

"하아……. 그럼, 돌아갈까?"

"그래……."

왠지 지친 기색이 역력한 마사치카의 뒤를 따르며 아리사는 현관으로 향했다. 그 와중에도, 보건실 선생님이 해준 충고가 머릿속에서 맴돌았다.

(그렇고 그런 짓…… 나와, 마사치카가……?)

무심코 그런 장면을 상상한 아리사는 머릿속이 순식간에 달아오르더니, 이를 악물었다.

"말도 안 돼—!!"

"우왓, 왜 그래?"

깜짝 놀라며 몸을 젖히는 마사치카를 보고 퍼뜩 정신을 차린 아리사는 거북한 듯 얼굴을 돌리더니, 러시아어로 중얼거리기 시작했다.

【그래……. 그런 건 결혼…… 적어도, 약혼을 한 후에 해야 해……. 어쩌면, 아기가 생길지도 모르니까…… 게다가 나는, 혼자서도 거의—.】

분노와 수치심에 사로잡힌 채, 아리사는 험악한 표정으로 반론을 늘어놓고 있었다. 그런 그녀의 옆에서…….

(오, 저기 밝은 별이 있어~. 혹시 저게 태백성일까~. 끝내주네~.)

옆에서 들려오는 아리사의 적나라한 독백 탓에, 마사치카는 우주 저편을 향해 공허한 눈길을 보내며 현실도피를 하고 있었다.

제 5 화　난리

"그럼 나중에 봐."

"그래~."

교실 앞에서 가볍게 손을 흔들며, 아리사와 헤어졌다.

(하아…….)

그리고 아리사에게서 돌아선 마사치카는 마음속으로 크나큰 한숨을 내쉬었다.

어제, 보건실에 누워있던 아리사를 집까지 바래다줬다. 그리고 오늘 아침에 다시 만나보니, 아리사는 원래의 그녀로 되돌아왔다. 딱히 거리를 두는 것 같지도 않았으며, 침울해 보이지도 않았다. 완전히 원래대로 되돌아온 것 같으니, 그 자체는 마사치카로서도 기뻐할 일이지만…….

(이제는 내가 평정심을 유지할 수가 없다고.)

아리사에게 포옹을 받았을 때 느낀 부드럽고 따듯한 감촉. 속삭이듯 들려온 두 번째 고백. 그리고…… 러시아어로 이야기한 아리사의 적나라한 성(性) 관련 정보…….

(아니, 나도 안 들으려고 했거든? 했는데…… 귀에 들어오는 걸 어떻게 하냔 말이야!!)

일단 아리사가 그쪽 방면으로도 꽤 결벽증이라는 건 잘~ 알았다. 알고 싶지 않았지만 말이다.

(뭐랄까, 진짜, 정말…… 아랴가 한 고백의 의미라든가, 생각해야 할 게 꽤 있는데…… 솔직히 말해, 거기까지 머리가 안 돌아가…….)

게다가 당사자가[아리사] 그런 일이 없었던 것처럼 행동하니까, 마사치카로서도「그냥 전부 잊는 편이 나으려나~」라는 느낌마저 들어서…… 깊이 생각해볼 마음이 가셨다.

(뭐, 이것도 도피의 일종일지도 모르지만 말이지…….)

어제「더는 도망치면 안 돼~」하고 마음먹었다가 멋지게 헛발질을 한 사람으로서는 어쩔 수 없다는 생각이 들었다. 그 일을 떠올리자 당시의 수치심과 후회까지 되살아났기에, 마사치카는 마음속으로 노노아를 향해 다시 고개를 숙였다.

(이야~, 진짜로 미안해. 아랴를 보건실로 옮겨줬을 뿐인데, 편견에 사로잡혀서 의심을…… 이것도 저것도 전부 그 점박이 빡빡이 탓이야. 맞아.)

유쇼에게 책임을 떠넘겼을 무렵, 학생회실에 보이기 시작했다.

"으음."

문 앞에서 가볍게 헛기침을 한 후, 자세와 표정을 정돈하고 노크를 세 번 했다.

"실례하겠습니다."

인사를 하면서, 학생회실의 문을 연 순간—.

"이게 뭐죠……?"

눈에 들어온 뜻밖의 광경 탓에, 마사치카는 문손잡이를 움켜쥔 채 굳어버렸다.

테이블에 줄지어 놓여 있는, 종이 접시와 종이컵. 종이 접시 위에는 까눌레와 마들렌 같은 서양과자가 놓여 있으며, 그 외에도 많은 과자와 주스가 준비되어 있었다. 딱 봐도 과자 파티라는 것을 알 수 있는 그 광경 속에서 이채로운 빛을 뿜고 있는 것은 테이블 중앙에 위치한 잭오랜턴이다.

"아. 기다리고 있었어, 쿳제~. 트릭 오어 트릿!"

"이미 11월이거든요?"

바로 그때 이것을 준비했을 선배가 다가오자, 마사치카는 일단 태클을 걸었다. 그리고 그 선배의 옷차림을 보고 눈을 가늘게 떴다.

"그 의상은 뭐예요? 위법소녀 선배."

"그래. 어떤 때는 미모의 관악부 부장. 어떤 때는 정체불명의 섹시 가면. 그리고 지금의 나는……! 어, 위법소녀는 뭐야?"

"합법적으로 마법소녀를 자처할 수 있는 나이는 지난 것 같아서……."

"그렇게 차가운 눈길로 쳐다보지 마! 나도 기다리면서

한 세 번 정도 정신 차렸단 말이야!"

"그러면서 네 번이나 정신 나갔잖아요."

고개를 돌린 위법소녀 선배…… 아니, 에레나 선배가 양손으로 마사치카의 시선에 배리어를 펼쳤다. 그녀가 입은 것은 프릴이 잔뜩 달리고 곳곳이 반짝거리는, 많이 봐줘도 중학생까지만 입을 수 있을 듯한 마법소녀 의상이었다.

"어쩔 수 없잖아! 수예부에 『마녀 코스프레 의상 빌려줘』하고 부탁했더니, 이걸 줬단 말이야!"

"자업자득이네요."

짧을 뿐만 아니라 한껏 벌어져 있는 치마를 한 손으로 누른 에레나는 다른 한 손에 쥔 마법 지팡이 같은 것을 휘둘러댔다. 으~음, 도저히 못 봐주겠네.

(저 지팡이만 없어도 그나마 나을 텐데…… 진짜 성실하다니깐.)

마사치카는 가볍게 한숨을 내쉰 후, 책상 쪽을 쳐다봤다.

"그런데 이건 운동회 뒤풀이……인가요?"

"아, 그래. 토우야와 치사키 말고는 실행위원회의 뒤풀이에 참가 못 했다며? 그래서 이런 자리를…… 겸사겸사 핼러윈 느낌 나게 마련한 거야."

에레나는 별일 아니라는 투로 그렇게 말했지만, 마사치카는 그 말을 듣고 말문이 막혔다.

그녀의 말대로, 실은 학생회 멤버도 운동회를 마친 후에 열린 실행위원회의 뒤풀이에 초대받았다. 하지만 유키와 아야노는 유미가 그렇게 된 바람에 참가를 사양했고, 마사치카도 뒤풀이에 참가할 기분이 아니었으며, 아리사 또한 파트너를 배려해서 참가하지 않았다. 게다가 마리야도 동생을 따라서…… 같은 느낌으로 빠졌기에 결국 회장과 부회장만이 학생회를 대표해(?) 뒤풀이에 참가하게 됐다.

"아, 나무라는 건 아냐. 역시 출마전 후에 아무 일도 없었던 것처럼 사이좋게 뒤풀이~ 같은 건 무리일 거잖아. 안 그래?"

마사치카의 침묵을 어떻게 해석한 건지, 에레나는 약간 허둥대며 그렇게 말했다. 그 말은 미묘하게 핀트가 어긋났지만, 자초지종을 이야기할 수 없기에 부정도 할 수 없었다. 마사치카는 선배에게 마음을 쓰게 한 것이 미안한 나머지, 얼버무리듯 웃으며 이야기를 돌렸다.

"아~, 그래서 일부러 뒤풀이를 준비한 거네요. 그건 고마워요."

"괜찮아~, 괜찮아~."

"그런데…… 에레나 선배만인가요? 실행위원장은요?"

"뭐? 아…… 걔는 여친이 엄격하거든."

에레나는 학생회 시절의 자기 파트너에 관한 이야기를 하면서, 침이라도 뱉고 싶은 듯한 표정을 지었다.

"여친이 엄격하다니…… 여자애가 있는 뒤풀이에 참가하

면 안 된다, 같은 거예요? 대학생 술자리도 아닌데…….”

“그렇게 생각하지~? 딱히 술을 마시는 것도 아니고, 무슨 문제가 일어날 일도 없는데 말이야~. 뭐, 그러는 걔도 독점욕 쩌는 여친을 엄청나게 좋아하거든? 잘 어울리는 커플이네~.”

두 팔을 벌리며 어깨를 으쓱한 에레나는 테이블 위를 손가락으로 가리켰다.

“아, 그렇다고 완전히 입을 싹 닦지는 않았어. 저 접시 위에 있는 서양과자는 걔가 준 거야.”

“아, 그런가요.”

“꽤 유명한 가게의 과자래~. 직접 참가해서 치하해주지 못하는 만큼, 돈을 쓴 거지.”

“이상적인 상사네요…….”

젊은 사원들의 술자리에 돈만 보태주는 중간 관리직 같은 행동이었기에, 마사치카는 작은 목소리로 그렇게 말했다. 그리고 진지한 표정을 지으며 이어서 말했다.

“하지만 유감스러운 소식이 있어요.”

“어, 뭔데?”

“오늘 회장님과 부회장님은 안 와요.”

“어.”

“게다가 아랴, 유키, 아야노, 이 세 사람도 늦게 올 거예요.”

마사치카가 정보를 공개하자, 에레나는 헛웃음을 흘리며

고개를 갸웃거렸다.

"어째서……?"

"내광회 소속의 졸업생이 찾아왔는데, 회장과 함께 차기 회장 후보인 두 사람도 불렀나 봐요. 부회장인 사라시나 선배가 오늘은 선도위원회에 가는 날이니까, 그 대신 아닐까요? 참고로 아야노는 청소 당번이라서 늦는 거예요."

"내광회……? 어째서?"

"기부…… 아니, 기증? 관련 일 같던데요. 운동회에서 쓰였던 텐트 같은 걸 새로 마련해준다나 봐요."

"아, 확실히 꽤 낡긴 했었지……. 어."

납득한 것처럼 고개를 끄덕인 후, 미소를 머금고 있던 에레나의 표정이 딱딱하게 굳었다.

"혹시, 허탕 친 거야……?"

"아랴와 유키는 인사만 가볍게 한 후에 이쪽으로 오겠지만 말이에요……."

어쨌든 타이밍이 나빴다.

(서프라이즈를 할 거면, 미리 정보 수집을 철저하게 해야겠네…….)

그런 교훈을 절실하게 깨달으면서, 두 사람은 미묘한 표정으로 서로를 응시했다. 그 순간에 노크 소리가 들려와서 고개를 돌려보니, 마리야가 학생회실에 들어오고 있었다.

"어라? 에레나 선배? 어머~, 이게 다 뭐야~?"

에레나가 있다는 사실에 고개를 갸웃거린 마리야는 이어서 테이블을 쳐다보며 환성 섞인 의문을 입에 담았다.

정신을 차린 에레나가 다시 자초지종을 설명하자, 마리야는 기쁜 듯 웃으면서 자기 위치에 앉더니, 맛있어 보이는 서양과자를 쳐다보며 눈을 반짝였다.

"우와아, 이거 참 맛있어 보여……. 어, 어머?"

눈을 깜빡이며 까눌레를 손에 쥔 마리야는 코를 가까이 가져가서 냄새를 킁킁 맡았다.

"이거…… 술이 들어간 것 같네?"

"응. 까눌레에는 원래 럼주가 들어가거든."

"그런가요~. 으음~, 유감이지만 저는 이걸 못 먹겠네요~."

"어, 왜요? 술을 싫어해요?"

마사치카가 그렇게 묻자, 마리야는 까눌레를 손에 든 채 멋쩍은 듯이 웃었다.

"싫어한다기보다…… 나, 알코올에 엄청 약해……. 할아버지가 난로에서 데운 보드카의 향기만 맡아도 취할 정도야~."

"향기만으로요? 아, 맞다……. 알코올은 휘발되니까요. 기체화된 알코올에 취한 거네요……."

"맞아~. 아, 그래도 이건 참 향기가 좋네……. 럼레진도 그렇지만, 럼주는 독특한 느낌의 달콤한 향이 나잖아~. 으음~, 못 먹으니 아쉬워."

검은 보석 느낌으로 구워진 까눌레를, 마리야는 안타까

운 듯 쳐다보며 「조금만이라면……」, 「으음~, 하지만……」
하고 중얼거렸다.

　"마리야는 술이 약했구나……. 러시아인은 일본인보다
술이 센 줄 알았어."

　"뭐, 마샤 씨는 러시아인과 일본인의 혼혈이니까요. 그
리고 모든 러시아인이 술에 센 것도 아닐 테고요."

　"그것도 그래. 아~, 그래도 아리사는 왠지 술이 셀 것
같아."

　"맞아요. 아랴가 술에 취해서 해롱거리는 모습 자체가
상상이 안 되네요……."

　"동감이야~. 마리야, 실제로는 어때~? 참, 아리사도 아
직 술을 마셔본 적 없겠지, 만……."

　마리야 쪽을 쳐다보며 묻는 에레나의 목소리가 급브레이
크를 밟은 것처럼 멎었다. 그 시선을 쫓아간 마사치카도
곧 그 이유를 눈치챘다.

　"으응~? 뭐가~?"

　마리야의 목소리는 평소보다 더 부드럽고 느긋했으며,
눈은 꿈을 꾸고 있는 것처럼 멍했다. 그리고 자주 꽃이나
하트 마크를 흩뿌리는 그녀의 머리에서는 비눗방울이 발
생하고 있었으며…… 손에는 이빨 자국이 없는 깨끗한 까
눌레가 쥐어져 있었다.

　"진짜로 술 냄새 만으로 취하는 거냐!!"

누가 봐도 알딸딸하게 취한 상태인 마리야를 향해 마사치카가 태클을 걸자, 그녀는 「으응~?」 하며 막 자다 깬 듯한 목소리를 내면서 갸우뚱하고 몸과 함께 목을 기울이더니, 그대로 방긋 웃었다. 그리고 의자 등받이에 몸을 맡기더니, 손에 쥔 까눌레를 입으로 가져갔다.

　"앗, 먹으면 안 돼~!"

　그 타이밍에 몸을 날린 에레나가 마리야의 손에서 까눌레를 빼앗았다. 그리고 종이 접시째로 마리야한테서 떼어놓자, 그녀는 「아앙~」 하고 안타까운 소리를 내며 손을 뻗었다. 마리야는 테이블 위에 커다란 가슴을 올려놓더니, 팔을 최대한 뻗으며 버둥버둥버둥~. 하지만 손이 안 닿으리라는 것을 깨닫고 이번에는 옆자리의 까눌레를 향해 손을 뻗었기에, 마사치카는 허둥지둥 그것을 회수했다. 에레나와 둘이서 종이 접시를 이동시키자, 마리야는 어린애처럼 볼을 부풀리면서 근처에 있던 초콜릿 상자를 손에 쥐었다.

　"으음, 에레나 선배. 모처럼 예쁘게 차려주셨지만, 일단 치우는 편이 나을 것 같은데요……."

　"그, 그래. 언제 마리야가 먹어치울지 모르니까……."

　"마시써~♡"

　그런 이야기를 나누는 와중에 마리야의 행복한 목소리가 들려와서 고개를 돌려보니, 그녀는 상자에서 꺼낸 그릇에 놓인 초콜릿 한 알을 입에 넣고 행복한 미소를 짓고 있었다. 그리고 그녀의 머리에서는 둥실둥실하면서 새로운 비눗방울이 생겨났다. 물론, 그것은 어디까지나 이미지다.

"아, 저 초콜릿은 양주가 들어 있는……."

"그런 건 빨리 말하라고!"

무심코 선배에게 반말로 태클을 건 마사치카는 초콜릿을 하나 더 먹으려 하는 마리야를 향해 손을 뻗었다. 그리고 어찌어찌 초콜릿 상자를 탈취하는 데 성공했지만…… 유감스럽게도, 이미 손에 들고 있던 초콜릿을 마리야가 먹어 치우는 것까지 저지하지는 못했다. 초콜릿을 한 개 더 먹은 마리야는 눈이 더욱 풀리더니, 콧노래를 부르며 좌우로 몸을 흔들어대기 시작했다.

"어, 이거 좀 큰일 난 거 아냐……?"

"좀이 아니라 진짜로 큰일 났다고요."

"아니, 그러니까…… 다른 사람이 이 광경을 보면 엄청난 오해를 하지 않을까?"

에레나가 그렇게 말한 순간, 마사치카는 움직임을 멈췄다. 그리고 생각했다. 자초지종을 모르는 외부인이 이 광경을 보면 어떻게 생각할까.

『영광스러운 세이레이 학원의 학생회 임원, 신성한 학생회실에서 술판을 벌이다.』

그런 스캔들 느낌 물씬 나는 뉴스 제목이 머릿속에 떠오른 순간, 마사치카는 즉시 입구 쪽으로 뛰어가서 문을 잠갔다.

물론 대부분은 자초지종을 설명해주면 이해해주리라. 하지만 이 세상에는 사회적 지위가 높은 인간을 끌어내리려 하는 악의에 찬 이가 일정 숫자 존재한다. 특히 학생회 임원이라는 지위는 탐내는 사람이 많은 만큼, 아무리 조심해도 부족할 지경이다.

(현 학생회의 실추를 노리는 키류인 같은 녀석이 더 있을지도 모르잖아.)

그런 생각을 한 마사치카는 혹시 몰라 커튼도 쳤다. 그렇게 외부에서 누가 훔쳐보는 일이 없도록 만든 후에 뒤를 돌아보니, 마리야는 에레나의 얼굴을 쳐다보며 좌우로 머리를 흔들고 있었다.

"어라~? 에레나 선~배…… 늘어났네요~?"

"뭐가 늘어났다는 거야?"

"어어~?"

또렷하지 못한 목소리로 그렇게 말한 마리야는 고개를 앞으로 푹 숙이더니, 또 몸을 흔들기 시작했다. 자칫 잘못하면 의자에서 굴러떨어질 것 같았기에, 마사치카는 재빨리 그녀의 곁으로 뛰어갔다.

"마샤 씨, 괜찮아요? 소파로 갈래요?"

"으응~?"

마사치카의 목소리를 듣고 고개를 든 마리야는 힘을 너

무 준 건지 머리를 옆으로 기울이더니, 그 상태에서 마사치카를 올려다보며 헤벌쭉 웃었다.

"옮겨주는 거야~? 자~."

마리야가 그렇게 말하며 두 손을 벌리자, 마사치카는 쓴웃음을 머금었다.

"아니, 그래도 안아 드는 건 무리예요……."

"왜애~? 안아줘……."

"잠까안?!"

마리야가 갑자기 자신의 복부에 안겨들자, 마사치카는 반사적으로 뒷걸음쳤다. 그러자 마리야는 마사치카를 끌어안은 채 의자에서 미끄러졌다. 그러자 자연스럽게, 마사치카의 복부를 안고 있던 마리야의 두 팔도 아래편으로 이동했다.

"어, 잠깐……."

마리야의 팔에 다리가 걸리면서 균형을 잃고만 마사치카는 허둥지둥 테이블을 손으로 짚었다. 그리고 마사치카의 다리를 끌어안은 채 바닥에 주저앉은 마리야를 내려다보며 말을 건넸다.

"괜찮아요? 무릎 안 찧었어요?"

"응~."

"찧었다는 거예요, 안 찧었다는 거예요……. 으음, 다리가 아니라 팔을 잡아주지 않겠어요?"

"자~, 마리야. 일어나."

바로 그때, 다가온 에레나가 마리야의 허리춤에 두 손을 집어넣으며 힘껏 들어 올⋯⋯리려 했다. 전혀 들어 올리지 못했지만 말이다.

"⋯⋯."

마사치카에게 뜨뜻미지근한 시선을 받는 가운데, 굽히고 있던 몸을 편 에레나는 나지도 않은 땀을 손등으로 훔쳤다.

"후유⋯⋯ 뭐, 이번에는 이쯤에서 봐주도록 할까."

"아무것도 안 했으면서, 성취감을 느끼지 말아줄래요?"

"마리야의 옆 찌찌는 충분히 즐겼어!"

"은근슬쩍 성희롱하지 말라고요! 어?"

바로 그때, 누군가가 마사치카의 오른손을 당겼다. 고개를 돌려보니, 마리야가 마사치카의 팔을 잡고 기어 올라오 듯 천천히 몸을 일으키고 있었다. 그렇게 몸을 일으킨 마리야는 그대로 마사치카의 오른팔을 끌어안으며 몸을 기 댔다.

"어이쿠⋯⋯ 마샤 씨, 괜찮아요?"

"뭐가~?"

"아니, 그러니까⋯⋯ 일단 소파 쪽으로 가죠. 걸을 수 있 겠어요?"

"응~ 거를 쑤 이써~!"

"그래요~. 대단하네요~."

갑자기 경례하는 마리야를 향해 마사치카가 대충 대꾸하자, 그녀는 헤벌쭉 웃으며 마사치카의 어깨에 머리를 비볐다.

"에헤헤, 마아~, 대단해?"

"응, 대단한걸."

"그럼~ 쓰담쓰담해줘~."

"뭐."

"쓰~담~쓰~담~해~줘~."

마리야는 응석을 부리듯 몸을 흔들면서, 더욱 머리를 비벼댔다.

(뭐야, 이거 완전 최고잖아.)

무심코 진지한 표정으로 그런 생각을 한 마사치카는 머릿속으로 그런 자기 자신의 따귀를 때렸다.

"으음, 그럼……."

이대로 있다간 자기 발로 걸어주지 않을 것 같았기에, 마사치카는 머뭇거리며 마리야의 머리를 향해 손을 뻗었다. 그리고 그 폭신하고 부드러운 머리카락을 몇 번 상냥하게 쓰다듬어줬다. 그러자 머리카락에서 희미한 꽃향기가 풍겨 나오더니, 마리야의 얼굴에 환한 웃음꽃이 피었다.

"우후후~ 칭찬받았어~."

그리고 더 쓰다듬어 달라고 조르듯이, 마리야는 마사치카에게 몸을 비벼댔다.

(역시 최고일지도 몰라.)

마사치카는 또 머릿속으로 자기 자신에게 왕복 따귀를 날렸다.

"자, 이제 걸어주세요……."

그리고 겉으로는 진지한 표정을 유지한 채, 소파를 향해 걸음을 옮겼다.

"마, 마리야의 가슴에 쿠제의 팔이 매몰됐어……."

"반성 좀 해줄래요? 에로나 선배."

남이 의식하지 않으려고 노력하는데 일부러 지적하는 선배에게 차가운 눈길을 보낸 마사치카는 소파 근처에 도착하자, 자신의 오른팔에 매달리듯 기대선 마리야를 내려다봤다.

"도착했어요. 자, 앉을 수 있겠어요?"

아니면 이대로 누워서 잠들어 주세요. 그런 본심을 입 밖으로 내뱉지 않은 마사치카는 마리야가 스스로 앉을 때까지 기다렸다. 그러자 마리야는 멍한 눈으로 마사치카를 쳐다보며 고개를 갸웃거렸다.

"어머~? 사아―."

"잠깐만요?!"

아무렇지 않게 결정적인 단어가 튀어나오려고 하자, 마사치카는 다급하게 마리야의 입을 손으로 막았다.

(큰일 났다, 큰일 났다, 큰일 났다! 진짜로 큰일 났다고!!)

에레나가 마리야의 연인의 이름을 아는지는 모른다. 하지만 만에 하나라도 안다면 큰일이 날 수 있다.

술에 취한 나머지, 마사치카를 연인으로 착각했다? 그렇게 얼버무릴 수 있을까. 설령 그 말로 에레나를 속이더라도…… 이 자리에 아리사와 유키가 나타난다면 그대로 끝장이다. 에레나의 입을 통해 마리야가 마사치카를 사아라고 불렀다는 사실이 전해지는 것도 마찬가지다. 마사치카는 그 두 사람까지 속일 자신이 없었다.

(이, 이렇게 되면 일단 에레나 선배를 밖으로 내보내자!)

약 1초 만에 결단을 내린 마사치카는 이쪽을 주시하고 있는 에레나를 날카로운 눈길로 쳐다보며 말했다.

"에레나 선배, 미안한데요! 마샤 씨가 토할 것 같으니 양동이나 에티켓 봉투 같은 걸 가져다주지 않겠어요?!"

"어, 저쪽에 쓰레기통이……."

"악취가 배면 큰일이잖아요! 잔말 말고 서둘러요!"

"넵!"

마사치카의 서슬 퍼런 얼굴에 압도당한 에레나는 허둥지둥 입구 쪽으로 향하더니 허겁지겁 잠겨 있던 문을 연 후에 구르듯이 학생회실 밖으로 나갔다.

"후유……."

일단 위기에서 벗어난 마사치카는 한숨 돌렸다.

"아, 미안해요."

그리고 입을 막힌 마리야가 멍한 눈길로 의아하다는 듯 자신을 올려다보고 있다는 것을 눈치채고 슬며시 손을 치웠다. 그러자 마리야는 고개를 기울이면서 물었다.

"사아도…… 늘어났어?"

"안 늘어났어요."

"어어~? 어느 쪽이 내 거고, 어느 쪽이 아랴 거야~?"

"그러니까, 분열 안 했다고요."

"으음~ 그럼 나는 이쪽 할래!"

마사치카의 태클을 못 들은 건지, 마리야는 또 마사치카의 팔을 꼬옥~ 끌어안았다.

"아니, 이쪽은 무슨……."

"우후후~ 딩동댕~."

"대체 뭐가요??"

평소보다 더 말이 통하지 않는 마리야를 보며 한숨을 푹 내쉰 마사치카는 에레나가 나간 문을 다시 잠그려고…… 잠그려고…….

"저기, 마샤 씨. 좀 떨어져 주지 않을래요?"

마사치카는 아직도 자신의 팔을 꼭 잡은 마리야에게 그렇게 부탁했지만, 그녀는 볼을 부풀리며 고개를 저었다.

"싫어~."

"아니, 싫다니……."

마리야가 어린애처럼 거부하자, 마사치카는 난처한 표정

으로 그녀를 쳐다봤다. 그리고 어쩔 수 없이 그녀를 질질 끌면서 문 쪽으로 향하려 했지만…….

"싫어~!"

"우, 우왓?!"

갑자기 팔을 확 잡아 당겨진 바람에 허를 찔린 마사치카는 헛발을 디뎠다.

"우왓, 힘 되게 세!"

마리야가 끌어당긴 바람에 마사치카는 그대로 소파에 쓰러졌다. 다행히 다치지는 않아서 안도하면서도 마사치카는 마리야의 괴력에 전율했다.

(어, 이 힘은 뭐야. 설마 알코올로 인해 뇌의 리미터가 해제된 걸까?)

그런 어처구니없는 생각을 할 정도로 마리야의 완력은 대단했다. 물론 마사치카는 마리야가 다치지 않도록 배려하고 있지만, 그렇다고 해도 평범한 여자애의 완력이 아니었다. 지금도 그녀를 뿌리치는 건 무리라는 느낌이 들 정도였다.

"저기…… 마샤 씨? 좀 떨어져 주면 안 될까, 요?"

옆에 앉아서 고개를 숙이고 있는 마리야에게 다시 부탁했다. 하지만 마리야는 고개를 숙인 채 작은 목소리로 「싫어」하고 대답할 뿐이었다. 그러자 마사치카는 곤란해지고 말았다.

"아니, 싫다니…… 대체 왜 이러는 거예요?"

대화가 성립할 거라는 기대를 하지 않으면서도 마사치카는 일단 물어보기로 했다. 그러자 마리야는 고개를 들더니 촉촉이 젖은 눈동자로 마사치카를 쳐다보며 말했다.

"그야…… 아랴한테 가려는 거잖아?"

"네?"

"싫어. 안 보내줄 거야."

그렇게 말한 마리야는 다시 고개를 숙이더니 마사치카의 어깨에 얼굴을 묻었다. 그 말이…… 마사치카는 주정뱅이의 헛소리라는 것을 알면서도 헛소리로 치부하지 못하며 딱딱히 굳어버렸다.

"안 가요……. 문만 좀 잠그려는 거예요."

마사치카는 간신히 사실만을 입에 담았다. 그러자 마리야는 다시 고개를 들더니 코앞에서 마사치카의 얼굴을 쳐다보며 속삭였다.

"저기, 사아……."

"네."

"나, 좋아해?"

"……?!"

느닷없이 그런 당치도 않은 질문을 받고만 마사치카는 눈이 휘둥그레졌다. 표정이 굳어버린 마사치카는 어색한 미소를 머금더니, 반사적으로 말을 돌리려 했다.

"많이 취했나 보네요."

"좋아해?"

하지만 그런 치사한 행동은 거듭된 질문에 의해 완전히 분쇄되고 말았다. 표정이 더 굳어버린 마사치카는 얼버무리려는 듯이 웃음을 흘렸지만…… 자신을 응시하는 마리야의 눈동자에, 그 연갈색 눈동자에 어린 눈물을 보자, 미소를 지우면서 눈을 감은 채 하늘을 올려다봤다.

"좋아, 해요……. 인간으로서요."

자신이 내뱉은 미적지근한 대답 탓에 이를 간 후, 마사치카는 쥐어짜는 듯한 어조로 말했다.

"여성으로서도…… 아마, 좋아할 거예요……."

그것은 마사치카의 숨김없는 본심이다.

분명 자신은 마리야에게 끌리고 있다. 몇 년 만에 기적적으로 재회한 첫사랑 소녀에게 다시 아련한 연심을 품고 있다. 품고 있다고, 생각한다. 하지만…….

"그것을 인정하기엔…… 저는 아직 준비가 안 됐어요."

궁지를 잃은 지금의 자신으로서는 마리야의 호의를 받아줄 수 없다. 억지로 받아주더라도 분명 마리야의 호의를 무거운 짐으로 여길 것이며 자기 자신을 궁지로 몰아넣은 끝에 자신을 더욱 싫어하게 될 것이다.

(나는 우선…… 마샤 씨에게 사랑받고 있는 나 자신을 좋아하게 되어야만 해.)

가슴을 펴고 그 호의를 받아들일 수 있도록 말이다. 그러기 위해서는 무엇을 해야만 할까…… 마사치카도 이미 알고 있다. 알고 있으면서 쭉 눈을 돌렸다.

(하지만…… 그것도 이제 관두자.)

마주해야만 할 때가 찾아온 것이다.

예감이 들었다. 머지않은 장래에 분명 도망치지 못하게 될 것이다. 그러니…… 이 자리에서 약속하자.

"반드시…….".

무거운 입을 열고 가슴 깊은 곳에서 목소리를 쥐어짰다. 그리고 마리야에게 그리고 자기 자신에게 선언했다.

"반드시…… 제 잘못과 마주하겠어요. 제가, 지금의 제가 되게 만든 그 잘못과요."

그렇게 말한 마사치카는 마리야와 시선을 마주하더니 애원하는 어조로 말했다.

"그러니까…… 기다려주지 않겠어요? 언젠가 반드시 마샤 씨의 마음과도 마주할게요."

마사치카가 성의를 가득 담아서 그렇게 말하자, 눈동자가 흔들린 마리야는 고개를 숙이며 입을 열었다.

"피이~, 어려운 말 하니까 못 알아듣겠어~."

"우와~ 맙소사~. 나, 지금 꽤~나 용기를 냈는데~."

허탈한 정도가 아니다. 마리야의 반응이 너무하다고 여긴 마사치카는 그대로 소파에 몸을 깊숙이 묻었다. 어차피 상대는 술에 취했다. 제대로 된 반응을 기대하는 것 자체가 잘못인가…… 하고 마사치카가 생각하고 있을 때, 마리야는 불만을 표시하듯 입술을 삐죽 내밀면서 그의 팔을 잡아당겼다.

"더 간단히 말해봐. 나 좋아해?"

혀가 잘 돌아가지 않는 마리야가 어린애처럼 직설적으로 묻자, 마사치카는 쓴웃음을 머금으며 대답했다.

"네, 그래요……. 좋아해요."

"거짓말."

"아하, 내 대답 따위는 아무래도 상관없는 거구나."

마리야가 자기 말을 믿어주지 않자, 마사치카는 성실하게 그녀를 상대할 마음이 사그라들었다.

(하아~, 정말. 그냥 빨리 잠들어주지 않으려나…….)

그러면 완전히 위기에서 벗어날 수 있을 것이다. 만사가 귀찮아진 나머지 그렇게 생각하고 있는 마사치카의 귀에 마리야의 삐친 듯한 목소리가 전해졌다.

"실은…… 옛날의 나를 좋아하는 거지?"

너무 뜻밖의 말이었기에, 마사치카는 한순간 굳어버린 후에 진지한 표정으로 마리야를 쳐다봤다. 그러자 불만을 표시하듯 입술을 내밀고 촉촉이 젖은 눈동자로 자신을 쳐다보는 마리야와 눈이 마주쳤다.

"실은 옛날처럼 금발에 머리카락이 길고, 푸른 눈동자에

늘씬한 내가 더 취향인 거잖아."

"그게 무슨……."

"그렇잖아? 쿠제는 나를 못 알아봤는걸."

그 말이 마사치카의 가슴에 깊숙이 박혔다. 말문이 막힌 마사치카를 촉촉이 젖은 눈동자로 쳐다보며, 마리야는 안타까운 어조로 말했다.

"내가 변해버렸으니까, 나를 좋아하지 않게 된 거지?"

그렇지 않다. 반사적으로 머릿속에 떠오른 반론은…… 어찌 된 건지, 마사치카의 입에서 나오지 않았다.

아니라고 말할 수 있을 리가 없다. 마리야가 마아라는 것을 안 후에도, 옛날과 달라진 그녀의 겉모습에 당혹스러워하면서 좀처럼 동일 인물로 여기지 못한 마사치카가 말이다.

(만약…… 마샤 씨가 그 시절의 이미지 그대로 성장했다면…….)

푹신하고 긴 금발, 찬란히 빛나는 푸른 눈동자, 어린아이가 그대로 어른이 된 것 같은 천진난만한 미소……. 한눈에 그녀라는 것을 알아볼 수 있는 모습으로 마리야가 마사치카의 앞에 나타났다면……. 마사치카는…… 한눈에 다시 사랑에 빠지지 않았을까. 마사치카의 내면에는 그 생각을 부정할 근거가 없었다.

"……."

"역시 그랬구나."

마사치카의 침묵을 긍정으로 받아들인 건지, 슬며시 그에게서 떨어진 마리야는 두 손으로 얼굴을 감쌌다.

"아, 아니……."

"훌쩍……."

"……?!"

그 뒤를 이어 훌쩍이는 소리가 들려오자, 강렬한 죄책감이 마사치카의 심장을 꿰뚫었다.

문을 잠근다고 하는 최우선 사항조차 머릿속에서 사라진 마사치카는 소파 위에서 몸을 비틀고 마리야와 몸을 마주했다.

"으음, 저기……."

"훌쩍, 나도 좋아서 변한 게 아닌데…… 머리카락 색깔도, 눈동자 색깔도 달라졌고, 몸도…… 점점 뚱뚱해졌어……."

"어, 어? 뚱뚱, 하다기보단……."

"하지만 남자는 그런 애를 좋아한다고 들어서, 나…… 하지만 사아는 역시 옛날의 나를 좋아하는구나……."

"아, 아니……."

마리야가 심각한 고민을 털어놓자, 마사치카는 반사적으로 고함쳤다.

"저는! 지금의 마샤 씨를 참 매력적이라고…… 지, 지금의 마샤 씨도 좋아해요!"

마사치카가 한가운데 직구 같은 발언을 외치자, 마리야
는 고개를 치켜들었다. 그리고 약간 빨개진 눈으로 애원하
듯 쳐다보며 물었다.

"정말……? 정말, 나를 좋아해?"

"으, 으음, 뭐…… 마샤 씨의 머리카락도, 눈도 참 예뻐
서…… 좋아해요."

"옛날의 나보다 더 좋아해……?"

"……."

그 질문에는 바로 대답하지 못했다. 마사치카의 눈빛이
흔들리자, 마리야는 고개를 휙 돌렸다.

"역시, 거짓말이구나……."

"아, 아니에요! 어느 쪽만 좋아한다는 게 아니라, 양쪽
다…… 좋아한달까……."

자기가 생각해도 참 우유부단하다고 여기면서도, 마사치
카는 「그래도 본심이니까……」 하고 마음속으로 변명했다.
하지만 마리야는 토라진 것처럼 고개를 돌렸다.

"거짓말, 못 믿겠어."

"진짜인데요……. 어떻게 해야 믿어줄 건가요?"

마사치카가 그렇게 묻자, 알코올 탓에 약간 가라앉은 눈
길로 그를 쳐다보던 마리야가 그의 오른손을 움켜잡았다.
그리고 그 손을 자신의 얼굴 옆으로 가져가더니, 고개를
숙이면서 마사치카의 손을 자신의 머리카락에 댔다.

"그럼, 내 눈을 보면서 말해봐. 내 머리카락, 좋아해?"

"조, 좋아해요."

손바닥에 닿은 머리카락과 그 너머에 있는 볼의 감촉에 약간 동요하면서도, 마사치카는 마리야의 눈을 똑바로 응시하며 말했다. 그러자 마리야는 눈을 감더니, 마사치카의 손을 자신의 눈꺼풀에 댔다. 그리고 눈을 뜨면서 물었다.

"내 눈, 좋아해?"

"좋아해—."

말을 하려던 바로 그때였다.

마사치카의 청각은 이쪽으로 다가오는 두 쌍의 발소리와 익숙한 목소리를 포착했다. 그것은…… 토우야와 함께 이 학교 졸업생을 응대하러 갔던 아리사와 유키의 목소리다.

그 순간, 강력한 위기감이 마사치카의 척수를 관통했다.

(맙소사, 그 두 사람이 벌써 돌아온 거야?! 큰일 났다, 큰일 났다, 큰일 났다! 그 두 사람이 지금 돌아오면 진짜로 큰일 난다고!)

식은땀을 흘리면서 잠기지 않은 문을 응시하는 마사치카의 정면에서 불안 섞인 목소리가 들렸다.

"사아……?"

그 목소리를 듣고 다시 정면을 쳐다본 마사치카는 마리야가 자신의 오른손을 잡은 지금 상황을 재인식했고…… 한순간, 비장의 『다들 좋아하는 목덜미 쳐서 기절시키기』

를 실행에 옮길지 심각하게 검토했다.

(하지만 자칫하면 후유증이 남을 수도 있고, 애초에 아무 죄도 없는 사람에게 그런 짓을 하면 안 된다고!!)

즉시 그 아이디어를 폐기한 마사치카는 둘러대는 느낌물씬 나는 빠른 어조로 고함을 질렀다.

"아, 좋아해요! 좋아한다고요! 그러니까…… 잠깐 실례할게요!"

이러는 사이에도 발소리와 목소리가 점점 다가오고 있었기에, 마사치카는 왼손으로 마리야의 손을 반쯤 억지로 떼어낸 후, 문 앞까지 달려갔다. 그리고 재빨리, 그러면서 소리가 나지 않도록 신중하게 문을 잠갔다.

이걸로 겨우 한숨 돌리기는 했지만……, 문제는 이제부터다.

(어떤 구실로 저 두 사람이 학생회실에 못 들어오게 하지?!)

아리사만이라면 말로 구워삶을 자신이 있다. 문제는 유키다.

그 여동생에게는 웬만한 변명은 통하지 않을 것이며, 장난꾸러기인 유키라면 재미있는 트러블이 발생했다는 것을 눈치채자마자 무슨 수를 써서라도 침입하려고 할 가능성이 크다.

(뭔가 없을까?! 피치 못할 합리적인 이유! 학생회실에 왁스 칠을 했다고 할까? 아니면 아무도 없다는 종이를 문에

붙…… 아니, 그러기엔 늦었어! 내가 안에 있으면서, 다른 사람이 들어오지 못하게 할 이유, 뭔가—.)

설득력을 쥐어짜!

마사치카가 어찌어찌 태세를 정비하며 문 앞에서 벗어난 직후, 노크 소리에 이어서 문이 덜컹하고 흔들렸다.

『어머? 왜 문이 잠겨 있는 거죠……?』

문 너머에서 유키의 의아한 목소리가 들려오자, 마사치카는 별일 없는 척하며 말을 건넸다.

"아, 유키야? 미안해! 지금은 상황이 여의치 않네……."

『마사치카 씨, 무슨 일 있나요?』

"그래~. 뭐랄까, 말로 설명하기 좀 그렇긴 한데……."

『마사치카, 일단 문을 열어주지 않겠어?』

"아니, 그럴 순 없어……."

『어째서?』

"아~ 으음……."

두 사람이 무슨 일인지 묻자, 마사치카는 말끝을 흐리며 뜸을 들였다. 인간은 「남이 숨기고 있는 것을 들었다」고 생각하면, 그 진위 여부를 떠나서 어느 정도 만족하기 마련이다.

그래서 아리사의 인내심이 바닥나기 직전까지 시간을 끈 마사치카는 내키지 않는 투로 이렇게 말했다.

"실은…… 아까 에레나 선배가 두리안이 들어간 케이크를 가지고 왔거든. 지금 학생회실은 악취가 진동하는 상태야."

상황을 바로 이해하지 못한 건지, 몇 초 동안 말이 없던 아리사는 당혹스러움과 미심쩍음으로 가득 찬 목소리로 이렇게 말했다.

『뭐? 에레나 선배? 게다가, 두리안?』

"그게, 운동회 때의 뒤풀이를 하자는 것 같던데…… 가져온 케이크를 꺼낸 순간, 악취 폭탄이 터진 듯한 사태가 벌어졌거든……. 왜 이런 걸 고른 건지는 본인에게 물어봐. 본인은 탈취제를 가져오겠다면서 부리나케 도망쳤지만 말이지."

마음속으로 에레나를 향해 손을 싹싹 빌면서, 마사치카는 물 흐르듯 거짓말을 늘어놨다. 인간은 좀 뚱딴지같은 이야기일수록 거꾸로 쉽게 믿는 경향이 있다. 게다가 에레나는 비교적 그런 뚱딴지같은 일을 벌이고도 남을 듯한 이미지를 가지고 있다.

머릿속에서 「나를 괴짜 취급하는 거냐!」 하고 항의하는 에레나에게 손이 발이 되도록 빌면서, 마사치카는 약간 코가 막힌 듯한 목소리와 질릴 대로 질린 듯한 말투로 한숨 푹푹 쉬어가며 말을 이었다.

"그래서 현재 케이크 다시 봉인&환기&탈취 중이거든. 그러니 오늘은 이대로 돌아가는 편이 좋을 거야. 안에 들어왔다간 옷과 몸에도 냄새가 밸걸?"

『그, 그래……. 그럼, 어쩔 수 없네……. 마사치카는 괜찮은 거야?』

"응. 나는 이미 익숙해졌어……. 악취는 심하지만 서서히 나아지는 느낌이 드니까 걱정하지 마."

일단 아리사는 납득한 것 같기에, 마사치카는 주먹을 말아쥐며 기뻐했다. 바로 그때, 유키의 걱정 어린 목소리도 들려왔다.

『너무 무리하지는 마세요…….』

그 말을 듣고, 「오, 의외로 간단히 성공하려나?」 하고 마사치카는 생각했지만…….

『저기, 마사치카 씨. 저는 과거의 기증품 관련으로 좀 신경 쓰이는 게 있어서 그러는데…… 내광회의 기증품에 관해 정리한 자료를 주시지 않겠어요?』

이어지는 유키의 말을 듣고, 자신의 판단이 물렀다는 사실을 눈치챘다.

"아, 그 자료도 냄새날 것 같아……. 그리고 이 문을 열었다간 말짱 꽝이라고."

『잠시 열기만 할 뿐이잖아요. 어쩌면 **의외로 냄새가 나지 않을지도 모르고요.** 안 그래요?』

유키의 의미심장한 말이 들려오자, 마사치카는 확신했다.

(젠장, 이 자식……! 재미있는 일이 벌어지고 있다는 걸 눈치챈 거 아냐?!)

들려오는 목소리 자체에는 여전히 숙녀다운 기품이 어려 있었다. 하지만 마사치카는 문 너머에서 기품 넘치는 미소로 위장한 악마적인 미소를 머금은 여동생의 모습을 쉬이 상상할 수 있었다. 그리고 그 옆에서 당혹스러워하고 있는 아리사의 모습도 말이다.

『어라? 아리사와 유키…… 이미 볼일을 마친 거야?』

『수고 많으세요, 에레나 선배…… 신기한 복장을 하고 계시군요. 그건 그렇고, 이게 대체—.』

"아! 돌아왔군요, 에레나 선배! 두리안 케이크는 다시 봉인하긴 했는데, 탈취제는 구해왔어요? 뭐, 두리안 냄새를 없애주는 탈취제가 있을지는 의문이지만요!!"

마사치카의 거짓말을 폭로하려 하는 유키의 말을 막으려는 듯, 마사치카가 큰 목소리로 그렇게 외쳤다. 그리고 제발 자신의 마음이 전해지기를 바라면서 문을 응시했다.

긴장으로 가득 찬 3초가 흐른 후…… 에레나의 목소리가 들려왔다.

『아아…… 이야, 운동부 친구한테 빌리러 갔는데 이미 돌아갔더라고…… 화장실 탈취제를 가지고 올 수도 없으니까, 일단 케이크를 봉인할 비닐봉지와 양동이만 가지고 왔어.』

(나이스!!!)

역시 학생회 전 부회장답게 에레나가 멋지게 기지를 발휘하자, 마사치카는 말없이 주먹을 말아 쥐었다. 게다가 바로 그 타이밍에 아리사가 엄호 사격을 했다.

『그럼…… 저희는 먼저 돌아갈게요. 유키 양도 자료는 내일 보면 되지 않겠어?』

유키도 아리사가 이렇게 나올 것은 예상하지 못한 건지, 약간 침묵한 후에 아쉬운 듯한 어조로 이렇게 말했다.

『그래요……. 그럼 먼저 실례하도록 할까요. 마사치카 씨, 내일 봐요.』

"그래~. 내일 봐."

『그럼 먼저 가볼게.』

"응. 아랴도 수고 많았어."

의도한 것은 아니겠지만 도움의 손길을 내밀어준 파트너에게 마사치카는 마음속으로 감사를 표했다.

【어쩔 수 없는 사람이라니깐.】

그리고 문 너머에서 희미하게 들려온 러시아어 탓에, 마사치카는 표정이 딱딱하게 굳었다.

(어, 그, 그 말은 어떤 의미야……? 아랴, 너 설마…….)

마사치카가 전율에 가까운 감정에 휘말린 가운데, 두 사람의 발소리가 점점 멀어져 갔다. 그리고 문 너머에서 원망 섞인 에레나의 목소리가 들려왔다.

『저기…… 나, 학생회실에 두리안 케이크를 가지고 온 민폐 선배가 된 거 아냐?』

"그건 정말 죄송해요."

그 점에 관해서는 변명의 여지가 없기에, 마사치카는 솔직하게 사과했다. 그러자 에레나는 한숨을 한 번 내쉰 후에 이렇게 말했다.

"뭐, 됐어……. 그런데, 마리야는 좀 어때? 일단 양동이와 비닐봉지는 가지고 왔는데……."

에레나가 그렇게 묻자, 유키와 아리사를 물리치고 안도하던 마사치카도 거기까지 생각이 미쳤다.

(어라…… 듣고 보니 아까부터 조용하네. 마샤 씨, 혹시 잠이 든 걸까……?)

그런 희망적 관측을 품은 마사치카는 일단 에레나에게 고맙다고 말하면서 마리야 쪽을 힐끔 돌아봤고…… 다음 순간, 눈을 치켜떴다.

(아니……?!!)

아마, 소파에서 일어나려다 균형을 잃은 것이리라. 마리야는 소파 앞의 바닥에서 다리를 W자 모양으로 한 채 털썩 주저앉아 있었다.

"사아…… 훌쩍, 역시, 아랴를 더 좋아하는 거구나……."

마리야를 내버려두고 문 너머로 아리사와 이야기를 나눈 것을 가지고 오해한 건지, 그녀는 고개를 숙인 채 손등으로 눈가를 훔치고 있었다. 그것보다 더 신경 쓰이는 건 가슴! 다 숨기지 못한…… 아니, 전혀 숨기지 못한 가슴!

(왜 벗은 거야?!)

소파 위에는 블레이저 교복이 널브러져 있었고, 소파 앞에는 실내화와 양말과 점퍼스커트가 굴러다니고 있었다. 현재 마리야가 걸친 것은 와이셔츠와 속옷뿐이며…… 와이셔츠는 위쪽 단추가 전부 풀어져 있었다. 즉, 팔만 가려지고 있었다.

『쿠제? 마리야는…….』

"남한테 보여줄 수 없는 모습을 하고 있어요……."

『뭐?! 그 말은…… 혹시, 한발 늦었어…….』

"죄송하지만, 저도 좀 혼란스럽거든요. 그러니 오늘은 에레나 선배도 이만 돌아가 주지 않겠어요?"

『그, 그래. 알았어. 마리야도 그런 모습을 남한테 보여주고 싶지 않을 테니까…… 그럼 뒷일을 부탁할게. 미안해. 참, 양동이와 비닐봉지는 문 앞에 두고 갈게.』

그 말을 끝으로 에레나의 발소리가 멀어져갔다. 왠지 이상한 오해를 한 것 같지만, 현재 마사치카에게는 그것을 신경 쓸 여유가 없었다.

"(아니, 마샤 씨. 대체 왜 옷을 벗은 거냐고요.)"

가능한 한 마리야를 쳐다보지 않기 위해 소파 쪽으로 눈을 돌리며 작은 목소리로 그렇게 말한 마사치카는 마리야에게 천천히 다가갔다. 그러자, 시야 가장자리에서 얼굴을 든 마리야가 환한 표정을 짓고 있는 모습이 눈에 들어왔다.

"아아~. 사아, 왔구나~."

갑자기 환한 목소리로 그렇게 말하는 마리야를 본 마사치카는 쓴웃음을 머금더니, 어린아이와 눈높이를 맞추려는 듯 몸을 살짝 웅크리면서 말을 건넸다.

"네, 왔어요…… 일단, 옷을 입어요. 네?"

"우후~? 우~ 후후~♪"

"아니, 『우후~?』가 아니라…… 그것보다, 몸을 그렇게 흔들면 위험해요."

마리야가 수상한 웃음을 흘리면서 몸을 전후좌우로 흔들자, 마사치카는 여전히 대각선 전방을 쳐다보며 달래는 투로 말을 건넸다. 그러다 갑자기 오른팔을 잡아 당겨진 마사치카는 「어?」하며 그쪽을 쳐다봤다.

마사치카의 오른손 손목을 마리야의 오른손에, 그리고 손등은 그녀의 왼손에 잡혀 있었다. 그리고 당겨진 마사치카의 오른손이 향하고 있는 곳은—.

"잠깐만요."

손이 향하고 있는 곳에서 결코 똑바로 바라봐선 안 되는 것을 보고만 마사치카는 오른팔을 다급히 뺐다. 그리고 정색을 하며 마리야에게 물었다.

"대체 뭘 하려는 거예요?"

"응~? 아까 하다 만 거?"

"하다 만 거, 라면……."

마사치카는 그 말을 듣고 떠올렸다. 아까 마리야의 머리카락과 눈꺼풀에 손을 대며 좋아한다고 말했었다. 그것을 떠올린 순간, 마사치카의 머리까지 피가 솟구쳤다.

"아니, 대체 어디를 만지게 하려는 거예요?! 거긴 안 된 다고요!"

온 힘을 다해 마리야의 손을 떨쳐낸 바람에 엉덩방아를 찧으면서도, 마사치카는 고개를 돌린 채 비명에 가까운 목소리로 그렇게 외쳤다.

그러자 마리야는 갑자기 눈물을 글썽이면서 고개를 푹 숙였다.

"역시 사아는 옛날의 가녀린 나를 좋아하는구나……. 그래서 똑바로 바라봐 주지도 않는 거야……."

"아니, 진짜로 그런 게 아닌데……."

죄책감을 자극하는 목소리가 들려오자, 마사치카는 당혹스러운 듯이 마리야 쪽을 쳐다봤고…… 그녀의 몸을 가까이에서 본 바람에, 무심코 마른침을 삼켰다.

순진무구한 소녀 같은 풋풋함과 자애에 찬 어머니 같은 상냥함이 공존하고 있는 마리야의 미모를 본다면 그 누구라도 마음이 온화해질 것이다. 그와 반대로……. 그녀의 목 아래는 바라본 이를 미치게 만드는 마성으로 가득 차 있었다.

검은색 브래지어에 감싸인 흉악한 봉우리 두 개…… 아니, 커다란 공 두 개. 우아한 곡선을 그리고 있는 허리는 잘록하면서도 부드럽고 말랑말랑해 보였으며, 주름 하나 없는 허벅지는 넘칠 듯한 육감미와 탱글탱글한 탄력을 겸비하고 있었기에…… 마사치카는 천장을 올려다보았다.

(으~음, 요즘 들어 패권급 작품이 다수 나왔다고 들었지만, 지금 생각해보면 이번 분기 패권급은 세 작품이려나~.)

온 힘을 다해 현실도피를 하는 마사치카의 귀에 마리야의 애틋한 목소리가 전해졌다.

"으, 으으으으~ 눈을 돌렸어어어어~."

"아니, 차마 쳐다볼 수 없어서 돌린 게 아니라, 제가 도저히 견딜 수 없어서 돌렸다고나 할까……."

마사치카가 시선을 약간 내려서 마리야이 정수리 언저리를 쳐다보며 그렇게 말하자, 그녀는 몸을 숙이면서 그의 시야에서 사라졌다. 그런 마리야를 쫓듯 신중하게 시선을 내려보니…… 흠, 정말 크고 멋진 엉덩이가 눈에 들어왔다.

(……!)

허둥지둥 시선을 숙이자, 코앞에서 자신을 응시하고 있는 마리야와 시선이 마주쳤다.

아니나 다를까, 마리야는 엉덩방아를 찧은 마사치카의 두 다리 사이에 무릎을 대면서 네 발로 기는 자세로 그를 올려다보고 있었다.

"우왓?!"

후야제에서 아리사와 있었던 일을 방불케 하는 상황이었

기에, 마사치카는 허겁지겁 뒤편으로 물러나려다…… 균형을 잃고 바닥에 팔꿈치를 찧고 말았다.

"아얏?!"

날카로운 통증이 느껴지면서 두 팔꿈치부터 손끝까지가 찌릿하고 저리자, 몸을 지탱하지 못한 마사치카는 그대로 뒤편으로 쓰러졌다.

"으으, 아야야야얏~!"

그리고 두 팔을 뻗으며 고통과 마비를 견디고 있을 때…… 조명 불빛이 마리야의 머리에 가려졌다.

마사치카의 어깨 옆에 손을 짚은 마리야가 금방이라도 덮치려는 듯한 자세를 취한 채 그를 내려다봤다. 등지고 있는 조명의 불빛에 의해 찬란히 빛나고 있는 머리카락의 끝부분이 마사치카의 볼을 간지럽히듯이 하늘거리고 있었다.

"저기, 사아……."

"오케이, 마샤 씨. 진정해요. 당신은 지금 제정신이 아니에요."

촉촉이 젖은 눈동자로 자신을 응시하고 있는 마리야의 얼굴만을 응시하면서 마사치카는 필사적으로 말을 건넸다. 그와 동시에 이 상황을 벗어날 방법을 찾으려고 맹렬히 머리를 굴렸다.

(아니, 괜찮아. 팔의 마비만 풀리면 이 정도 그라운드 기술에는 충분히 대응할 수 있어. 다행히 아직 와이셔츠는

입고 있으니까, 우선 오른 다리를 뺀 후에 등을 잡아서—.)

마사치카는 머릿속을 전투 모드로 전환해서, 마리야의 요염한 자태를 최대한 의식하지 않으려 했다. 바로 그때, 마리야의 질문이 들려왔다.

"지금의 나는…… 싫어?"

"전혀 싫지 않아요. 오히려 좋아해요. 좋아 죽겠다고 해도 과언이 아니라고요."

"그럼…… 만져줘."

"무리한 소리 말라고요."

정색하며 그렇게 대꾸한 순간, 촉촉하게 젖어 있던 마리야의 눈동자가…… 확 가라앉았다.

"스톱. 알았어요. 만질게요."

그 눈빛을 보고 강렬한 위기감에 사로잡힌 마사치카는 즉시 그렇게 말했다. 그러자 마리야는 눈을 껌뻑인 후, 헤벌쭉 웃었다. 그 순간…….

(지금이다!)

마사치카는 재빨리 오른 다리를 접은 후, 마리야의 몸 아래편에서 빼냈다. 그리고 아직 찌릿한 느낌이 남아 있는 오른손으로 마리야의 등을 잡고, 왼손으로 그녀의 오른 다리를 안아 들면서 옆으로 몸을 굴리려던— 바로 그때였다.

(어?)

오른손이…… 마리야의 와이셔츠 안에 있는 정체불명의

딱딱한 물체에 닿자, 마사치카는 문득 의문에 휩싸였다.

(이게 뭐지? 쇠로 된 장식 같은데—.)

찰나 속에서, 그렇게 생각한 마사치카는…….

"우왓?!"

직감적으로 그 감촉의 정체를 눈치채더니, 화들짝 놀라며 손을 뗐다. 그대로 굳어버린 마사치카를 내려다보며, 마리야는 또 눈을 깜빡였다. 그리고 의아하다는 듯 고개를 갸웃거리더니…….

"앗! 아하."

뭔가를 이해한 것처럼 고개를 끄덕인 마리야는 몸을 일으키더니, 말에 탄 것처럼 마사치카의 배 위에 앉았다.

"아니, 잠깐만—?!"

아랫배에서 마리야의 엉덩이 감촉이 느껴지자, 마사치카는 말문이 막히고 말았다. 그리고 반사적으로 그쪽을 쳐다본 마사치카의 눈에 마리야의 팬티가 들어왔고, 중요 부위 이외에는 어렴풋이 비치고 있다는 사실을 눈치챈 그는 그대로 석상처럼 굳어버렸다.

새하얗고 육감적인 허벅지. 그 새하얀 피부 위에서 선명하게 존재감을 드러내고 있는, 어른스럽고 섹시한 검은색 팬티. 그리고 팬티 위로 드러나고 있는 매혹적인 사타구니…….

마사치카는 수치심과 죄책감을 잊은 채, 무심코 그곳을 응시하고 말았다. 하지만 몇 초 만에 어찌어찌 마지막 남은 이성을 쥐어짜서 눈을 꼭 감았다.

(야, 이 멍청아! 보지 마, 만지지 마, 의식하지 마! 상대
는 마아야! 게다가 제정신이 아닌 상태라고! 이 상황에서
실수를 저지르기라도 했다간 나중에 죽도록 후회할 게 뻔
하단 말이다!!)

눈을 꼭 감은 채 이를 악문 마사치카가 이성을 최대한
동원하고 있을 때…… 툭 하는 조그마한 소리가 그의 귀에
전해졌다.

"어?"

정체불명의 소리를 들은 마사치카는 눈을 희미하게 뜨며
그 소리가 들려온 방향을 올려다봤다. 그런 마사치카의 좁
은 시야에 비친 것은…… 양손을 등 뒤로 돌린 마리야의
모습이었다. 그 순간에 눈이 마주치자, 마리야는 멋쩍은
듯 웃으면서 두 손을 앞으로 되돌렸다. 그리고…….

"정말…… 벗어줬으면 한 거지? 그럼 빨리 말해줬으면
좋았잖아."

마리야는 그렇게 말하며 **어깨끈을 벗었다.**

마리야의 와이셔츠가 흘러내리는 것과 동시에, 그녀의
풍만한 가슴을 감싸고 있던 최후의 장벽이 중력에 이끌려
흘러내렸고…… 드디어 팬티 한 장만 걸친 마리야가 부끄
러운 듯, 그리고 유혹하듯 웃었다.

"괜찮아. 전부 사아 거니까……. 사아가 좋아해줬으면 하

니까……. 그러니까…… 괜찮아.”

어느새 눈을 가늘게 뜨는 것조차 망각한 마사치카는 마리야의 그 말을 듣고…… 진심으로 생각했다.

(후회해도…… 괜찮을지 몰라.)

나중에 죽도록 후회해? 그게 어쨌다는 건가. 남자라면! 지금 이 순간에 모든 것을 걸어야 하지 않을까!

(지금 이 자리에서 저 지고의 보물을 만질 수 있다면 죽어도 후회는 없어!)

눈을 부릅뜬 마사치카가 머릿속으로 남자다운 선언을 한 순간— 그는 힘껏 뒤통수를 바닥에 찧었다. 뒤통수에서 둔탁한 소리가 들려오더니, 고통 탓에 눈이 저절로 감겼다.

마사치카는 잘됐다고 생각하며 그대로 눈을 꼭 감더니, 고통 탓에 몸을 떨면서도 머릿속으로 되풀이해서 이렇게 중얼거렸다.

(이 사람은 마아, 이 사람은 마아, 이 사람은—.)

그러자 뇌리에 아름다운 추억들이 떠올랐다. 그것들을 마음속으로 응시하자, 자연스럽게 온화한 기분이 들었다. 그렇게 마음을 잔잔한 호수처럼 만든 후에 다시 눈을 떴을 때—.

“으…….”

마리야가 억눌린 신음을 토하더니, 그대로 마사치카를 향해 쓰러졌다.

“아니, 잠깐만…….”

화들짝 놀란 마사치카가 양손을 들어서 그녀의 어깨를 잡으려 했지만…… 마사치카의 두 손은 어깨보다 앞에 위치한 봉우리에 그대로 매몰됐다.

"우오오오~ 만지고 말았어~?!"

두 손에 전해지는 부드러운 느낌과 손가락 사이로 가슴살이 삐져나오는 광경 탓에, 마사치카는 두 눈을 극한까지 치켜떴다. 그런 그의 머리 위에서…….

"우읍."

불길한 소리가, 들려왔다.

등골을 타고 흐르는 불길한 예감에 사로잡혀서 고개를 들자, 괴로운 듯 미간을 찌푸리며 눈을 감고 있는 마리야의 얼굴이 눈에 들어왔다.

"왠지, 속이 울렁거려……."

농담이 진담 된다, 란 이런 상황을 두고 하는 말일까. 하지만 그런 소리를 할 틈은 없었다. 왜냐하면 이대로 있다간 곧 얼굴이 토사물 범벅이 될 테니 말이다.

"아니, 좀 봐달라고요! 마샤 씨의 구토 히로인화는 아무도 바라지 않고, 안면 토사물 범벅을 포상으로 여길 만큼 저는 해탈하지 않았다고나 할까, 우와, 무지 부드러워?!"

완전히 패닉에 빠진 마사치카는 이렇게 되면 억지로라도 탈출할 수밖에 없겠지만, 이 상황에서 마리야의 몸을 흔드는 건 오히려 상황을 악화시키지 않을지 필사적으로 생각했다. 결국 마사치카는 마리야가 몸을 자신에게 서서히 기대게 한 후, 포옹을 하는 자세로 그녀의 등을 상냥히 문질러줬다.

그런 마사치카의 필사적으로 간호(?) 덕분인지, 무사히 구토 히로인화를 회피한 마리야는 마사치카에게 몸을 기댄 채 곤히 잠들었지만…… 이렇게 되면 남은 문제는 반라 상태인 마리야에게 깔린 채 꼼짝도 못 하게 된 마사치카라는 구도다.

"그러고 보니…… 여름 방학에 합숙을 갔을 때도 이런 일이 있었지."

현실도피를 하듯 그렇게 중얼거린 마사치카는 천장을 올려다봤다. 하지만 누군가가 올 가능성을 고려하면 이대로 계속 있을 수도 없다.

(아, 서두르지 않았다간 아야노가 나타날 거야!)

거기까지 생각이 미친 직후, 노크 소리가 방 안에 울려 퍼졌다. 이 방에 다가오는 발소리가 전혀 들리지 않았던 만큼, 마사치카는 심장이 덜컥 멈출 뻔했다.

『실례합니……?』

"아, 아야노~! 미안한데, 지금 들어오면―."

그 후…… 아야노를 어찌어찌 돌려보낸 마사치카가 여러 의미에서 골로 갈 것 같은 심정으로 뒤처리라고 해야 할까, 원상복구를 마쳤을 때였다. 마리야가 그제야 눈을 떴다. 그리고 깨어난 마리야는 초콜릿을 먹은 후의 기억이 완전히 없었고…… 유일하게 모든 사태를 전부 기억하고 있는 마사치카는 툭하면 후회와 자기혐오에 휩싸이는 나날을 한동안 보내게 됐다.

제 6 화   유희

마리야의 술주정 소동 다음 날, 학생회실에는 학생회 임원이 전부 모여 있었다.

긴 테이블의 왼편에서부터 아야노, 유키, 치사키, 토우야가 차례차례 앉아 있었다. 그리고 오른편에는 마사치카, 아리사, 마리야, 그리고 위법소…… 에레나가 앉아 있었다.

"트릭 오어 트릿!"

"그러니까 지금은 11월이라고요."

어제 사태를 반성 삼아 철저하게 알코올을 배제하면서 에레나 주최 운동회 뒤풀이 파티(정식)가 열렸다. 하지만 그 명칭과 다르게 여전히 핼러윈 분위기인 에레나에게 마사치카는 일단 태클을 걸었다. 그러자 어제에 이어 위법소녀…… 아니, 마법소녀 코스프레를 한 에레나가 마법의 지팡이를 흔들면서 말했다.

"그러는 쿠제도 코스프레를 했으면서, 이제 와서 무슨 소리야?"

"제가 하고 싶어서 한 게 아니라, 당한 거라고요! 느닷없이 수예부로 납치당해서요!"

그렇게 외친 마사치카는 눈알을 모티프로 한 수상한 심벌이 달린 신부복을 입고 있었다. 손에는 성서라기보다 금서 느낌이 물씬 나는 사교(邪敎)의 성전을 들고 있었다. 방과 후에 학생회실에 들어서려던 순간, 느닷없이 수예부 부원들에게 납치당한 그는 강제적으로 이런 복장을 입게 되었다.

"그것보다 이것도 에레나 선배가 꾸민 짓이죠?"

"나만 수치를 당하는 건 불공평하다고 생각했거든!!"

"주위 사람을 길동무 삼아 폭사하는 짓 좀 하지 말아줄래요?!"

자기가 버거운 코스프레를 했다고 남까지 길동무를 삼으려 하는 이 선배에게, 마사치카는 항의하듯 그렇게 말했지만…….

"흐음…… 쿠제한테 그런 말을 할 자격이 있으려나?"

"그게 무슨 소리예요? 저는 아까부터 코스프레를 즐기고 있는데요? 핼러윈 최고~!"

에레나가 도끼눈으로 쳐다보자, 어제 선배에게 『학생회실에 냄새나는 두리안 케이크를 가지고 온 사람』이라는 딱지를 붙이고 만 후배는 손바닥 뒤집듯 태도를 바꿨다.

"쿠제, 에레나 선배와 무슨 일 있었어?"

"아뇨. 아무 일도 없었어요, 마샤 씨."

악마 의상을 입은 마리야가 고개를 갸웃거리자, 마사치

카는 앞을 바라보며 빠른 어조로 그렇게 말했다. 시선은 어디까지나 앞! 한사코 앞을 행하고 있었다!

그도 그럴 게 어제 이런저런 일이 있었을 뿐만 아니라, 마리야가 자신의 흉악한 몸매를 강조하려는 것처럼 몸에 딱 달라붙는 의상을 입고 있는 탓에 도저히 쳐다볼 수가 없었다.

"마사치카……?"

마사치카가 시선이 고정된 것처럼 앞만 쳐다보고 있자, 아리사는 의아한 눈길로 그를 쳐다봤다. 그런 아리사는 선거전 페어끼리 테마를 맞춘 건지, 수녀복을 입고 있었다.

그럼 그녀를 쳐다봐도 괜찮냐고 묻는다면 딱히 그렇지는 않다. 이쪽도 사교의 수녀라는 콘셉트에 맞춘 건지, 혹은 제작자의 취향이 반영된 건지, 어깨와 가슴이 드러나며 허벅지는 속옷이 은근슬쩍 보일 것 같은 라인까지 드러나 있었다. 「이래서야 성직자는 무리라고, 인마」란 소리가 나올 수준인지라, 역시 눈 둘 곳이 없었다.

그렇기에 마사치카는 눈에 좋지 않은 오른편의 미소녀 자매를 쳐다보지 않으려고, 시선을 맞은편에 고정한 채 말을 돌렸다.

"그리고 평범한 마녀 의상도 있었잖아요."

그렇게 말한 마사치카의 시선은 마녀 코스프레를 한 유키를 향했다. 유키가 입은 것은 검은색 원피스와 검은색

로브와 뾰족모자라고 하는, 마녀 느낌 물씬 나는 의상이었다. 그것을 보고 에레나를 쳐다보니, 「어째서 이렇게 된 거야?」 하며 고개를 갸웃거리고 싶어졌다.

참고로 유키의 옆에 앉아 있는 아야노는 마녀의 사역마인 건지 검은 고양이(?) 코스프레를 하고 있었다. 물음표가 붙은 건, 코스프레라고 할 수 있는 건 고양이 귀와 꼬리뿐이어서다. 의상 자체는 검은색 원피스였던 것이다. 단순한 검은 고양이라기보다 마법에 의해 인간으로 변한 검은 고양이라는 이미지일지도 모른다.

"저 사이즈의 마녀 의상은 저런 거지만…… 더 큰 사이즈는 전부 이런 것들뿐이었어."

에레나가 아련한 눈길을 머금으며 그렇게 말하자, 마사치카는 고개를 갸웃거리며 그녀에게 물었다.

"이런 것들, 이라고요? 그 위법소녀 이외에도 의상이 더 있긴 했던 거예요?"

"위법소녀라고 부르지 마! 나도 항의했거든?! 그랬더니……치마가 사타구니 근처까지 트여 있는 의상을 내놓으니까 어쩔 수 없었단 말이야!"

"그거 진짜로 마녀 의상 맞아요?"

혹은 마성의 여자, 줄여서 마녀인 걸까. 그런 생각을 하고 있을 때 에레나의 옆에 앉아 있던 마리야가 고개를 끄덕였다.

"아, 그거 말이구나~. 나도 입어봤는데 노출도가 상당하더라~."

"입어봤어요?!"

"응. 수예부 사람들이 『이건 안 돼. 사망자가 발생할 거야』 하고 말하면서 이 의상으로 바꿔줬어~."

"……."

대체 얼마나 발칙한 의상이었던 걸까. 흥미는 있지만 마리야의 그런 복장을 봤다간 어제 있었던 일을 떠올린 마사치카가 제1호 사망자가 될 가능성이 농후하니, 다른 옷을 입어줘서 다행일지도 모른다. 아니, 지금 의상도 매우 자극적이지만 말이다!

(에레나 선배의 지금 의상도 가슴이 꽤 드러나는데 그건 괜찮은 거야?)

마사치카는 에레나 쪽을 쳐다보지 않으려고 조심하면서 그런 소박한 의문을 품었다.

위법소녀~ 위법소녀~ 하고 놀려대고 있지만, 객관적으로 보자면 에레나의 의상도 꽤 과격했다. 아니, 냉정하게 비교하면 가슴 쪽 노출도는 에레나가 가장 심했다. 그야말로 「점프했다간 의상에서 가슴이 튀어나오는 거 아냐?」 싶을 정도로 훤히 드러나 있었다. 그런 점을 고려하더라도 전체적으로 보자면 섹시하다기보다 꼴사납다는 느낌이 강했다(※개인의 감상입니다).

"그런데, 회장님과 부회장님은……."

아까부터 둘이서 사진을 찍고 있는 토우야와 치사키를 쳐다보면서 마사치카는 약간 미묘한 표정을 지었다. 이유는 명백했다.

두 사람의 의상만 다른 사람에 비해…….

"이런 말은 좀 그렇지만…… 너무 수수한 것 아닌가요?"

마사치카는 일부러 수수하다는 표현을 썼지만, 솔직하게 말하자면 너무 신경을 쓰지 않은 느낌이었다. 토우야는 커다란 나사의 머리 부분과 끝부분이 좌우에 달린 헤어밴드를 쓰고 있었고, 교복 블레이저 상의 대신 투박한 코트를 입었을 뿐이다. 치사키는 교복 위에 피범벅이 된 흰색 가운을 걸쳤을 뿐이었다.

"프랑켄슈타인, 인 것 같지?"

아리사는 토우야의 머리를 관통한 것처럼 보이는 커다란 나사를 쳐다보면서 그렇게 말했다. 그 말을 들은 마리야와 유키도 입을 열었다.

"그런 회장님과 페어인 치사키는……."

"괴물을 만들어낸 박사겠죠."

"그럼 이쪽이 프랑켄슈타인인 거구나. 되게 알기 어렵네."

마사치카가 치사키를 쳐다보며 그렇게 말하자, 옆에 있는 아리사가 고개를 갸웃거렸다.

"뭐? 그게 무슨 소리야?"

"아, 착각하는 사람들이 많은데 말이야. 머리에 나사가 박힌 건 이름 없는 괴물이고, 그걸 창조한 박사가 프랑켄슈타인 박사야."

"어, 그래?"

아리사에게 설명을 해주고 있을 때, 에레나가 마사치카의 의문에 답했다.

"토우야와 치사키는 수예부 멤버가 납치할 수 없었대."

"순수한 완력 문제였나요."

"게다가 치사키는 폭주한 수예부 부원을 종종 진압하거든……."

"아~ 그랬죠."

그래서 치사키에게는 저 흰색 가운만 입히고 바로 돌려보낸 건가. 다른 이들을 의기양양하게 납치한 습격자들이 토우야와 치사키 상대로는 좀도둑처럼 구는 모습을 상상해보니, 그것도 꽤 재미있는 광경이었을 것 같았다.

"뭐, 기습적으로 입히려고 하다가 이번에도 두 명 정도 진압당했다나 봐."

"사라시나 선배는 손이 너무 쉽게 나가는 거 아니에요?"

마사치카가 정색하며 태클을 걸자, 토우야의 사진을 찍던 치사키가 한쪽 눈을 치켜뜨며 대답했다.

"응? 아니, 그게…… 갑자기 등 뒤에서 달려드니 어쩔 수 없잖아. 안 그래?"

"동의를 구하지 말아 줄래요? 평범한 사람은 등 뒤에서 누가 달려들면 반응하지 못한다고요."

"반응하기 전에 반사적으로 손이 나가지 않아?"

"앞으로는 사라시나 선배의 등 뒤에는 안 설게요."

웬만한 살인 청부업자보다 더 위험한 선배에게 마사치카는 살짝 몸서리를 치며 그렇게 선언했다. 그러자 토우야는 그리운 듯한 표정을 지으며 고개를 끄덕였다.

"나도 막 사귀기 시작해서 들떴던 시절에 장난삼아 『누구~게?』를 하려다가 턱에 한 방 맞은 적이 있지."

"용케 그 시점에 파국을 맞이하지 않았네요."

"그걸 맞고 토우야가 기절해버려서, 다음에 첫 데이트를 다시 했었지."

"게다가 첫 데이트 때였어요?"

"결국 그 후로는 평범하게 말을 걸기로 했지만…… 언젠가 반드시 리벤지를 하고 말겠어."

"토우야……."

"행복하세요!"

「누구~게?」에 쓸데없이 집착하는 토우야와 그런 그에게 쓸데없이 뜨거운 시선을 보내는 치사키를 본 마사치카는 될 대로 되란 투로 그렇게 말했다. 바로 그때, 에레나는 주스가 담긴 종이컵을 들면서 말했다.

"그럼 슬슬 시작할까요!"

그 말에 맞춰 다른 이들도 종이컵을 들었다. 그것을 확인한 후, 에레나는 종이컵을 치켜들었다.

"운동회의 무사 종료를 축하하며, 건배~!"

"""""""건배~!"""""""

그러면서 가볍게 컵을 맞댄 후, 각자가 앞에 있는 과자를 향해 손을 뻗었을 때―.

"잠깐 기다려!"

에레나가 제지하자, 다들 손을 멈췄다. 그리고 일제히 의아한 표정을 지은 가운데, 에레나는 자신만만한 미소를 지으며 고개를 좌우로 저었다.

"설마 이대로 아무 일 없이 과자를 먹을 수 있을 줄 알았어? 물러. 솜사탕처럼 물러터졌어, 후배들!"

연극배우 같은 어조로 그렇게 말하며 눈을 치켜뜬 에레나를 본 마사치카가…… 두 손을 맞대며 말했다.

"잘 먹겠습니다~."

"무시하지 말라고~!"

"어? 『잘 먹겠습니다』하고 말하란 소리 아닌가요?"

"그런 아동용 방송 같은 이야기가 아니거든?!"

정색하며 그렇게 태클을 건 에레나는 가볍게 헛기침을 하더니 다시 자신만만한 표정을 지으며 자리에서 일어났다. 그리고 학생회 멤버 전원을 둘러본 후, 손을 앞으로 쑥 내밀었다.

"너희는 이제부터 이 과자가 걸린 게임을 해줘야겠어! 또한! 거부권은 없어!"

"역시 아동용 방송인가?"

"안내자 언니…… 아니, 이건 안쓰러운 언니?"

데스 게임 느낌으로 훈훈한 소리를 하는 마법소녀(안쓰러움)에게, 마사치카가 정색하며 건 태클과 유키의 무자비한 감상이 작렬했다.

"저기, 유키?! 방금 엄청 너무한 소리 하지 않았어?!"

그 인정사정없는 발언을 들은 에레나가 비명 섞인 목소리로 그렇게 외쳤다. 하지만…….

"네, 왜 그러시죠?"

유키는 당혹스러운 표정으로 상류층 아가씨다운 미소를 머금었다. 너무 자연스러운 탓에 반사적으로 「어? 잘못 들은 걸까?」 하고 생각하게 만드는 유키의 반응에, 에레나는 머쓱한 표정으로 눈을 깜빡였다.

"어라, 방금 안쓰럽다고……."

"어머, 그게 무슨 소리죠?"

"아, 아무것도 아냐……."

유키가 시치미를 떼자, 에레나는 고개를 갸웃거리면서도 물러났다. 그리고 마음을 다잡은 후, 다시 손을 앞으로 쑥 내밀었다.

"아무튼, 너희는 이제부터 과자가 걸린 게임을 해줘야겠어! 바로 내가 준비한, 최고의 지적 유희를 말이지……."

에레나가 수상한 웃음을 흘리자, 마사치카는 냉정한 어조로 말했다.

"마작이라면 안 할 거예요."

"토우야~? 후배한테 이상한 소리를 한 건 아니겠지~?"

"학생회에 들어온 직후, 선배들에게 속임수 마작으로 박살이 난 이야기 같은 건 안 해줬는데요."

"전부! 전부 해준 거잖아!"

"아니, 하지만 그건 학생회의 전통이라고……."

"거짓말일 게 뻔하잖아."

"맙소사…… 어, 그럼 왜 저한테 그런 짓을 한 거죠?"

"자, 제군들이 해야 할 게임은……."

"부회장님?"

토우야의 질문을 깔끔하게 무시한 에레나는 한껏 뜸을 들인 후에 선언했다.

"트릭 오어 트릿 게임, 이야."

게임의 이름을 들은 다른 이들은 서로의 얼굴은 쳐다본 후, 일제히 고개를 갸웃거렸다.

"트릭 오어 트릿 게임? 들어본 적이 없는데요……."

"그야 내가 만든 게임이거든."

"맙소사."

그것은 제대로 된 게임일까.

마사치카를 비롯한 다른 이들이 걱정에 사로잡힌 가운데, 에레나는 가방에서 카드 네 장을 꺼냈다. 뒷면에 잭오랜턴의 일러스트가 인쇄되어 있었으며, 수제이기는 하지만 코팅도 되어 있어서 꽤 본격적이었다.

　에레나는 그것의 앞면을 보여줬다. 세 장의 카드에는 Treat라는 글자와 함께 과자 일러스트가 인쇄되어 있었으며, 남은 한 장의 카드에는 Trick이라는 글자와 함께 악마의 일러스트가 인쇄되어 있었다. 에레나는 같은 구성의 카드 네 장을 더 꺼내더니, 양손에 카드를 네 장씩 들면서 설명을 시작했다.

　"너희는 이 네 장의 카드를 이용해 일대일로 승부를 펼쳐줘야겠어. 우선 가위바위보로 순서를 정한 후, 선공이 된 플레이어가 네 장의 카드 중에서 한 장을 골라서 뒤집은 상태로 내놓는 거야."

　그렇게 말한 에레나는 네 장의 카드 중에서 한 장의 카드를 뒤집은 상태에서 테이블 위에 뒀다.

　"그러면 후공인 수비 측 플레이어가 취할 수 있는 행동은 두 가지야. 과자를 내놓을 것인가, 내놓지 않을 것인가."

　"과자…… 혹시 이것 말인가요?"

　마사치카가 자기 앞에 있는 종이 접시 위에 놓인 개별 포장된 머핀, 피낭시에, 마들렌을 쳐다보며 묻자, 에레나는 고개를 끄덕였다.

"그래. 그 세 개의 과자 중에서 하나를 내놓을지, 아니면 내놓지 않고 넘어갈지를 정하는 거야. 넘어갈 경우에는 안 내놓은 것으로 치며…… 선택이 끝나면 카드를 오픈해."

에레나가 카드를 뒤집어서 앞면을 보여주자, 거기에는 Treat라는 글자가 새겨져 있었다.

"트릿 카드일 경우, 상대가 내놓은 과자를 손에 넣을 수 있어. 이번처럼 과자를 내놓지 않는다면, 공격은 실패한 거야. 쓴 카드를 옆으로 밀어놓고 공격 차례는 상대에게 넘어가."

에레나는 Treat라고 적힌 카드를 옆으로 밀어놓은 후, 이번에는 Trick이라고 적힌 카드를 들어 보였다.

"거꾸로 트릭 카드일 경우, 상대가 과자를 내놨다면 공격은 실패해. 과자는 상대 플레이어의 수중으로 돌아가. 단, 상대가 과자를 내놓지 않았다면 공격이 성공한 거야. 트릭을 성공한 플레이어는 게임의 승자가 되며, 패배한 상대 플레이어에게 장난을 칠 수 있어."

"그런 게임을 학교에서 해도 되는 거예요?"

장난이라고 하는 약간 위험한 느낌이 감도는 단어를 에레나가 입에 담자, 마사치카는 무심코 그렇게 물었다. 그러자 에레나는 치사키를 쳐다보며 말했다.

"뭐, 여차하면 선도위원이 말릴 테니까……."

"아하, 그럼 안심해도 되겠네요."

에레나의 말을 들은 치사키가 「나만 믿어!」라고 말하듯이 주먹을 말아쥐자, 마사치카는 고개를 끄덕였다.

"정리하자면, 공격 측은 트릭과 트릿 중에서 한 카드를 뒤집은 채 내놔. 수비 측은 그 카드가 트릭 카드라고 생각하면 과자를 내놔. 트릿 카드라고 생각하면 과자를 내놓지 않고 무시하는 거야. 공수를 교대하며 서로가 들고 있는 카드를 다 쓸 때까지 하는 게 한 세트야. 결판이 나지 않으면 서로가 카드를 전부 회수한 후, 공격 순서를 바꿔서 다음 세트에 돌입해. 결판이 날 때까지 몇 세트든 반복하는 거야."

다들 에레나의 설명을 듣고 생각에 잠겨 있을 때, 유키가 「저기」 하며 손을 들었다.

"결판을 내는 방법은 트릭 카드의 성공 여부뿐인가요?"

"그래. 손에 쥔 카드가 바닥나더라도 트릭을 성공한 시점에서 그 플레이어의 승리야."

"물어볼 게 하나 더 있는데…… 게임에서 이길 경우, 과자는 어떻게 되죠?"

"트릭의 성공으로는 과자가 이동하지 않으니까, 그 시점에서 가지고 있는 과자가 자기 몫이 돼. 게임에서 이겼다고 해서 상대방의 과자를 전부 차지할 수 있는 건 아냐."

"알겠어요……."

유키가 고개를 끄덕이며 물러나자, 이번에는 마사치카가

에레나에게 질문했다.

"트릭 카드가 한 플레이어에게 한 장밖에 없으니까, 두 플레이어가 트릭 카드를 쓴 시점에서 남은 턴은 큰 의미가 없어지겠네요?"

"그래. 그 경우에는 남은 턴을 패스하고 다음 세트로 넘어가."

"참고로 선공 플레이어의 트릭이 성공했을 경우, 후공에게 턴은 넘어가나요?"

"안 넘어가. 그러니 무승부(드로)는 없어."

"그렇군요. 알겠어요."

"으, 음, 잠깐만 있어 봐~. 두 사람은 어떻게 이렇게 빨리 이해한 거야~?"

아직 이해하지 못한 마리야는 주위를 둘러보며 말했다. 그리고 마사치카와 유키만이 아니라 다른 이들도 「흐음~, 그런 거구나」 같은 반응을 보이고 있자, 마리야는 「어어어~?」 하며 불쌍한 소리를 냈다.

사실 아야노는 평소와 마찬가지로 무표정할 뿐이었고, 치사키는 설명을 들으면서 쭉~ 고개를 끄덕이고 있을 뿐이었지만 말이다.

그래도 마리야는 자기만 뒤처졌다고 생각하는 건지, 허둥지둥 대며 손가락을 접기 시작했다.

"자, 잠깐만 있어 봐. 으, 으음~, 들고 있는 카드는 네

장이고, 그중에 트릭 카드는 한 장, 트릿 카드는 세 장이잖아. 한 장뿐인 트릭 카드를 성공시킨 사람이 이기는 거지? 그리고 그 트릭 카드를 과자로 막는다…… 하지만 트릿 카드일 경우에는 과자를 빼앗기니까, 트릭 카드라고 생각할 때만 과자를 내놔야 하며, 반대로 공격을 하는 쪽에서는 상대가 과자를 내놓지 않을 거라고 생각한 타이밍에 트릭 카드를 내야 하는데…… 그걸 번갈아 하면서 카드를 다 쓴다면 다시 카드를 받아서 처음부터…….”

사실을 하나하나 확인하듯, 손가락을 하나씩 접으며 그렇게 말하더니…… 양손의 손가락을 다 접었을 무렵…….

“어?”

마리야는 고개를 갸웃거렸다.

동시에, 전부 이해했다는 듯 고개를 끄덕이고 있던 치사키 또한 고개를 살짝 갸웃거렸다.

(이해 못 한 거냐! 그리고 이해 못 했던 거냐!)

마사치카가 무심코 마음속으로 태클을 걸었을 때, 에레나 또한 가볍게 몸을 휘청거린 후에 헛웃음을 흘리면서 말했다.

“뭐, 우선 내가 시범을 보일게. 일대일 토너먼트 방식으로 우승자가 결정될 때까지 하자! 우승자한테는…….”

에레나는 테이블 중앙에 놓여 있는 잭오랜턴의 꼭지 부분을 쥐더니, 확 들어 올렸다.

그러자 꼭지 부분이 쑥 빠지면서 안에 있는 노란색 푸딩이 모습을 드러냈다.

"바로! 특대 중량 2킬로그램 호박 푸딩을 하사하겠어!!"

"어, 됐는데요."

"됐다는 소리 하지 마~!!"

마사치카가 무심코 본심을 말한 바람에 에레나가 발끈했지만, 진짜로 됐다 싶었다. 이 자리에 있는 여덟 명이 나눠 먹더라도 저걸 다 먹을 수 있을지 의문이었다.

(아냐. 다 먹어 치울 것 같은 사람이 있긴 해.)

옆에 앉아 있는 아리사와 그녀의 옆에 앉아 있는 마리야. 그리고 정면에 앉아 있는 아야노가 눈을 반짝이고 있었기에 마사치카는 「맙소사……」 하고 중얼거리며 눈을 가늘게 떴다.

(이래서 어제 메시지로 『잭오랜턴을 냉장고에 넣어놔』라고 했던 거구나…….)

왠지 묘하게 무겁고 꼭지 부분이 뚜껑이라는 것을 눈치챘지만, 설마 안에 푸딩이 가득 들어 있을 줄은 몰랐다. 끽해야 과자나 들었을 거라고 생각했던 것이다. 그런 것치고는 기울여도 소리가 나지 않는다 싶기는 했지만 말이다.

"그럼, 사다리 타기로 대진표를 짜도록 할까!"

"준비성 하나는 정말 철저하네요."

보아하니 화이트보드에 사다리 타기가 그려져 있었기에,

마사치카는 쓴웃음을 머금었다. 그렇게 순서대로 선을 골라서 대진표를 짠 결과—.

◇

예선 제1시합: 『위법소녀』에레나 —『사교신관』마사치카.

"이제는 위법소녀가 공식이…… 뭐, 됐어."

유키가 화이트보드에 적은 대진표의 별명을 본 에레나는 미묘한 표정을 지었다. 하지만 곧 가볍게 한숨을 내쉬면서 표정을 고치더니 마사치카를 향해 자신만만한 미소를 지었다.

"후후후, 설마 첫 상대가 쿠제일 줄이야……. 나와 처음에 붙게 된 자신의 불행을 원망해."

"하긴, 그래야겠네요. 안 그래도 들고 갈 때 고생일 거대 호박 푸딩에 한 걸음 다가서게 생겼으니 말이에요."

말로 가벼운 잽을 주고받으면서 소파 자리로 이동한 후, 마사치카와 에레나는 마주 보고 앉았다.

"참. 사기 방지를 위해 관전자는 두 플레이어의 카드가 안 보이는 위치에서 봐주겠어?"

에레나의 말에 따라, 남은 여섯 명의 멤버는 소파 테이블 양옆에 의자를 놓고 앉았다.

그 모습을 본 에레나는 만족한 것처럼 고개를 끄덕이더

니, 마사치카를 향해 도발적인 시선을 보냈다.

"자. 고안자는 나니까, 선공을 양보할게. 그래야 대등하지 않겠어?"

"괜찮겠어요? 지고 나서의 울상 포인트가 순조롭게 쌓여가고 있는데요."

"아하하. 만약 내가 진다면 패배 마법소녀로서 치마를 걷어 올리며 패배 선언을 해줄게."

"정말 괜찮겠어요……? 딱히 에레나 선배의 팬티에는 전혀 흥미가 없지만 선언을 했으니 무조건 시킬 거예요."

"이 후배, 대놓고 무례하네!"

에레나가 발끈하더라도 흥미가 없는 건 사실이니 어쩔 수 없다. 애초에 현재도 에레나의 커다란 가슴이 훤히 보이지만, 마사치카 본인도 놀랄 정도로 아무런 감정도 느껴지지 않았다.

(어째서일까. 이상하네. 이렇게 미인인데…… 역시 안쓰러운 미녀 느낌이 너무 강해서 그런가?)

"왠지 네가 엄청 무례한 생각을 하는 느낌이 들어……."

감이 예리한 에레나가 표정을 굳히며 그렇게 말하자, 마사치카는 코웃음을 치며 입가를 말아 올렸다.

그 모습을 본 에레나는 표정을 점점 굳히더니 곧 무시무시한 미소를 머금으며 말했다.

"반드시 울려주겠어……!"

"뭐, 박살이 나 봤자 저는 안 울어요. 에레나 선배는 어떨지 모르겠지만요."

그런 느낌으로 전초전을 마친 후, 마사치카는 「자」하고 중얼거리며 생각을 전환했다.

(이 게임에서…… 가장 먼저 생각해야만 하는 건 딱 하나야.)

그것은 대전 상대의 목적이 게임의 승리인가, 아니면 과자를 손에 넣는 것인가, 다.

만약 후자라면 상대의 전략은 예측할 수 있다.

자기는 과자를 하나도 내놓지 않으며, 트릿 카드를 연달아 내놓으면서 적당한 타이밍에 지는 것이다. 그리고 만약 상대도 같은 생각이라면, 첫수에 트릭 카드를 내놔서 간단히 승리할 수 있다.

(뭐, 이번에는 그러지 않겠지. 저렇게 큰소리를 치면서 나를 도발했으니, 무슨 수를 써서라도 이기려고 들 거야.)

사실, 아까 전의 전초전은 그 점을 파악하기 위한 목적으로 벌인 것이었다.

그리고 상대가 순수하게 이기려고 든다면 거꾸로 첫수 트릭은 위험 부담이 크다. 만약 실패했을 때는 남은 턴 동안 방어에 급급할 것이며, 그걸 떠나 첫수 트릭은 그 세트에서 과자를 얻는 것을 포기하는 선택이다.

이 게임에서 상대의 트릭을 막아주는 과자는, 자신의 남은 목숨이나 다름없다.

이 시합에서의 승리만을 생각한다면 몰라도 다음 시합을 생각한다면 과자를 하나라도 더 확보해야만 한다.

(그만큼 위험한 수라서 상대의 허를 찌를 수도 있겠지만…… 일단은 상황을 살피도록 할까.)

냉철하게 판단을 내린 마사치카는 트릿 카드를 뒤집은 채 테이블 위에 뒀다.

"호오, 결정했구나……. 그럼 나도 내놓겠어."

그렇게 말한 에레나는 테이블 한가운데에 놓여 있는 종이 접시 위에 자신의 피낭시에를 뒀다.

"어라라? 큰소리를 친 것치고는 꽤 신중하네요. 첫수부터 방어에 전념하는 거예요?"

"첫수는 탐색용이거든. 간단히 말해 이건 버림돌이야."

마사치카가 도발하듯 한 말에, 에레나 또한 자신만만한 미소를 머금으며 대답했다. 그리고 분위기가 적당히 무르익었다 싶은 순간에 마사치카가 자신의 카드를 향해 손을 뻗었고…….

"카드를 뒤집을 때는『트릭 오어 트릿!』하고 외쳐야 해."

"……."

좀 부끄러운 요구를 받은 마사치카는 어깨를 희미하게 떨었다. 하지만 이것도 분위기를 띄우기 위한 거라고 여기면서 에레나와 한목소리로 그 구호를 외쳤다.

""트릭 오어 트릿!""

이 자리에 있는 모든 이들이 주목하는 가운데, 트릿 카드가 모습을 드러냈다. 그리고 관중이 「오~」하고 탄성을 외치고 있을 때, 마사치카는 에레나가 내놓은 피낭시에를 손에 쥐었다.

"트릿 성공이네요. 이 과자는 제가 가져가겠어요."

"그렇게 해~."

에레나는 전혀 동요하지 않으며 여유로운 미소마저 머금었다. 그 모습을 보며 한쪽 눈을 살짝 치켜뜬 마사치카는 다시 잽을 날렸다.

"어라. 에레나 선배, 이대로 괜찮겠어요? 시작하자마자 목숨이 하나 줄었잖아요. 이래서야 저한테 이기더라도 다음 시합에서 위험하지 않겠어요?"

"아하하~, 이 정도는 딱 적당한 핸디캡이거든."

에레나가 여전히 여유를 부리자, 마사치카는 놀리는 듯한 표정을 지은 채로 눈을 살짝 가늘게 떴다.

(이 사람, 역시…….)

마사치카가 자신의 추측을 확신하는 가운데, 에레나는 씨익 웃었다.

"그럼 다음은 내 턴이네."

그리고 딱히 고민하지 않으며 카드를 내놨다. 그리고 도발하듯 마사치카를 쳐다봤다.

"자, 어떻게 할래? 가드할 거야? 안 할 거야?"

"안 해요."

마사치카가 주저 없이 그렇게 말하자, 허를 찔린 듯한 에레나는 눈을 껌뻑였다.

"괜찮겠어……? 이 턴에 승패가 갈릴지도 모르거든?"

"그럼 과자 네 개 챙기고 지죠, 뭐."

마사치카가 어깨를 으쓱하며 그렇게 말하자, 에레나는 약간 김샌 듯한 표정을 지으며 자신의 카드를 향해 손을 뻗었다.

"그럼 간다……."

그리고 다시 씨익 웃으면서 말했다.

""트릭 오어 트릿!""

카드를 뒤집자…….

"앗."

"……!"

"오."

"어머."

주위에서 쳐다보던 학생회 멤버들이 탄성을 지르는 가운데, 뒤집힌 카드에 새겨져 있는 건…… 악마 마크와 Trick이란 글자였다.

"아하하~. 아쉽게 됐네, 쿠제."

에레나는 트릭 카드를 들어 보이며 의기양양한 목소리로

그렇게 말했다. 하지만 마사치카는 그 말을 개의치 않으며 에레나가 쥐고 있던 카드를 재빨리 낚아챘다.

"아—."

허를 찔린 에레나는 얼이 나간 것처럼 입을 벌렸다. 그리고 유키 이외의 멤버는 무슨 일인가 싶어 눈을 깜빡거리며 쳐다봤다. 그들이 지켜보는 가운데…… 마사치카가 빼앗은 카드의 표면에서 뭔가가 흘러내렸다.

테이블 위에 떨어진 **그것**은, 악마 마크와 Trick이라는 글자 이외에는 전부 투명한 얇은 시트였다. 그러면서 드러난 트릿 카드를 손에 쥔 채, 마사치카는 빙긋 웃었다.

"이게 대체 뭐죠?"

"아, 그게, 말이야……."

"사기……?"

"부회장님……."

마사치카의 질문을 들은 에레나가 당황한 듯 시선을 이리저리 돌리자, 치사키의 날카로운 시선과 토우야의 어처구니없다는 듯한 시선이 그녀에게 꽂혔다. 그 두 사람의 말을 듣고서야 사태를 파악한 아리사와 아야노도 에레나에게 차가운 눈길을 보냈다. 그들의 시선을 견디다 못한 것처럼 에레나는 눈을 돌린 채 중얼중얼 말했다.

"후, 후배에게 어른이 얼마나 치사한지를 가르쳐주는 것도, 선배의 역할이야……."

"열여덟 살이라 일단은 어른이라고 해도, 이런 식으로 어른 행세를 하는 건 좀……."

마사치카는 차가운 눈길로 쳐다보며 그렇게 말한 후, 한숨을 내쉬었다.

"하아……. 이상하게 자신만만한 모습이라 뭔가 있다고 생각하긴 했어요. 트릿 카드 위에 포개놔서 트릭 카드로 보이게 하는 시트……. 제가 과자를 내놨다면 카드를 뒤집을 때 테이블 가장자리까지 카드를 당겨서, 테이블 밑으로 시트만 떨어뜨릴 생각이었죠?"

"……."

"뭐, 상대가 풋내기라면 먹혔을지도 모르지만…… 대진운이 나빴네요."

그렇게 말하면서 의기양양한 미소를 머금은 마사치카는 테이블 위의 시트를 에레나 쪽으로 미끄러뜨렸다.

오타쿠인 마사치카는 언제 목숨이 걸린 게임에 휘말려도 괜찮도록 항상 대비해왔기에, 이 정도 사기에 걸려들지 않는 것이다. 그 후…….

"그럼…… 약속을 지켜주실까요?"

"……."

마사치카가 잔혹한 미소를 짓자, 겁먹은 듯한 반응을 보인 에레나는 치맛자락을 쥐며 자리에서 일어났다.

"으으…… 진짜로, 해야 해?"

에레나가 자신을 올려다보며 그렇게 말하자, 마사치카는 목에 걸고 있는 수상한 심벌을 손에 쥐면서 진지한 표정으로 말했다.

"자신의 죄를 참회하고, 신에게 용서를 구하도록 하세요."

"사교도 주제에 성직자 행세하지 말아 줄래?"

"사교도? 팬티 보여주는 거로 전부 용서해주는 우리 신을 모욕하는 것인가!"

"사악한 신 맞네."

"신께서 말씀하셨도다……『자신만만한 미소녀의 얼굴이 치욕에 일그러지는 광경을 통해서만 섭취할 수 있는 영양소가 있노라』."

"사악한 신 맞잖아!"

에레나의 태클을 듣고 연기를 관둔 마사치카는 눈을 부릅뜨면서 거만한 태도를 보였다.

"자기가 한 말 정도로 지켜주시지 않겠어요~? 과자를 몰수하지 않는 것만으로도 다행이라고 생각해주세요. 참, 저와 회장님은 뒤돌아설 테니까 걱정하지 말아요."

"으으으으으으~."

마사치카의 시선을 보내자, 토우야는 뒤돌아섰다.

하지만 후배들 앞에서 직접 치마를 올리는 것이 참 부끄러운지, 에레나는 울상을 지었다.

"저기~ 에레나 선배? 무리할 것 같진……."

"아뇨, 마샤 선배. 이건 약속이에요. 위대한 선배답게, 자기가 한 말을 지키는 모습을 보여주지 않겠어요?"

"으으으으으~!"

마리야가 애처로운 표정을 지으며 그렇게 말했지만, 유키가 숙녀다운 미소를 머금으며 말렸다. 아리사와 치사키는 별말 없지만, 두 사람 다 부정행위를 싫어하는 성격이기에 말없이 상황만 살피고 있었다. 1학년 때, 에레나에게 실컷 놀림을 당했던 토우야 또한 아무 말도 하지 않았다. 아야노는 공기처럼 있었다.

자신의 편을 들어주는 사람이 한 명도 없자, 결국 각오를 다진 에레나는 입가에 억지로 미소를 머금으며 말했다.

"후, 후후…… 좋아……. 전 부회장이 한 입으로 두말하지 않는다는 걸 보여주겠어……!"

그리고 치마를 확 들치더니 새빨개진 얼굴로 괴상한 미소를 머금으며 말했다.

"저, 저는, 사기를 치고도 한심하게 지고만 패배자예요. 부디 이, 패배자의, 하, 한심한 모습을 똑똑히 봐주세요!"

"엄청 자연스럽네……."

뒤돌아선 채 에레나의 말을 들은 마사치카가 약간 감탄했다. 그리고 문득 생각난 것처럼 중얼거렸다.

"이 상황에서, 장난을 쳐도 되나요?"

"너는 악마냐……."

마사치카가 악마 같은 발언을 입에 담자, 여성들이 차가운 눈길로 쳐다봤다. 그 시선을 등과 볼로 느끼면서, 마사치카는 목을 움츠렸다.

예선 제1시합 승자: 『사교신관』마사치카(과자 네 개 보유), 장난: 등골을 손가락으로 슥~.

예선 제2시합: 『매드 사이언티스트』치사키 ─『성악마(聖惡魔)』마리야.

"아하하. 나는 패배자…… 별것도 아닌 조무래기 패배자……."

학생회실 구석에서 공허한 미소를 머금고 있는 에레나를 불쌍하다는 듯 쳐다본 후, 마사치카는 화이트보드를 향해 시선을 돌리며 말했다.

"성악마가 뭐야?"

"성모이자 악마요……."

"중2병이 환장할 듯한 별명이네."

유키와 그런 이야기를 나눈 후, 마사치카는 다음 시합을 관전했다.

선공은 치사키. 치사키는 카드를 내놓은 후, 마리야의 반응을 살폈다. 하지만……

"으음~, 그럼 과자를 안 내놓을래~."

"아!"

마리야가 첫수 노가드 전법을 취하자, 마사치카는 뜻밖이라는 느낌에 사로잡혔다.

그런 느낌을 받은 사람은 마사치카만이 아닌 건지, 대전 상대인 치사키와 다른 관전자들도 놀란 표정을 지었다. 그리고……

""트릭 오어 트릿!""

뒤집힌 치사키의 카드는 트릿이었다. 치사키의 공격은 헛손질로 끝났고, 마리야의 전법은 성공을 거뒀다.

"그럼 다음은 내 차례네~."

초반부터 대담한 수를 쓴 마리야를 치사키는 약간 경계하는 듯한 시선으로 쳐다봤다. 그리고 마리야가 잠시 고민한 후에 카드를 내놓자, 치사키는 마들렌을 내놨다.

""트릭 오어 트릿!""

전원이 주목하는 가운데, 마리야가 내놓은 카드는 트릿이었다. 치사키의 마들렌이 마리야에게 넘어갔다.

"만세~."

마리야는 훈훈한 미소를 머금으며 순수하게 웃었다. 결과적으로 이 공방은 마리야의 완승이었다. 이 뜻밖의 전개를 본 마사치카는 미간을 찌푸렸다.

(맙소사…… 마샤 씨, 의외로 승부사 기질이 있는 거 아

냐……?)

순진무구한 미소를 머금은 마리야의 얼굴을 쳐다보면서 마사치카는 그녀가 강적일지도 모른다고 평가했다. 하지만 다음 턴에도 같은 상황이 되풀이되자, 마사치카는 눈치챘다.

(아니, 마샤 씨가 과자를 탐낼 뿐인 것 아냐?!)

다섯 개의 과자를 차지한 마리야가 행복한 미소를 짓자, 마사치카의 내면에서 상향 수정된 마리야의 평가가 바로 급락했다. 표정을 보아하니, 마리야는 게임에서 이기는 것에 집착하지 않는다. 게임에서의 승리가 목적이 아니라, 과자를 얻는 것이 목적인 패턴이다. 아무래도 치사키도 같은 결론에 도달한 건지, 눈을 가늘게 뜨면서 아무렇지 않게 다음 카드를 내놨다. 그것이 트릭 카드일 것이라고 마사치카는 직감했다.

(뭐, 상대가 과자를 내놓을 생각이 없다면 빨리 트릭을 쓰는 게 정답…… 아니, 그 방법밖에 없겠지.)

마사치카가 마음속으로 치사키의 행동에 동의하고 있을 때……

"그럼, 방어! 아까 치사키한테서 얻은 머핀을 내놓을게~."

"어?!"

마리야가 뜻밖의 말을 하자, 마사치카는 화들짝 놀라며 눈을 치켜떴다. 치사키 또한 놀란 건지, 경악에 찬 표정을 지었다.

　(아니…… 승부를 버린 게 아닌 거야?! 설마, 상대의 트릭을 유도하기 위한 연기……?!)

　마사치카가 격렬하게 동요한 가운데, 치사키의 카드가 공개됐다. 역시 그 카드는 예상대로 트릭 카드였다. 이것으로, 치사키는 이번 세트에서 공격할 수단을 잃었다. 게다가…….

　(위험해……. 과자가 하나밖에 없으니, 남은 두 턴 중 하나는 트릭을 막을 수 없어.)

　이렇게 되면 확률은 단순히 2분의 1……인 것 같지만, 실은 그렇지 않다. 물론 순수하게 게임의 승패만 생각하면 확률은 2분의 1일 것이다. 하지만…….

　(설령 지더라도…… 사라시나 선배에게는 두 가지 경우의 수가 있어.)

　과자를 전부 잃고 완전히 패배할 것인가, 아니면 과자를 하나 남겨둔 상태에서 패배할 것인가. 이렇게 두 가지다. 그리고 완전 패배를 피하려면, 치사키는 다음 턴에 『방어하지 않는다』를 선택할 수밖에 없다. 그러면 이 세트에서의 완전 패배만 확실히 피할 수 있다. 아마 치사키도 그것을 이해하고 있으리라. 하지만…….

　"방어……!"

　(이해하고 있으면서, 승부에 나선 건가……. 사라시나 선

배답네.)

무난하게 완전 패배를 피할 것이다, 라는 상대 예측의 허를 찌르는 한 수다. 이 상황에서도 아직 승리를 포기하지 않는 수를 치사키가 펼친 가운데, 마리야가 내놓은 카드는―.

"트릿. 미안해~ 치사키."

아니나 다를까, 3연속 트릿 성공. 치사키의 마지막 과자가 마리야에게 넘어가면서, 마리야의 완전 승리로 승부는 끝났다.

예선 제2시합 승자: 『성악마』 마리야(과자 여섯 개 보유), 장난: 옆구리 간질간질.

예선 제3시합: 『이름 있는 괴물』 토우야 ―『꼬마 마녀』 유키.

"큭, 죽여라……!"

너무 웃어서 얼굴이 벌게진 상태로 거친 숨을 내쉬며 그렇게 말하는 연인을 「귀여운걸」하고 생각하면서, 토우야는 화이트보드를 쳐다봤다.

"내 별명, 좀 너무하지 않아?"

"그런가요? 퍼뜩 떠오른 게 저것인데 말이죠……."

"뭐, 됐어……."

유키의 철벽같은 상류층 미소를 본 토우야는 이러지도 저러지도 못하는 표정을 지으면서, 자신의 손 언저리를 쳐다봤다.

(치사키의 시합을 보고 깨달았어……. 이 게임, 과자의 중요도가 예상보다 커.)

선공이 된 유키가 카드를 고르는 모습을 곁눈질로 쳐다보며, 토우야는 생각했다.

(아직 세 개나 있다고 해서 안이하게 쓰는 건 위험해. 과자 숫자가 차이 나면 정신적으로 궁지에 몰리면서 냉정한 판단을 못 하게 되고, 서서히 패배에 다가가게 되는 거야.)

자기 몫의 과자 세 개를 쳐다보며 그렇게 분석하고 있을 때, 유키가 카드 한 장을 내려놨다.

"자, 회장님 차례예요."

"그래……."

토우야는 마사치카만큼 빠르게 게임을 이해하지는 않았다. 하지만 시합을 관전한 덕분에 지금은 토우야도 마사치카와 비슷한 수준으로 게임을 이해했다. 즉, 플레이어에게는 승리와 과자를 노리는 두 패턴이 존재한다. 그리고 후자에게는 첫수 트릭이 유효하지만, 전자에게 첫수 트릭을 쓰는 건 위험 부담이 매우 크다. 하지만…….

(스오우가 그걸 눈치 못 챘을 리가 없지…….)

이 학생회에서 함께 시간을 보내는 사이, 토우야도 눈치 챘다.

우수한 학생이 모여 있는 현 학생회에서도, 중등부 학생회에서 회장과 부회장이었던 유키와 마사치카의 머리 회전 속도는 다른 이들보다 훨씬 빨랐다. 토우야가 이해한 내용을 유키라면 훨씬 일찍 파악했을 것이다. 그렇기에…….

(첫수 트릭의 위험성도 잘 알고 있을 거야. 그러니, 방어할 필요 없어!)

그런 결단을 내린 토우야는 고개를 좌우로 저었다.

"방어는 하지 않겠어."

"어머, 그런가요. 그렇다면……."

유키는 숙녀다운 미소를 머금은 채, 뒤집혀 있는 카드를 향해 손을 뻗었다. 그리고…….

""트릭 오어 트릿!""

그 말에 맞춰, 유키는 카드를 뒤집었다. 그 카드는 바로…… 트릭.

"어."

"후훗, 죄송해요. 제가 이겼어요."

제3시합 승자: 『꼬마 마녀』유키(과자 세 개 보유), 장난: 안경 렌즈 만지기.

"안경 캐릭터가 발끈할 짓이네……."

"우후훗."

　제4시합: 『배교성녀(背敎聖女)』 아리사 ─ 『사역마』 아야 노.

　"이야, 아리사의 별명은 참 멋지네."

　"또 중2병들이 좋아할 별명이잖아……."

　치사키와 마사치카가 그런 말을 하는 사이, 아리사는 소파에 앉았다.

　"잘 부탁드립니다, 아리사 양."

　"응."

　아야노는 공손히 고개를 숙인 후에 아리사의 맞은편 소파에 앉았다. 그리고 꼬리를 깔고 앉자, 엉덩이를 살짝 들어서 꼬리를 꺼냈다. 그 훈훈한 모습을 보며 미소를 머금은 가운데, 아리사는 머릿속으로 토우야와 같은 결론에 도달해 있었다.

　(과자 방출은 가능한 한 피해야 해. 과자가 줄면, 서서히 궁지에 몰리잖아……. 게다가 과자를 잃는 것뿐만 아니라 게임의 승리까지 놓치는 식의 꼴사나운 패배는 절대 할 수 없어.)

　지는 것을 싫어하는 아리사는 냉정하게 그런 판단을 내렸다. 그와 동시에……

　(무엇보다 정말 맛있어 보이는 과자니까, 세 종류 다 꼭

맛보고 싶어!)

단맛 마니아로서 의욕을 불태우며 그렇게 생각했다. 그리고 가볍게 머리를 좌우로 흔든 후, 다시 생각에 잠겼다.

(하지만 첫수 패배 또한 피하고 싶어. 회장님에게는 미안하지만 전혀 활약을 못 하면서 지는 건 꼴사나웠거든…….)

생각을 종합한 아리사는 결론을 내렸다.

(상황에 판단이 좌지우지되지 않도록, 언제 승부에 임할지 미리 정해둬야겠어. 우선 첫 턴에는 방어에 전념하자. 그리고 다음 턴에는 방어를 안 하는 거야!)

그렇게 결단을 내린 아리사는 아야노가 카드를 내놓는 것에 맞춰 마들렌을 내놨다.

""트릭 오어 트릿!""

그 결과…….

"트릿입니다. 과자는 제가 가져가죠."

"으, 응."

약간 아쉬운 마음이 들었지만, 예상했던 상황이기에 동요하지는 않았다. 이어서 아리사의 턴이 됐다.

(첫수 트릭은 역시 위험 부담이 커……. 무엇보다 이대로 트릭이 성공하면, 방금 빼앗긴 마들렌을 되찾을 수 없어…….)

아야노가 가져간 마들렌을 힐끔 쳐다본 아리사는 트릿 카드를 내놨다.

"네 차례야, 아야노 양."

"네."

그리고 긴장을 겉으로 드러내지 않으면서 아야노의 변함 없는 무표정을 조용히 응시했다. 그러자…… 아야노는 방금 아리사에게서 빼앗은 마들렌을 내놨다.

"방어하겠습니다. 그럼……."

"응. 좋아."

아리사는 옅은 미소를 흘리면서 카드에 손을 댔다.

""트릭 오어 트릿!""

그리고 뒤집은 트릿 카드를 손에 쥔 채, 만족한 듯 웃었다.

"트릿 성공. 이야. 과자는 돌려받겠어."

"네."

이 상황에서도 아야노의 표정에는 변화가 없었다. 그 모습을 보면서 약간 거부감을 느끼면서도 아리사는 계획을 변경하지 않았다.

(좋아, 과자를 되찾았어. 예정대로, 승부에 임하는 거야!)

(─라고, 생각하고 계시겠죠.)

아리사가 마음속으로 의욕을 불태우고 있을 때, 아야노는 담담한 어조로 생각했다.

(지는 것을 싫어할 뿐만 아니라 단것을 좋아하는 아리사 양이라면, 가능한 한 과자를 잃지 않으면서 이기고 싶어 할 겁니다. 그리고 첫 턴에 아무것도 하지 않고 지는 것을 피하기 위해, 첫수는 방어를 하겠죠. 그러면서 잃은 과자

를, 다음 턴에 **돌려주면……**.)

"과자를 내놓지 않겠어."

(아리사 양은 분명 승부에 나설 겁니다.)

힘찬 표정을 짓고 있는 아리사의 앞에서 아야노는 무표정
한 얼굴로 자신이 방금 내놓은 카드를 향해 손을 뻗었다.

""트릭 오어 트릿!""

그리고 아야노가 뒤집은 카드를 본 순간…….

"어?!"

아리사는 아연실색한 표정을 지었다.

"트릭 성공……. 제가 이겼습니다."

예선 제4시합 승자:『사역마』아야노(과자 세 개 보유),
장난: 귀에 숨결을 후~.

준결승 제1시합 :『사교신관』마사치카 ―『성악마』마리야.

"으으…….."

"괜찮아?"

"분해……. 내가 뭘 잘못한 걸까…….."

"으음…… 뭐, 내가 원수를 갚아줄게."

아야노에게 당한 귀를 움켜잡으며 분한 표정을 짓고 있는
아리사에게 그렇게 말하며 마사치카는 마음을 다잡았다.

(자…… 여기서 승부처겠지.)

상대는 지난 시합에서 치사키에게 완전 승리를 거둔 마리야다. 그것이 어디까지 계산된 행동인지는 모르지만, 그 모르는 부분까지 포함해서 강적인 게 틀림없다.

(무엇보다…… 이미 과자 개수가 두 개나 차이 나잖아……. 트릿 한 번으로 메울 수 있기는 하지만, 과자를 여섯 개나 가졌다는 것 자체만으로도 충분히 위협적이야…….)

마사치카는 그런 생각을 하면서 소파로 향했다. 그리고 먼저 자리에 앉아 있는 마리야를 눈곱만큼의 방심도 섞이지 않은 눈길로 쳐다보자…….

(아, 큰일 났다. 어제 일이 생각나.)

악마 코스프레를 한 마리야를 본 마사치카는 바로 눈길을 돌렸다. 은근슬쩍 카드 쪽으로 손을 이동시키면서 겸사겸사 서로가 보유한 과자도 확인했다.

(내가 네 개. 그리고 마샤 씨가 여섯, 개……?)

어……? 잘못 본 걸까?

마사치카가 눈을 깜빡이면서 다시 확인해보니, 마리야의 과자는 세 개뿐이었다. 그리고 마리야를 향해 시선을 돌리자…….

"에헷……♪ 먹어버렸어."

"먹어버렸나요~."

마리야, 대기 시간 동안 남은 목숨^{과자}을 먹어 치우다~.

"마샤……."

"아니, 먹는 게 금지는 아니지만……."

"마샤는 너무 자기 하고 싶은 대로 하는 거 아냐?"

아리사는 머리가 지끈거리는 것처럼 이마를 짚었고, 에
레나는 어처구니없다는 듯 쓴웃음을 머금었으며, 치사키
는 미간을 찌푸리면서 태클을 걸었다. 네 방향에서 뜨뜻미
지근한 시선이 날아오자, 마리야는「그렇지만~ 너무 맛있
어 보였단 말이야~」하고 말하며 양손을 흔들었다. 긴장
감이 전혀 느껴지지 않는 그 모습을 보자, 마사치카는 풍
선에서 바람이 새듯 긴장감이 빠져나가는 것을 느꼈다.

(아니, 진짜 얼마나 진심인 거야?)

게임에서 이길 마음이 있긴 한 것일까. 그것조차도 파악
못 한 가운데, 마사치카는 일단 카드를 향해 손을 뻗었다.

"자, 가위~ 바위~."

""보.""

반쯤 무의식적으로 상대의 손이 바위라는 것을 간파한
마사치카는 보를 냈다. 그리고 네 장의 카드를 손에 쥐며
한숨을 내쉬었다.

(자…… 이렇게 되면 첫수 트릭으로 상황을 살필까. 아까
사라시나 선배의 트릭을 막아낸 게 우연인지 아닌지 간파
하기 위해서도…… 다행히, 방어 일변도가 되더라도 버텨
낼 수 있을 만큼 목숨^{과자}이 남아 있잖아.)

왠지 복잡한 작전을 짤 마음도 사라진 마사치카는 꽤 안이한 발상에 따라 트릭 카드를 테이블에 내려놨다.

"마샤 씨 차례예요."

표정을 읽히지 않기 위해…… 겸사겸사 마리야의 얼굴을 똑바로 바라보지 않기 위해 마사치카는 자신의 손 언저리를 바라보며 재촉하듯 말했다.

"으음~ 그럼, 과자를 안 내놓을래."

(어?!)

그리고 이어서 들려온 말에 무심코 눈을 살짝 치켜뜨고 말았다. 슬며시 시선을 들어보니, 마리야는 평소처럼 미소를 머금고 있었다.

(어, 어라? 아까는 우연이었던 걸까? 모르겠어…….)

마음속으로 고개를 쉴 새 없이 갸웃거리면서 마사치카는 카드를 향해 손을 뻗었다.

""트릭 오어 트릿!""

그리고 바로 트릭이 성공했다. 그러자, 자리에서 벌떡 일어난 마리야가 치사키에게 안겨 들었다.

"아앙~. 치사키, 져버렸어~."

"어라라…… 뭐, 어쩔 수 없잖아."

"응……. 아, 저 과자는 돌려줄게~."

그렇게 말한 마리야가 남은 세 개의 과자에 시선을 보내자…… 다음 순간, 마사치카는 눈을 치켜떴다.

(설마…… 처음부터 이럴 작정이었던 건가?!)

애초에 마사치카에게 이길 마음이 없었고, 치사키에게 과자를 돌려주기 위해 일부러 방어하지 않았다…? 대체 어디까지 계산을 한 건지, 아니면 순수한 건지 알 수가 없었다…….

(왠지, 이긴 느낌이 안 들어…….)

치사키에게 과자를 떠넘기는 마리야를 보면서 마사치카는 그렇게 생각했다.

준결승 제1시합 승자: 『사교신관』 마사치카(과자 네 개 보유), 장난: 얼굴 앞에서 손뼉.

"(오빠…… 혹시 겁먹었어?)"

"(시끄러워.)"

준결승 제2시합: 『꼬마 마녀』 유키 —『사역마』 아야노.

"후훗. 상대가 나라고 해서 봐줄 필요는 없답니다, 아야노."

"네. 한 수 배우는 심정으로 싸우겠습니다."

주인과 종자가 대치했다. 처음으로 실현된 파트너 대결을 마사치카는 흥미로운 시선으로 바라봤다.

(자…… 이거 꽤 볼만하겠는걸.)

대결을 펼치는 두 사람 다 과자를 세 개씩 가지고 있다. 두뇌전 실력만 본다면 유키가 유리하겠지만, 상대는 유키^{주인}

의 생각을 읽는 능력이 탁월한 아야노다.[종자] 유키의 계략이 성공할 것인가, 아야노가 전부 간파할 것인가. 주목하고 있는 마사치카의 앞에서…… 가위바위보를 이긴 유키가 천천히 카드를 덮은 후에 난잡하게 섞더니, 테이블 위에 일렬로 깔았다. 그리고 아야노를 향해 빙긋 웃었다.

"후후후, 저는 당신과 수읽기를 할 생각이 없답니다. 아야노. 이제부터 저는 섞어서 뒤집어놓은 카드를 랜덤으로 내놓을 거예요."

어차피 수를 읽힐 게 뻔하다면 전부 운에 맡기겠다는 것이다. 그렇게 선언하는 유키를 쳐다보면서 마사치카는 생각했다.

(거짓말이네.)

언뜻 보기엔 랜덤으로 섞은 것 같지만, 사실 유키는 트릭 카드의 위치를 정확하게 파악하고 있다. 마사치카는 직감적으로 그렇게 생각했다.

이것은 허세다. 수를 읽어봤자 무의미하다는 허세를 부린 후, 노리는 타이밍에 트릭 카드를 내놓을 작정이다.

(자…… 아야노에게는 이게 통할까.)

시종일관 무표정한 아야노의 생각은 마사치카도 도통 읽을 수 없다. 하지만 마사치카는 어렴풋이…… 자신이 눈치챈 것을 아야노도 눈치채지 못했을 리가 없다고 생각했다.

그런 마사치카의 예상이 적중한 건지, 이 시합은 첫 판에 결판이 나지 않았다. 서로가 방어 두 번으로 상대의 트릭 카드를 막아내면서, 오늘 들어 처음으로 제2세트가 펼쳐졌다.

"후후후, 역시 아야노……. 제 수를 용케 읽었군요."

"황송합니다."

열띤 시합을 보며 관중들이 흥분한 가운데, 제2세트가 시작됐다. 선공인 아야노의 공격을 유키는 무시했다. 그렇게 아야노의 트릿 카드를 피했다.

그리고 유키의 턴이 됐다. 이번에도 카드를 섞어서 테이블에 두려나…… 하고, 마사치카가 생각했을 때였다.

"이 수만큼은…… 쓰고 싶지 않았는데 말이죠."

"네?"

그렇게 중얼거린 유키는 의아해하는 아야노를 향해 빙긋 웃었다.

"아야노. 마음을 읽는 상대에 대한 가장 유효한 대처법이 뭔지 아나요?"

"모릅니다……."

아야노가 고개를 좌우로 젓자, 유키는 더욱 진한 미소를 머금으며 말했다.

"그건 말이죠? 상대가 읽지 못하도록 두 개의 마음을 준비하는 겁니다."

유키가 그렇게 말하자, 관전하던 이들은 「무슨 소리지?」

하면서 고개를 갸웃거렸고…….

(설마…….)

마사치카는 불길한 느낌에 사로잡히며 표정을 굳혔을 때…… 유키의 입술이 소리 없이 말을 자아냈다.

―천사 모드.

……하고, 소리 없이 중얼거린 후…….

"발☆동."

그 순간, 유키의 얼굴에서 표정이 사라지더니…… 몇 초 후, 갑자기 순진무구한 미소가 어렸다.

"좋아~, 그럼 다음은 내 턴이네!"

""""""……?!""""""

느닷없이 유키의 캐릭터가 변하자, 마사치카와 아야노를 제외한 다섯 명이 충격을 받았다. 아야노도 동요한 건지 어깨를 부르르 떠는 가운데, 유키는 카드 한 장을 손에 쥐었다.

"나는 이 악마의 카드를 써야지!"

"그, 그런 수에……."

그렇게 말하는 와중에도 시선과 손이 떨린 아야노는 망설이고 또 망설인 끝에 마들렌을 내놨다. 그리고…….

""트릭 오어 트릿!""

뒤집은 카드의 정체는…… 트릿 카드.

"에헤헤, 거짓말이었어~♪ 과자는 받아 갈게~."

장난꾸러기처럼 혀를 내민 유키는 아야노의 마들렌을 가져갔다. 그와 동시에 학생회실이 술렁거렸다.

　결국 완전히 페이스가 흐트러진 아야노는 승부를 서두르듯 다음 턴에 트릭 카드를 냈지만 실패로 돌아갔다. 그 후에 또 트릿 카드에 당하며 과자가 한 개 남은 상황에서 이어진 최후의 양자택일에도 실패했고, 그대로 승패가 갈리고 말았다.

　"만세~, 내가 이겼어~♪"

　꼬마 마녀 차림인 유키가 어린애처럼 기뻐하자, 치사키가 당황한 목소리로 말했다.

　"유, 유키는 괜찮은 거야? 확 리셋하는 편이 나을까?"

　"안 그래도 괜찮아요. 저건 자기 최면을 통한 유아 퇴행 같은 거니까요."

　"그걸 괜찮다고 해도 되려나……?"

　선배들이 걱정스러운 눈길로 쳐다보는 가운데, 유키에게 성큼성큼 다가간 마사치카는 그녀의 두 어깨를 움켜쥐고 흔들었다.

　"정신 차려."

　"아……. 고마워요, 마사치카 씨."

　""""아니, 진짜로 괜찮은 거야?""""

　준결승 제2시합 승자 :『꼬마 마녀』유키(과자 다섯 개 보유), 장난: 무표정이 무너질 때까지 간질간질 참기.

"하아, 하아……."

"너, 아까부터 장난에 더러운 성격이 묻어나고 있거든?"

"어머, 그런가요? 우후후."

결승전:『사교신관』마사치카 —『꼬마 마녀』유키.

"결국, 우리만 남았구나."

"그렇군요. 저도 왠지 이렇게 될 것 같은 느낌을 받았답니다."

마사치카가 어깨를 으쓱하자, 유키는 의미심장한 미소를 머금었다. 다른 멤버가 지켜보는 가운데, 유키는 마사치카를 향해 손을 내밀었다.

"그럼 선공을 양보하겠어요. 과자는 제가 더 많으니까요."

"흐음, 괜찮겠어?"

"네. 어차피 가위바위보로는 좀처럼 승부가 나지 않을 테고……."

그렇게 말하며 잠시 뜸을 들인 후, 유키는 도발하듯 웃었다.

"제1세트에 바로 승부가 갈릴 거라고는 생각하지 않으니까요."

"하하하, 그렇구나."

그 말을 들은 마사치카가 자신만만한 미소를 머금으면서…… 남매 대결의 막이 올랐다.

그리고, **제6세트.**

"후후후. 좀처럼 결판이 나지 않는군요."

"뭐, 예상 못 한 건 아니지만 말이야. 피곤하면 항복하지 그래?"

"그럴 수야 없죠. 하지만 이대로는 승부가 길어지기만 할 테니…… 이제부터 한 세트에 방어를 할 수 있는 건 한 번뿐이라는 룰을 추가하지 않겠어요?"

유키가 그런 제안을 하자, 관전자들이 술렁거렸다. 하지만 마사치카는 동요하지 않으며 미소를 머금더니 고개를 끄덕였다.

"좋아. 마침 나도 같은 제안을 하려던 참이었거든."

"그럼ㅡ."

그렇게 룰을 추가하면서 재개된 게임의…… 제10세트.

"길어! 너무 길잖아!"

"두 사람 다 용케 막아내고 있네……."

에레나는 더는 못 참겠다는 투로 그렇게 외쳤고, 치사키는 감탄과 어처구니없음이 반반씩 섞인 듯한 목소리로 그렇게 중얼거렸다.

분위기가 달아오르다 못해 질리기 시작한 관중들을 쳐다보면서 마사치카가 말했다.

"너무 길다네. 유키, 어때? 이제부터는 방어 횟수 제약을 없애는 대신 서로가 5초 안에 수를 둬야 하는 속기 대결을 하지 않겠어?"

"후후, 저는 괜찮답니다."

"왠지 장기의 달인 같은 소리를 하고 있어……."

에레나가 질린 투로 그렇게 말하는 가운데, 룰을 변경하면서 재개된 게임의…… 제13세트. 그제야 결판이 났다.

"트릭 성공…… 제 승리군요."

결승전 승자: 『꼬마 마녀』 유키(과자 세 개 보유한 상태에서 우승).

"축하해~."

과자를 두 개나 빼앗고도 방어에 실패한 마사치카가 관전자와 함께 박수를 치자, 유키는 감정이 실리지 않은 미소를 머금으며 그에게 물었다.

"일부러 져준 건가요?"

"아닌데?"

마사치카는 태연한 표정으로, 그리고 부자연스러울 정도로 바로 대답했다. 그리고 더욱 진한 미소를 머금은 유키에게서 고개를 돌린 마사치카는 에레나에게서 빼앗은 과자를 에레나에게, 유키에게서 빼앗은 과자를 아야노에게 내밀었다.

"자, 돌려줄게요."

"어?"

"마사치카 님……?"

"마샤 씨도 사라시나 선배에게 돌려줬잖아요. 이걸로 모두 세 개씩 가진 거네요."

그 말을 들은 에레나가 화들짝 놀라며 모두가 가지고 있는 과자를 확인하는 사이, 유키는 미소를 머금은 채 빈정거리는 투로 말했다.

"폼 잡는 건가요?"

"존경하는 선배를 본받았을 뿐이야."

마사치카가 그렇게 말하며 어깨를 으쓱하자, 유키는 빙긋 웃으면서 테이블 너머에 있는 마사치카의 옆자리에 앉았다.

"그러고 보니 아직 장난을 안 쳤군요."

그리고 몸을 쑥 내밀면서 마사치카의 귓가로 입을 가져 갔다.

"뭐 하려는 거야? 귀에 숨결—."

"왓!!"

"인마, 너무하잖아."

유키가 귓가에서 느닷없이 고함을 지르자, 놀란 마사치

카는 소파에 쓰러졌다. 그리고 멍한 귀를 손으로 움켜쥐더니 굳은 미소를 머금으며 유키를 올려다봤다.

"이 마녀…… 확 이단 심문을 해버린다."

"오호호, 앙갚음 삼아 본때를 보여주겠어요. 사신을 숭배하는 신관님."

남매가 거짓 미소를 머금으며 불꽃 튀는 눈싸움을 벌이는 가운데, 에레나가 오른손으로 얼굴 절반을 가리며 요사한 웃음을 흘렸다.

"후후후…… 과자 쟁탈전을 강요하는 게임 마스터의 의도에 저항한 건가……. 대단해. 정말 대단해, 쿠제."

"뭐라고 떠들기 시작하네?"

"저 사람, 아까 패배자 선언을 하지 않았어?"

"……."

마사치카와 치사키가 인정사정없이 그렇게 말하자, 에레나는 가슴을 움켜쥐며 휘청거렸다. 하지만 곧 다시 몸을 일으키더니 또 자신만만한 미소를 머금었다.

"후, 후후. 게임 마스터의 예상을 뛰어넘은 너에게 상을 줘야겠지……. 그런고로……."

에레나는 소파 테이블에 잭오랜턴을 내려놓더니, 힘찬 목소리로 선언했다.

"이 특대 호박 푸딩은 유키와 쿠제가 나눠 먹어!"

손을 앞으로 쑥 내밀면서 한 건 했다는 듯 의기양양한

표정을 짓고 있는 에레나를 향해 마사치카와 유키가 동시에 말했다.

""아, 됐어요.""

"됐다고 하지 마~!!"

　—결국, 특대 호박 푸딩은 여덟 명이 나눠 먹었다. 그리고 그 중 약 4할은 쿠죠 자매의 배 속에 들어갔다.

제 7 화   음악

운동회 뒤풀이를 가장한 핼러윈 파티를 한 다음 날. 마사치카는 에레나와의 약속을 지키기 위해 음악실로 향했다.

에레나의 부탁은 반주자로서 관악부의 연주회에 참가해 달라는 것이었다. 운동회 출마전에서 에레나가 아리사&마사치카 페어에 협력하는 대가로 제시한 그 부탁을 들어주기 위해, 마사치카는 오늘부터 관악부의 연습에 참가하기로 했다. 물론, 학생회 업무도 해야 하기에 매번 참가할 수는 없지만 말이다.

『모든 곡에 피아노가 필요한 건 아니고, 쿠제의 실력이라면 연습을 좀 빠져도 문제없을 거야~.』

신뢰감에 찬 목소리로 그렇게 말하며 웃는 선배를 떠올린 마사치카는 위가 오그라드는 느낌을 받았다.

(아니, 내 실력은…… 몇 년이나 농땡이 피워서 녹슬 대로 녹슬었는데……. 게다가 우리 집에는 피아노가 없으니까, 집에서 연습할 수도 없고…… 뭐, 이미지 트레이닝은 하고 왔지만 말이야.)

기대가 무거운 짐이 되어 어깨를 짓누르는 탓에, 음악실로 향하는 발걸음이 무거워졌다. 하지만 발걸음이 무거워졌더라도, 계속 걸어가다 보면 언젠가 목적지에 도착할 것이다. 마사치카는 도착한 제1음악실 앞에 서더니, 심호흡을 한 번 하면서 결의를 다진 후에 문을 열었다.

"실례합니—."

"내 하렘에 어서 와!"

"그런 식으로 소개해도 정말 괜찮은 거예요?"

그리고 자신을 맞이한 에레나에게 일단 태클을 걸었다. 그러자 에레나는 자신만만한 표정을 지으며 가슴을 폈다.

"후훗~. 아무 문제 없거든? 엄연한 사실이니까 말이야. 다들 안 그래?"

에레나가 그렇게 말하면서 돌아보자, 관악부 부원 일동은 동의한다는 듯 고개를 끄덕였다.

"네, 부장님."

"그래요."

"우후후."

그들은 아름다운 미소를 머금으며 반듯하게 예를 표했다. 그 광경을 본 마사치카는 전에 에레나가 했던 말을 떠올렸다.

『이 학교에는 개그를 웃으며 무시해버리는 신사 숙녀 아니면, 내가 태클 담당이 되어야 할 만큼 괴짜 천지잖아. 내가 마음 편히 개그를 날릴 수 있는 상대는 얼마 안 돼.』

(아하. 이게 에레나 선배가 말했던 개그를 웃으며 무시해버리는 신사 숙녀구나.)

보아하니 여학생이 8할가량을 차지하고 있는 관악부의 부원은 대부분 귀하게 자란 양갓집 자제 혹은 규수 같았다. 상류층 아가씨 모드의 유키와 같은 계통의 학생들 천지였다.

(확실히 여기는 개그맨을 찍소리도 못 하게 만드는 공간이야⋯⋯.)

이렇게 깔끔하게 개그를 무시당해서야 에레나도 여러모로 힘들 거라고 생각한 마사치카는 그녀를 동정했다. 하지만⋯⋯.

"들었지? 다들~ 내 하렘의 멤버야!"

"너무 꿋꿋한 거 아니에요?"

멋진 미소를 지으며 에레나가 엄지를 치켜들자, 마사치카는 어처구니없어하면서도 마음 한편으로 감탄했다. 그러자 에레나는 허리에 손을 대며 웃었다.

"하하하~. 하렘의 주인 정도 되면 여러모로 꿋꿋해야 하지 않겠어~? 다들 안 그래?"

"네, 부장님."

"그래요."

"우후후."

"아니, 깔끔하게 무시당하고 있는 것 같은데요⋯⋯. 대체 언제까지 이 설정을 질질 끌 건데요?"

"설정이라고 말하지 마~!"

"그럼 캐릭터라고 할까요?"

"시끄러워~! 캐릭터를 연기 안 하면 남 앞에 설 수 없단 말이야~!"

"그런가요……. 미안해요."

"사과하지 마~. 농담한 거야. 에레나 선배는 원래부터 제멋대로에 음란한 누나거든☆"

꺄핫☆ 하는 효과음이 들려올 듯한 밝은 미소&포즈를 에레나가 취하자, 마사치카는 「이렇게까지 관철하는 건 오히려 대단한걸」 하며 마음속으로 감탄했다. 그와 동시에 여기까지 오면서 느꼈던 무거운 긴장감이 풀리는 느낌이 들었기에 쓴 미소를 머금으며 고개를 숙였다.

"제가 빨리 녹아들 수 있도록 분위기를 전환한 거군요. 고마워요."

"고마워하지 마~!"

"무슨 소리예요??"

"괜히 딱딱하게 굴지 말란 말이야! 우리 부는 상하관계 같은 건 신경 안 쓰는 솔직한 분위기란 말이야. 다들, 안 그래?"

"네, 부장님."

"그래요."

"우후후."

"로봇인가?"

아까부터 같은 대사만 반복하는 부원들을 진지한 표정으로 쳐다보니, 그들은 철벽같은 상류층 미소를 지을 뿐이었다. 이런 반응을 보니 솔직히 좀 섬뜩했다.

(이 정도면 괴짜 천지라고 말할 만한걸⋯⋯.)

유심히 보니 아까부터 똑같은 세 명만 계속 말을 하고 있었으며, 다른 부원은 말없이 웃고만 있었다. 일단 마사치카는 이 세 사람을 마음속으로 『네 선배』, 『그래 선배』, 『우후후 하는 사람』이라고 부르기로 했다.

"그럼 다시 소개할까. 12월의 연주회까지 피아노 담당으로 참가하기로 한, 쿠제 마사치카야. 다들, 박수!"

에레나가 그렇게 말하며 박수를 치자, 부원 일동이 일제히 박수를 쳤다. 거기에는 외부인을 향한 혐오감이나 거부감은 전혀 느껴지지 않았고, 순수하게 환영하는 느낌만이 드러나고 있었다.

그 점에는 마사치카도 안도했지만⋯⋯ 그와 동시에 기대를 받고 있단 느낌을 받은 탓에 마음이 무거워졌다.

"좋아! 그럼 저쪽 구석에 있는 애부터 자기소개⋯⋯를 하고 싶지만, 모두 다 하려면 오래 걸릴 테니까 쉬는 시간에 하자. 우선, 각 학년의 대표만 소개할게."

"아, 네. 부탁드릴게요."

"오케이~."

마사치카가 고개를 끄덕이자, 에레나의 요사한 손놀림에 맞춰서 세 여학생이 앞으로 나왔다. 그들은 아까부터 같은 말만 반복하던 예의 세 사람이었다.

(네, 그래, 우후후 하는 사람이잖아.)

방금 저들에게 머릿속으로 그런 별명을 붙였던 마사치카는 조금 서먹한 느낌을 받았다. 그런 사실을 알 리 없는 세 여학생은 3학년부터 차례차례 자기소개를 했다.

"만나서 반가워요. 부부장인 3학년, 하이타니라고 해요. 악기는 클라리넷을 담당해요."

(네#1 선배네.)

"만나서 반가워요. 2학년인 소우마예요. 악기는 퍼커션이에요."

(그래 선배네.)

"만나서 반가워요, 쿠제 씨. A반인 아라이예요. 맡은 악기는 플루트예요."

(아깝다. 우후후가 아니라 어머머구나.)

그런 바보 같은 생각을 한 마사치카는 머릿속에서 자기 자신을 두들겨 팼다. 그리고 그는 최대한 성실한 표정을 지으며 인사를 건넸다.

#1 네 하이타니의 「하이」가 일본어로 「네」라는 의미인 점을 이용한 언어유희. 마찬가지로 소우마의 「소우」는 「그래」, 아라이의 「아라」는 「어머머」라는 의미다.

"만나서 반가워요. 쿠제라고 해요. 한 달이란 짧은 기간이지만, 잘 부탁—."

"딱딱해~!"

바로 그때 끼어든 에레나가 마사치카와 세 사람 사이에서 팔을 크게 휘둘렀다. 그리고 당황한 마사치카를 노려보듯 쳐다봤다.

"아까 내 말 못 들었어?! 우리 부는 상하관계 같은 건 신경 안 쓰는 솔직한 분위기거든?!"

"아니, 그래도 저는 오늘 처음 참가하니까…… 애초에, 선배가 존댓말을 쓰는 데, 제가 어떻게—."

"이 애들은 누구한테도 존댓말을 쓰니까 신경 쓰지 마! 그것보다 쿠제는 나를 상대할 때처럼 허물없게 굴어!"

"하아…… 부장님이 저렇게 말하는데, 그렇게 해도 될까요?"

"네."

"그렇게 해도 괜찮답니다."

"우후후."

세 사람에게 허락(?)을 받은 마사치카는 어깨에서 힘을 살짝 뺐다. 그러자 에레나는 만족스러운 미소를 머금더니, 마사치카의 어깨에 가볍게 손을 얹었다.

"그럼 바로 한 곡 부탁해볼까?"

"네?"

"인사 대신 삼아서 말이야. 다들 듣고 싶지?"

에레나가 그렇게 묻자, 이번에는 세 사람만이 아니라 부원 전원이 한목소리로 동의했다. 그들의 기대에 찬 시선에 떠밀린 것처럼 마사치카는 고개를 끄덕였다.

"아, 그럼…… 한 곡만 연주할게요."

마사치카가 그렇게 말하자, 가벼운 환성이 들려왔다. 그 순수한 기대 탓에 굳으려 하는 표정을 필사적으로 관리하면서 마사치카는 피아노 앞에 앉았다.

(으~음, 느닷없이 솔로 연주를 하게 될 줄은 몰랐네……. 뭘 연주할까?)

에레나가 미리 알려준 연주회에서의 세트리스트에는 유명 오케스트라의 곡부터 최근에 유행한 J-POP, 그리고 대히트 애니메이션 영화의 주제가까지, 다양한 곡이 들어가 있었다. 그 곡들을 머릿속에 떠올린 마사치카는 일단 분위기를 띄우는 것을 중시해서 애니메이션 주제가를 골랐다. 가볍게 곡을 흥얼거리며 허벅지 위에서 손가락을 움직여본 후, 건반 위에 손가락을 얹었다. 그리고―.

(어라? 무엇을 위해 연주하지?)

손가락이 멈췄다.

무엇을 위해, 누구를 위해 연주하지? 그야 물론 에레나와…… 관악부를 위해서다.

(하지만, 왜?)

왜냐하면…… 하고 마음속의 의문에 의문으로 답한 순간…… 마사치카는 눈치챘다.

(아, 그래. 나 자신한테는 동기가 없구나.)

마사치카의 내면에는 에레나와 관악부 부원에게 자기 연주를 들려줄 동기가 없었다. 약속이라고 하는 소극적인 이유는 있지만, 적극적인 동기가 없었다. 그래서일까. 손가락이…… 움직이지 않았다.

(아니, 동기가 없는 게 어쨌다는 거야. 동기가 있든 없든 연주만 하면 될 거 아냐…….)

그렇게 생각하면서도 손가락이 움직이지 않았다. 눈앞에 있는 건반이 흐릿해지더니, 어머니의 시선이 뇌리에 떠올랐다. 이쪽을 노려보는 어머니의 증오에 찬 눈동자, 가…….

(어, 어라. 어디가『도』였지? 어디부터 연주, 하면…….)

귀울림이 발생했다. 그날의 기억에 의식이 빨려들어—.

"아, 맞~다."

건반에 손가락을 얹은 채 굳어버린 마사치카의 귀에, 에레나의 목소리가 전해졌다. 그 목소리를 듣고 고개를 들어 보니, 이마에 손을 댄 에레나가 고개를 좌우로 저으며 이렇게 말했다.

"내가 이런 실수를 범하다니……. 남에게 연주하라고 할 거면 우선 자신부터, 란 원칙을 깜빡했어……. 그래. 평소의 우리 연주가 어떤 느낌인지 모르면 쿠제도 맞추기가 힘들 거야."

"에레나 선배……."

과장된 태도로 그렇게 말한 에레나는 부원들을 향해 돌아섰다.

"그러니까…… 오늘은 쿠제에게 우리를 알려주는 시간을 가지자! 쿠제는 저쪽에서 견학해!"

에레나에게 쫓겨난 마사치카는 머뭇거리며 벽 쪽에 있는 의자에 앉았다. 부원들도 부장의 갑작스러운 방침 전환에 다소 당혹스러워하면서도 에레나의 말에 따라 각자의 자리에 섰다.

"그럼 견학자는 신경 쓰지 않으면서 시작해볼까요~. 평소 느낌으로 말이야. 아, 선생님. 지휘 부탁해요. 선생님~?"

"으음?"

에레나가 부르자, 창가에서 의자에 앉아 졸고 있던 여성이 눈을 떴다.

(아, 역시 고문 선생님이었구나……. 아무도 언급을 안 해서 관심을 끄고 있었는데…….)

마사치카가 들어왔을 때부터 벽에 머리를 댄 채 졸고 있던 여성이 있었는데 그 사람이 바로 관악부의 고문인 것 같았다. 언뜻 보기에 서른 전후로 보이는 그 여성은 손으로 목을 주무르면서 몸을 일으키더니, 주위를 둘러보며 지휘봉을 찾았다.

"아~ 네……. 안 잤어요. 안 잤다고, 요……."

"아니, 방금까지 퍼질러 자고 있었잖아요."

"아니, 안 잤다니까 그러네. 내 말 맞지?"

"네, 선생님."

"그래요."

"우후후."

"들었지?"

"다들 선생님에게 너무 물러 터졌다니깐."

"네~."

"그런가요?"

"우후후."

부원들이 미소로 태클을 무시하는 가운데, 마사치카는 하품을 하며 지휘봉을 찾는 여성을 쳐다봤다.

(으음, 고문 선생님…… 맞나? 교내에서 본 적이 없는데…… 아, 혹시 외부 지도원일까?)

마사치카가 그런 생각을 하고 있을 때, 그제야 지휘봉을 발견한 여성이 마사치카를 쳐다보며 고개를 갸웃거렸다.

"어? 오늘은 견학자가 있어? 이 시기에 말이야?"

"선생님…… 전에 이야기했죠? 반주를 맡아줄 피아니스트를 스카우트했다고요."

"그랬어? 흐음~."

그 여성은 고개를 살짝 숙이는 마사치카를 유심히 쳐다보면서 눈썹을 살짝 찌푸렸다. 하지만 마사치카가 반응을 보이기도 전에 먼저 시선을 뗀 여성은 부원들을 향해 돌아섰다. 그리고 여성이 지휘봉을 들어 올린 순간, 이제까지 평온한 분위기가 감돌던 음악실에서 날카로운 긴장감이 흘렀다.

"……!"

자연스럽게 등을 꼿꼿이 펴게 만드는 분위기를 느낀 마사치카가 자세를 바르게 고친…… 직후. 지휘봉이 휘둘러지자, 소리의 벽이 마사치카의 몸을 강타했다.

(우, 와……!)

이 인원의 연주를 이 사이즈의 방에서, 이 거리에서 듣는다. 이제까지 홀에서 들었던 연주와는 다른 차원의 박력에 마사치카는 압도당했다.

(이거 대단하네……. 에레나 선배도 멋져…….)

완벽하게 조화를 이루고 있는 합주를, 선명한 고음이 꿰뚫었다. 에레나가 연주하는 트럼펫의 음색이다.

(대단해……!)

눈부시게 느껴질 정도로 박력 넘치는 연주를 접한 마사치카는 눈을 감으며 소리의 파도에 몸을 맡겼다. 그리고 연주가 끝나자, 자연스레 박수를 치고 말았다. 그러자 에레나를 비롯한 몇 명이 기뻐했지만, 선생님이 지도를 시작하자 표정을 바꿨다. 이 자리에는 음악에 정열을 기울이는 인간만이 존재했다.

(우오오…… 멋져.)

마사치카는 진심으로 그렇게 생각했다. 그와 동시에…….

(내가…… 여기에 섞이는 거야?)

청중을 무표정하게 만드는 자신이? 음악에 정열을 품고 있지 않은 자신이? 아직도…… 그 과거를 떨쳐내지 못하고 있는데?

"……."

전혀 어울리지 않는다.

관악부의 연주를 들으면서 마사치카는 조용히 그런 생각에 잠겼다.

◇

"자, 오늘은 이쯤 하자. 해산!"

"""""수고하셨습니다!"""""

부활동을 마칠 시간이 되자, 지휘와 지도를 하던 여성이 「아~ 피곤해」하고 말하는 듯한 표정으로 서둘러 짐을 챙겨서 나갔다. 그 완벽한 정시 퇴근 모습을 본 마사치카는 약간 얼이 나가고 말았다.

"뭐랄까, 대단한 사람이네……."

"아하하, 처음 보면 다들 놀랄 거야~. 저래 봬도 꽤 유명한 음악가거든? 아, 참고로 우리 학교 졸업생이기도 해.

스스메 선생님. 앞 전(前)을 쓰고 스스메, 라고 읽어."

"그거참…… 특이한 이름이네요."

"맞아~. 그런데, 어땠어……?"

에레나가 묻자, 마사치카는 솔직하게 찬사를 보냈다.

"대단했어요. 이 거리에서 관악부의 연주를 들은 건 처음인데 압도당했다니까요."

"흐흥~. 그렇지~? 우리는 꽤 수준이 높거든."

에레나가 우쭐대는 표정으로 가슴을 펴자, 마사치카는 그런 그녀를 향해 고개를 살짝 숙였다.

"그리고…… 아까 도와줘서 고마워요."

"응? 아……."

마사치카의 피아노 연주를 중지시켰던 거란 사실을 곧 눈치챈 에레나는 고개를 끄덕였다.

"왠지 곤란……해 보였달까, 망설이는 것처럼 보였거든. 그래서 바로 끼어든 건데, 괜한 참견이 아니었다면 다행이야."

"괜한 참견이라뇨……. 덕분에 살았어요."

"응……."

바로 그때, 에레나는 뒤편에 있는 부원들을 힐끔 쳐다본 후에 작은 목소리로 마사치카에게 물었다.

"그런데 다음부터는 연습에 참가할 수 있겠어?"

자세한 사정을 캐묻지 않고 참가 여부만을 묻는 에레나에게 마사치카는 감사의 시선을 보내면서 머뭇머뭇 고개를 끄덕였다.

"아니, 뭐…… 괜찮을 거라고 생각해요. 아까는…… 그 게…….

한순간 말문이 막힌 마사치카는 쓴웃음을 머금으며 말을 이었다.

"뭐랄까…… 뭘 위해 피아노를 치는지, 몰라서…….

그 말을 한 후, 마사치카는 뚱딴지같은 소리를 늘어놨다고 생각하며 부끄러워했다. 하지만 에레나는 눈을 살짝 치켜뜨더니 마사치카 앞에서 몸을 웅크리며 고개를 끄덕였다.

"아하~. 쿠제는 이유가 필요한 타입이구나~. 음악이 목적이 아니라, 수단인 거네."

뜻밖에도 에레나가 자신의 말에 이해를 표시하자, 마사치카는 무심코 고개를 들었다. 그리고 그 말에 순순히 납득했다.

음악이 수단. 그렇다. 마사치카에게 피아노는 가족을…… 좋아하는 사람을 기쁘게 해주기 위한 수단에 지나지 않았다. 어머니가, 여동생이 기뻐하기에 쳤을 뿐이다. 생각해보면…… 음악을 하기 위해 음악을 한 적이 이제까지 한 번도 없었을지도 모른다.

"이런 녀석은…… 관악부에 안 어울리지 않을까요?"

자연스럽게 빈정거리는 듯한 미소를 머금으며 자조하듯 그렇게 중얼거렸다. 그리고 곧 후회했지만 에레나는 가볍게 눈을 치켜뜨면서 아무렇지 않은 투로 이렇게 말했다.

"응? 딱히 그렇진 않거든?"

에레나가 예상과 다르게 가볍게 부정하자, 마사치카는 약간 허탈해졌다.

"의욕 같은 건 사람마다 다르잖아~. 나는 의외로 즐기기만 하면 된다는 타입이지만, 관악부 안에는 콩쿠르에서 수상하려고 정열을 쏟고 있는 애도 있어."

"하아……."

에레나의 말에 모호하게 답한 후, 방금 한 말이 신경 쓰인 마사치카는 이렇게 물었다.

"그럼, 에레나 선배는…… 왜 저를 스카우트한 거예요? 즐기는 게 목적이라면…… 멤버는 누구라도 딱히 상관없지 않나요?"

"응? 그건…… 쿠제와 함께라면 새로운 음악이 탄생할 것 같아서? 아, 미안해. 방금은 괜히 무게 좀 잡았어."

자기 발언을 바로 부정한 에레나는 고개를 살짝 갸웃거리면서 말했다.

"뭐, 단순히…… 쿠제의 피아노를 듣고 이런 생각을 했어.『아아, 이 피아노를 반주 삼아서 연주하고 싶어』하고 말이지. 그게 다야."

그렇게 말한 에레나는 약간 부끄러운 듯 웃었다. 그리고 마사치카의 얼굴을 올려다보며 말을 이었다.

"그러니, 뭐…… 네 마음대로 해도 돼. 나도 마음대로 할 거거든. 괜히 부담가지며 어깨에 힘 넣지 말고 쿠제가 연주하고 싶은 대로 연주하면…… 뭐, 그게 어려울지도 모르지만 말이야."

그리고 몸을 일으킨 에레나는 가슴을 펴더니, 우쭐대는 듯한 표정으로 말했다.

"음악이란, 소리 음(音)과 즐길 락(樂)을 써서 음악이잖아. 즉, 즐기는 쪽이 이기는 거야."

"……."

"아, 어디서 많이 들어본 말이라고 생각했지?"

"뭐……."

"시끄러워~! 그럴듯한 명언이 금방금방 떠오를 리가 없잖아~!"

마사치카는 발끈한 선배를 보며 쓴웃음을 머금고 자리에서 일어나 에레나에게서 도망쳤다.

실제로 입에서 나오려던 「음악은 즐거운 건가요?」란 의문을, 꾹 삼키면서…….

"그럼 이만 실례할게요."

"그래~. 그럼 다음 주에 봐~."

에레나를 비롯한 관악부 부원들에게 인사를 하면서 마사치카는 제1음악실을 나섰다. 그리고 문을 닫고 복도 쪽으로 고개를 돌리자⋯⋯ 벽에 기대서서 팔짱을 끼고 있는 남학생이 눈에 들어왔다. 즉시 못 본 척을 하며 그 앞을 지나치려던 순간— 아니나 다를까, 상대방이 말을 걸어왔다.

"역시 관악부에 들어갔나 보군. 쿠제."

"너, 왜 여기 있는 거야. 그렇게 한가해?"

일일이 돌아서는 것도 귀찮아서, 마사치카는 시선만 유쇼 쪽으로 돌리며 물었다. 그러자 유쇼는 쓸데없이 과장되게 어깨를 으쓱했다.

"어디 사는 누구 씨 덕분에, 피아노부는 부원이 급감해서 반쯤 해산 상태거든. 한가하다고 할 정도는 아니지만, 시간은 있어."

"그래. 완전히 네 자업자득이잖아. 유감이지만 나는 너와 다르게 바쁘다고. 그럼 안녕."

떠나려는 마사치카에게 유쇼가 무슨 말을 하려고 할 때, 근처의 문이 열리면서 아는 인물이 얼굴을 내밀었다.

"어라, 신기한 조합이잖아."

"노노아⋯⋯."

제2음악실에서 나온 노노아를 보고 「그러고 보니 오늘은 경음악부 연습일이구나」 하고 마사치카는 생각했다. 그래서 노노아의 뒤편을 힐끔 쳐다보니, 견학을 온 듯한 사야카의 모습도 보였다.

"연습은 끝난 거야?"

"으음~ 그래. 이제 뒷정리하고 적당히 수다 떨다가 귀가하는 느낌~?"

"그렇구나."

바로 그때, 노노아를 위험인물이라고 평가한 유쇼의 반응이 신경 쓰여서 돌아보니…… 그 자리에는 아무도 없었다.

"어라?"

"유~쇼~라면 아까 다른 데 갔어~. 나, 걔한테 미움받고 있거든~."

"아, 그래……. 그 자식, 대체 뭘 하러 온 거야?"

아무렇지 않게 자기가 미움받고 있다고 말하는 노노아 때문에 움찔한 마사치카가 그렇게 중얼거리자, 노노아는 별것 아니라는 투로 말했다.

"글쎄~? 쿠젯찌의 피아노를 들으러 온 거 아닐까?"

"뭐? 에이, 말도……."

반사적으로 부정하려다, 문득 「어쩌면 그럴지도 모른다」라는 생각이 머릿속을 스쳤다. 그리고 마사치카는 소름이 돋았다.

(어, 뭐야? 그 자식, 나한테 집착하는 거야……? 그건 무지 싫은데…….)

굳이 따지면 싫어하는 부류에 들어가는, 그것도 동성이

자기에게 집착한다고 하는 전혀 기쁘지 않은 생각이 든 마사치카는 인상을 확 찡그렸다. 그리고 그 생각을 떨쳐내려는 듯 고개를 저었을 때, 노노아에게 할 말이 있다는 것을 떠올렸다.

"맞다. 일전에 아랴를 보건실에 데려다줬다며? 고마워."

마사치카의 말을 듣고 고개를 갸웃거리던 노노아는 문득 생각난 것처럼 「아」 하고 말했다.

"고맙다는 말을 들을 일은 아냐. 어디 안 좋아 보이는 아릿사를 침대에 눕힌 후, 나는 그대로 다른 곳에 가버렸거든."

"그랬, 구나······. 아, 그래도 고마워. 그리고······."

마사치카는 주위를 둘러보며 살핀 후, 낮은 목소리로 물었다.

"(아랴가 그렇게 된 구체적인 이유 말인데, 혹시 알고 있어?)"

아리사는 자세한 원인을 이야기하지 않았지만, 마사치카는 그녀에게 들은 이야기를 통해서 선거전 관련으로 싫은 소리를 들은 거라고 생각했다.

실제로 운동회의 출마전에서 유키가 아리사에게 승리하면서, 유키의 열광적인 일부 지지자가 아리사를 헐뜯고 있단 것을 마사치카도 알고 있었다. 전부터 그들은 유키와의 페어를 관둔 마사치카를 배신자 취급했으며, 지금도 마사치카를 헐뜯고 있었다. 이제까지 마사치카는 「뭐, 그런 소

리를 하고 싶은 녀석도 있겠지」하고 여기며 대충 넘어갔
지만…….

(만약 아랴에게 이상한 소리를 해서 충격을 받게 만든
놈이 있다면…… 절대로 용서 못 해.)

마사치카는 차가운 분노를 불태우면서 대답을 기다렸지
만, 유감스럽게도 노노아는 고개를 좌우로 저었다.

"미안하지만, 내가 만났을 때는 아릿사가 이미 그런 상
태였거든~? 그 전에 무슨 일이 있었는지는 못 봤어~."

"그랬, 구나……. 아, 네가 사과할 일은 아냐. 고마워…….
나야말로 미안해."

"뭐가?"

"아냐……."

무엇을 사과한 거냐면, 이렇게 협력적인 노노아를 유쇼
의 말을 듣고 한순간이나마 범인이라고 의심한 것에 대한
사과이지만…… 사실대로 털어놓을 수도 없었다. 말끝을
흐린 마사치카는 문득 아까 에레나에게 던지려던 질문을
노노아에게 하자고 생각했다.

"아…… 저기, 밴드 활동은 즐거워?"

갑작스러운 화제전환을 약간 의아하게 생각하면서도 노
노아는 순순히 고개를 끄덕였다.

"뭐~. 노래하는 건 기분 좋으니까~, 즐거우려나~."

"그, 그렇구나."

노노아도 음악을 즐기고 있다. 별생각 없이 물어본 거지만, 그 사실은 마사치카에게 있어 경악스러울 뿐만 아니라…… 약간 충격이기도 했다.

(노노아도 즐기는데…… 나는…….)

마사치카가 약간 낙심하자, 노노아는 더욱 의아한 표정을 지으면서 몸을 살짝 흔들었다.

"이제 됐어? 나, 화장실 가고 싶은데……."

"어엇?! 그, 그랬구나~. 불러세워서 미안해."

"그건 괜찮은데……."

노노아는 그렇게 말하며 한 걸음 내딛더니…….

"같이 갈래……?"

"됐어!"

노노아가 아무렇지 않고 엄청난 제안을 하자, 마사치카는 바로 거절했다. 그리고 웃으면서 걸음을 옮기는 노노아를 쳐다보며 가볍게 한숨을 내쉰 후, 이 건물의 현관을 향해 걸음을 옮겼다.

(그래……. 노노아한테도 음악은 즐거운 것이구나…….)

그것은 마사치카가 모르는 감각이다. 아니, 애초에…….

(나…… 누군가와 같이 연주한 적이 없어.)

합주도, 밴드 연주도 경험한 적이 없다. 피아노 선생님과 같은 피아노를 동시에 연주한 적이 몇 번 있을 뿐이다. 그것도 즐거웠는지는 기억이 나지 않았다.

(게다가…….)

아까 머릿속에 떠오른 기억. 자신의 상상보다 더 뿌리 깊은 트라우마가 된 그날의 기억을 떠올린 마사치카는 어금니를 으스러지게 깨물더니…… 고개를 좌우로 흔들었다.

(생각하면 할수록, 내가 관악부에 도움이 될 것 같지가 않은데…….)

냉정하게 자기 자신을 그렇게 분석한 마사치카는 한숨을 내쉬었다. 그런 그의 뇌리에는 에레나에게 의뢰를 받은 날, 아리사에게 들었던 말이 떠올랐다.

『너는, 정열을 가진 사람의 버팀목이 되기 위해, 정열을 불태울 수 있는 사람이라고 생각해.』

『그러니까…… 분명 괜찮을 거야. 너라면, 분명 나라하시 선배의 소망을 이뤄줄 수 있어.』

"……."

아리사에게 압박을 줄 의도가 없었다는 것은 잘 알고 있다. 하지만 아리사의 신뢰가, 관악부 멤버들의 기대가 지금의 마사치카에게는 무거운 짐이었다.

(확실히 관악부의 연주는 대단했고…… 힘이 될 수 있다면 되고 싶어. 그렇게 생각하긴 하는데…….)

그런 생각을 하더라도 이번만큼은 그들에게 도움이 될 수 있을 정도의 기량과 소질을 자신이 지니고 있는지 의심스러웠다. 애초에…… 다음 연습에서 자신은 피아노를 연주할 수 있을까. 그것조차도 지금 시점에서는 알 수 없었다.

"이거 생각했던 것보다 더 난관인걸⋯⋯."

그렇게 중얼거리며 모퉁이를 돌고 나서, 현관이 보이기 시작했을 때— 신발장 옆에 서 있는 마리야와 시선이 마주쳤다.

"어머, 쿠제도 지금 하교하는 거야?"

"아, 네⋯⋯. 마샤 씨는 아랴를 기다리는 건가요?"

"응. 교무실에 볼일이 있다고 했거든~."

"그런가요."

마사치카가 대답하며 다가가자, 마리야는 별것 아닌 투로 그에게 물었다.

"관악부는 어땠어~?"

"오늘은 견학만 했거든요⋯⋯. 딱히 아무것도 안 했어요."

그 질문을 예상했던 마사치카는 무난한 대답을 입에 담았다. 그리고 「그럼 내일 봐요」 하고 말하며 신발장으로 향하려⋯⋯.

"어~, 혼자 가려는 거야? 같이 하교하자~. 아랴도 곧 올 거야. 응?"

마리야가 순진무구한 미소를 지으며 그렇게 말하자, 마사치카는 마음속으로 쓴웃음을 머금었다.

"아, 오늘은—."

"참, 맞다. 오늘 학생회에서 말이지? 치사키가 정말 우스웠다니깐~."

(아, 이야기를 시작했어……)

마리야는 즐거운 목소리로, 학생회에서 있었던 일을 마사치카에게 이야기하려 했다. 그 순수한 미소를 보자, 마사치카는 「먼저 돌아가 볼게요」라고 말할 수가 없었다. 결국 그는 마리야의 옆에 나란히 서서 이야기에 어울려줬다.

"바로 그때, 회장이 말했어! 『그건 호접지몽이 아냐!』 하고 말이야."

"아하하."

마사치카가 마리야의 이야기에 대충 맞장구를 쳐주고 있을 때였다.

"그건 그렇고…… 실은 관악부에서 무슨 일이 있었던 거야?"

"네?"

마사치카가 방심한 순간을 노리며, 마리야가 느닷없이 화제를 전환했다. 그 바람에 마사치카는 완전히 허를 찔리고 말았다. 딱딱하게 굳어버린 마사치카의 얼굴을 응시하며 마리야는 자애에 찬 미소를 머금었다.

"무슨 일 있었던 거지? 쿠제의 표정이 왠지 어둡거든."

"……."

마리야가 모든 것을 꿰뚫어 보고 감싸주는 눈길로 쳐다보자, 마사치카는 앞을 바라보며 한동안 침묵하더니……

곧 한숨을 한번 내쉬며 체념했다.

"관악부의 높은 수준을 실감하고…… 잘할 수 있을지, 좀 걱정되는 것뿐이에요."

자세한 사정은 이야기하지 않고 사실만을 간결하게 밝혔다. 자신의 약한 면을 최대한 숨기려 하는 그 대답을 들은 마리야는 전부 눈치챈 것처럼 마사치카의 머리를 향해 손을 뻗었고…… 주위 사람들을 신경 쓴 후에 그의 어깨를 가볍게 두드려줬다.

"너무 부담을 가지지 마~. 관악부 사람들은 엄~청 오랫동안 연습을 해왔을 거잖아. 그런 사람들을 금방 따라잡지 못하는 게 당연한 일 아니겠어?"

"뭐, 그건 그렇겠죠……."

"그래~. 그 정도는 에레나 선배도 당연~히 알고 있을 거야. 처음부터 잘하지 못한다고 해서, 아무도 쿠제에게 실망하지 않아."

"……!"

마리야의 말을 들은 순간, 마사치카는 몸을 흠칫했다. 「아무도 실망하지 않는다」는 그 보증이 마사치카의 가슴속에서 복음(福音)처럼 울려 퍼졌다.

아리사의 신뢰. 관악부의 기대. 그것들에 부응해야만 한다는 생각에 자기도 모르게 커져만 가던 압박에서 갑자기 해방된 듯한 느낌을 받았다.

(그, 래……. 나는 남을 실망시키는 걸 두려워했던 거구나…….)

생각해보니 옛날부터 그랬다. 할아버지의 기대, 어머니의 기대에 부응해야만 한다. 그 기대를 배신해선 안 된다며 무의식적으로 자기 자신을 궁지로 몰았다.

자기도 모르던 그런 불안을 떨쳐낸 마사치카는 어렴풋이 미소 지었다. 그 미소를 보자, 마리야 또한 안도한 것처럼 미소를 머금었다.

"뭐든 완벽하게 해내지 못해도 돼. 자기 나름대로 열심히 하면 충분한 거야……. 그렇게 해도 괴롭다면 도망쳐도 되거든? 그때는 내가 듬~뿍 위로해줄게."

"아하하…… 그거참, 믿음직하네요."

마음속으로「그렇게 되면 여러 의미에서 인생이 종 칠 것 같은걸」하고 생각하면서, 마사치카는 순수한 미소를 머금었다. 그리고 어깨에서 힘이 빠졌을 때였다.

"그런데 쿠제는 왜 아까부터 앞만 보고 있는 거야?"

마리야가 의아한 투로 던진 질문이 마사치카의 가슴에 깊숙이 박혔다. 볼에서 마리야의 시선이 느껴지자, 대화를 나누는 와중에도 쭉 앞만 쳐다보고 있었던 마사치카는 식은땀을 한 줄기 흘리면서 시치미 떼는 표정으로 대답했다.

"아랴가 오는 방향을 쳐다보고 있을 뿐인데요……."

"왜 내 쪽을 한사코 쳐다보지 않는 건데……?"

"그렇지 않은데요?"

그렇게 말하면서 고개를 돌린 마사치카는 교복 차림인 마리야가 눈에 들어오자…… 그저께 벌어졌던 마리야 술주정 소동이 떠올라, 부리나케 시선을 돌렸다.

"왜 눈을 피하는 거야……?"

"벌레가 날아다녀서……."

"좀 있으면 겨울이거든?"

"겨울에도 벌레가 날아다녀요. 그것도 떼 지어서요. 모기붙이, 진짜 성가시다니까요. 특히 물가에 가면—."

"그저께, 역시 무슨 일이 있었던 거구나……?"

전력으로 이야기를 돌리려 하는 와중에 마리야가 핵심을 찌르자, 마사치카는 말문이 막혔다. 그 반응을 보고 자기 말이 정답이라는 것을 눈치챈 건지, 마리야는 눈을 살짝 내리깔았다.

"역시 그랬어……."

"으, 음……."

그저께, 정신을 차린 마리야에게는 「술에 취해서 금방 잠들었어요」 하고 대충 얼버무렸다. 당시에는 마리야도 그 말에 납득했지만…… 그녀도 마음에 걸리는 구석이 있었던 것 같았다. 그것이 무엇일까. 뭐가 마음에 걸려서 이런 말을 하는 것일까. 그것을 추리하는 마사치카의 앞에서 마리야는 맞잡은 두 손을 꼼지락거리며 변명했다.

"저기, 미안해. 평소에는 알코올이 들어간 과자를 피했고, 지금까지…… 집 밖에서 기억을 잃은 적이 없었어. 하지만 그저께는 쿠제와 에레나 선배가 있어서 방심을 했나 봐……."

마사치카는 마리야의 말을 듣고 안심했지만…… 그녀가 한 말 중에서 신경 쓰이는 점이 있었다.

"집에서는 기억을 잃은 적이 있군요."

"며, 몇 번 정도……? 그때는 아랴가 엄청 화냈어……."

"대체 무슨 짓을 한 건데요……."

"나, 나는 기억이 안 나는데…… 나, 술에 취하면 아랴에게 술주정을 하나 봐……."

양손으로 볼을 감싸며 시선을 이리저리 돌리던 마리야는 마사치카의 얼굴을 올려다봤다.

"그러니까, 저기…… 나, 쿠제한테도 그런 짓을 한 건가, 싶어서……."

"……."

마리야가 그렇게 말하자, 마사치카는 시선을 위쪽으로 돌리면서 생각했다.

(그걸…… 술주정이라고 해도 될까? 아니, 취해서 한 짓이긴 하지만…….)

자신의 배와 팔과 다리 등을 끌어안고, 소파에 쓰러뜨리더니 몸 위에 올라타기까지—.

"……."

그 야릇한 광경이 머릿속에 떠오르자, 마사치카는 반사적으로 헛기침을 했다. 그러자 마리야는 몸을 흠칫하더니, 허둥대기 시작했다.

"여, 역시 나, 무슨 짓 한 거지?!"

"지, 진정하세요. 여기에는 다른 사람도 있다고요."

하교 중인 다른 학생들을 시선으로 가리킨 마사치카는 낮은 목소리로 경고했다. 그제야 자기 목소리가 커졌다는 것을 눈치챈 듯한 마리야는 퍼뜩 놀라면서 양손으로 입을 꼭 막았다. 그리고 머뭇머뭇 주위를 살피는 마리야의 앞에서 마사치카는 본인에게 어디까지 말해도 될지 생각했다.

(으음, 이렇게 되면 확 전부 솔직하게 말해버리는 편이 성의 있는 행동 아니려나…….)

그런 생각이 뇌리를 스쳤지만 즉시 부정했다.

(어떻게 말하냐고! 상반신 알몸 상태로 남자 몸 위에 올라탔다, 같은 소리를 어떻게 해! 그랬다간 마샤 씨는 수치심에 과부하가 걸려서 실신할 거야!)

게다가…… 거기까지 솔직하게 말할 경우, 그 상황에서 어떻게 원상 복구가 됐느냐는 의문이 생겨난다.

긴장감과 죄책감 등으로 인해 여러모로 죽을 것 같았던 그 복구 작업이 머릿속에 떠오르자, 마사치카는 으스러질 정도로 이를 깨물었다.

(아니, 하지만…… 어쩔 수 없었어. 언제 누가 학생회실에

올지 몰랐고, 자초지종을 모르는 사람이 봤다간 오해할 게 뻔한 상황이었으니까…… 특히 사라시나 선배라면 잠긴 문을 부수고 들어와서 내 인생을 리셋시켰을 게 틀림없다고!)

그렇게 마음속으로 변명을 늘어놨지만, 그래도 마음이 꺼림칙했다. 그 꺼림칙함이 마리야에게 거짓말을 한다는 꺼림칙함을 가볍게 능가한 결과…….

"아니…… 제 팔에 매달리거나, 소파에 넘어뜨리거나? 같은 식으로 술주정을 부리긴 했어요."

마사치카는 온 힘을 다해 얼버무린다는 선택을 했다. 어차피 기억이 없잖아? 진실을 일부만 이야기하면 남은 부분은 숨길 수 있을 거야, 하하하…… 하고 여겼지만, 마사치카의 생각은 짧았다.

"정말…… 그게 다야?"

마리야는 확신에 찬 표정으로 마사치카에게 다시 물었다. 하지만 그런다고 해서 마사치카의 대답은 달라지지 않았다.

"그게 다인데요. 뭔가, 이상한 점이라도 있나요?"

"아니, 그게……."

마사치카가 계속 시치미를 떼자, 말끝을 흐리면서 주위를 살핀 마리야는 살짝 발돋움하면서 그의 귓가로 입을 가져갔다. 그리고 자신의 입가에 손을 대면서 부끄러운 듯 러시아어로 속삭였다.

【저기, 속옷이…… 흐트러져 있었거든.】

"……?!"

【평범하게 안기만 해선 그렇게 안 될 것 같아서…… 나, 혹시…….】

미리야가 물증 하나를 통해 예상조차 못 했던 부분까지 캐묻자…… 마사치카는 시선이 흔들리고 말았다.

"으, 으으으으으~."

발돋움을 관둔 마리야는 양손으로 가슴을 감싸면서 볼을 부풀리더니, 얼굴을 새빨갛게 붉혔다. 그 모습을 본 마사치카는「아차」하고 생각했지만, 이미 한발 늦었다.

【우에에엥! 이제, 사아 말고 다른 사람한테는 시집 못 가~!】

"어, 잠깐만……."

뺨이라도 맞을 줄 알았더니, 뒤돌아선 마리야는 그대로 복도를 내달렸다.

【반드시, 사아의 아내가 되고 말 거야아아아―!!】

"아니, 도망치면서 할 소리가 아니잖아요!!"

마사치카는 태클을 걸면서 쫓아갔지만, 마리야가 들어간 곳은…… 여자 화장실이었다.

"의외로 냉정하네?"

덕분에 덩달아 냉정을 되찾은 마사치카는 여자 화장실 앞에서 태클을 걸었다.

보통 이럴 때는 숨이 찰 때까지 달리지 않을까. 하지만,

도망친다는 점에서만 본다면 하염없이 도망치는 것보다 훨씬 유효한 수였다.

사실 마사치카도 이 무엇보다 확연한 「나 좀 내버려 둬」라는 의사표시에 대한 적절한 대처 방안이 생각나지 않았다. 지나가는 사람들의 미심쩍은 시선이 따가웠기에 마사치카는 맥없이 여자 화장실 앞을 벗어났다.

(으음…… 이대로 마샤 씨를 두고 돌아가도 괜찮을까……. 그렇다고 여기서 기다릴 수도 없긴 한데…….)

그렇게 원래 있던 장소로 돌아온 마사치카는 신발장과 여자 화장실의 문을 번갈아 쳐다보며 고민했다. 바로 그때, 등 뒤에서 목소리가 들려왔다.

"마사치카…… 무슨 일 있어?"

고개를 돌려보니, 아리사가 미심쩍은 눈길로 마사치카를 쳐다보고 있었다. 그 푸른 눈에는 「여자 화장실 쪽을 쳐다보고 있지 않았어?」라는 의심이 어려 있었다.

"아, 여자 화장실 쪽에서 큰 소리가 들려서 쳐다봤을 뿐이야."

그러자 마사치카는 태연한 표정으로 아무렇지 않게 거짓말을 했다. 그러자 아리사는 더욱 미심쩍은 눈길로 마사치카의 얼굴을 몇 초 동안 쳐다본 후, 슬며시 주위를 둘러보았다.

"마샤 못 봤어……? 이 근처에서 기다리기로 했는데…….''

"글쎄? 어쩌면……."

화장실에 간 거 아닐까, 라는 생각을 마사치카는 말이 아니라 시선으로 아리사에게 전했다. 그 바람에 눈동자의 온도가 더 내려간 아리사는 현관 쪽으로 몸을 돌렸다.

"뭐, 여기서 기다리고 있으면 곧 올 거야."

"으음……."

"왜 그래?"

"아무것도 아냐……."

아리사가 거기 있으면, 마리야는 더 나오기 어렵지 않을까. 그 말을 입 밖으로 내뱉지 않고 삼킨 마사치카는 신발장 쪽으로 향했다.

"그럼, 내일 봐……."

"응? 같이 하교하자. 오늘 학생회에서 있었던 일도 이야기하고 싶거든."

"데자뷔……."

"뭐?"

"아무것도 아냐."

마사치카는 어깨를 으쓱하며 아리사의 곁으로 돌아갔다. 조금 전과 달리, 이번에는 아리사의 옆에서 마리야를 기다리게 됐다.

(어쩌다 이렇게 된 거지?)

마사치카가 마음속으로 고개를 갸웃거리면서, 이렇게 되

면 아리사를 다른 곳으로 이동하게 만들어야…… 하고 생각하고 있을 때였다.

"관악부 쪽은 어땠어?"

또 데자뷔가 느껴졌다. 언니와 같은 질문이었기에 마사치카는 약간 쓴웃음을 머금은 후, 마리야와의 대화를 거쳐서 도달한 지금의 솔직한 마음을 털어놨다.

"솔직히 말해, 내 실력으로 도움이 될 수 있을지 불안하지만…… 뭐, 너무 부담을 가지지 말고 해볼게."

"그래……."

마사치카의 대답에 거짓이 섞여 있지 않다고 느낀 건지, 아리사는 앞을 바라보며 물었다.

"관악부 사람들은 어땠어? 친해질 수 있을 것 같아?"

"아…… 꽤 개성적인 사람들이 있긴 했지만, 어떻게든 될 거야."

부정적인 감정이 섞이지 않은 쓴웃음을 머금으며 마사치카는 그렇게 대답했지만…….

"그래. 즐길 수 있을 것 같아서 다행이네."

아리사가 별생각 없이 한 그 말에, 마사치카는 무심코 어깨를 부르르 떨었다.

"마사치카, 왜 그래?"

그리고 민감하게 그것을 눈치챈 아리사가 시선으로 이유를 묻자, 마사치카는 고개를 다른 방향으로 돌렸다.

"......."

아리사의 시선이 마사치카의 볼에 꽂혔다. 그런데도 마사치카가 계속 아무것도 눈치 못 챈 척을 하자, 아리사는 작게 한숨을 내쉬면서 중얼거렸다.

【정말, 어쩔 수 없는 사람이라니깐.】

어처구니없음과 허용이 뒤섞인 그 말이 들려오자, 마사치카의 가슴에는 고마움과 함께 미안함이 싹텄다. 그리고 몇 초 동안 미간을 찌푸리며 고민한 마사치카는 결국 체념하며 입을 열었다.

"실은…… 나, 음악을 하면서 즐겁다고 생각한 적이 없어……."

고개를 든 아리사가 자신을 쳐다보고 있는 게 느껴졌다. 하지만 마사치카는 아리사와 시선을 마주하지 않더니, 머리를 긁적이며 말을 이었다.

"나한테 피아노는 취미가 아니라 공부였으니까…… 즐길 수 있을지, 솔직히 모르겠어. 애초에 남과 함께 연주한 적이 없는걸……."

말을 고르면서 자신의 불안을 솔직하게 고백한 마사치카는 어깨를 움츠렸다. 그런 그의 오른손을 아리사가 덥석 움켜쥐었다.

"어?"

"가자."

마사치카가 아리사에게 의아한 시선을 보낸 순간, 아리사는 우격다짐으로 그의 손을 확 잡아당겼다.

"뭐? 어, 어디 가는데?"

마사치카가 끌려가면서 허둥지둥 그렇게 물었지만, 아리사는 대답하지 않으며 빠르게 걸음을 옮겼다. 그리고 길을 가는 학생들에게 호기심 어린 시선을 받으며 도착한 곳은, 바로 제2음악실이었다.

"어라? 마사치카와 아랴 양······?"

마침 음악실에서 나온 타케시가 두 사람을 쳐다보며 고개를 갸웃거렸다. 그 주위에 있던 신생 루미너즈의 멤버 네 사람과 견학을 온 사야카도 의아한 표정으로 두 사람을 쳐다봤다. 하지만 아리사는 그런 시선을 개의치 않으며 그들 앞에 서더니 노노아, 사야카, 타케시, 히카루를 차례차례 쳐다보며 말했다.

"다들 지금 시간 괜찮아?"

"어, 응. 뭐······?"

다른 이들의 표정을 살핀 타케시가 멤버를 대표해서 그렇게 답하자, 아리사는 고개를 끄덕였다.

"고마워. 뒷정리를 마쳤는데 이런 소리를 해서 미안하지만, 다시 악기를 준비해줄래?"

"어? 악기?"

"응. 미안하지만, 키보드와 베이스도 빌려주지 않겠어?"

"아, 응. 그건 괜찮은데……."

진지한 표정으로 부탁하는 아리사에게 압도당한 건지, 여섯 명은 당혹스러워하면서도 불평 없이 악기를 준비하기 시작했다. 다들 상황을 이해하지 못했지만, 질문한 분위기가 아니었기에 그저 묵묵히 준비만 했다.

"으음, 준비 마쳤는데……."

"고마워."

그리고 다른 이들과 마찬가지로 상황을 전혀 이해 못 한 마사치카의 얼굴을 힐끔 쳐다본 아리사는 당당한 어조로 선언했다.

"한 곡 한정 Fortitude 부활 라이브야. 단, 보컬은 나와 노노아 양의 더블 보컬이거든? 그리고 마사치카는 키보드를 맡아줘."

"뭐어?!"

아리사가 예상치 못한 선언을 하자, 마사치카는 얼이 나간 듯한 목소리를 냈다. 그 목소리가 이목을 모은 건지, 아직 실내에 남아 있던 다른 경음악부 부원들이 무슨 일인지 궁금해하며 모여들었다.

"곡은 『몽환(夢幻)』으로 괜찮지? 그럼 바로 시작하자."

"아니, 잠깐만 있어 봐!"

아리사가 반론을 허락하지 않는 것처럼 일을 거침없이 추진하자, 보다 못한 마사치카가 그녀를 말리려 했다. 하지만 아리사는 마사치카를 힐끔 쳐다보더니, 퉁명한 어조로 말했다.

"왜? 연주할 줄 알잖아?"

"아니, 너희가 연주하는 걸 실컷 봤으니까 연주할 수는 있겠지만 말이야! 그런 문제가—."

"그럼 빨리 준비해."

항의하는 마사치카에게 딱 잘라 그렇게 말한 아리사는 노노아를 향해 돌아섰다. 그런 그녀에게 아무 말도 못 하는 마사치카에게 기타를 든 타케시가 가슴 뛰는 표정으로 웃어 보이며 말을 건넸다.

"우와, 진짜야? 설마 이 멤버로 또 밴드를 할 줄은 몰랐어."

"타케시, 찬물 끼얹어서 미안한데, 여기 처음으로 참가하는 멤버가 있거든?"

"뭐, 리더의 명령이잖아. 각오를 다져, 마사치카."

"히카루까지 왜 그렇게 들뜬 건데?"

"마사치카 씨는 참 눈치가 없군요. 이제부터는 악기로 대화할 뿐이에요. 안 그래요?"

"뭐가 안 그래요, 냐고 중2병." ^{사야카}

어찌 된 건지 의욕을 불태우고 있는 다른 멤버에게 냉정하게 태클을 걸고 있을 때, 아리사와 이야기를 마친 노노아가 마이크를 쥔 손을 빙글빙글 돌리면서 말했다.

"뭐~, 이렇게 되면 즐기는 게 이기는 거야~."

노노아가 별것 아니라는 투로 그렇게 말하자, 마사치카는 눈을 치켜떴다.

그리고 퍼뜩 놀라며 아리사의 등을 쳐다보자, 그녀는 어깨너머로 마사치카를 쳐다보며 말했다.

"준비됐어? 그럼—."

그 시선을 받은 히카루가 스틱을 맞부딪쳐서 소리를 냈다. 그 모습을 본 마사치카는 한순간 당황한 후, 결국 자포자기하며 각오를 다졌다.

(으으~! 하아~, 정말! 될 대로 되라고!)

순식간에 악보와 노노아가 연주하던 모습을 기억에서 떠올린 마사치카는 건반을 두드렸다.

드럼이 질주하고 기타와 베이스가 약동했으며, 아리사와 노노아의 더블 보컬이 그 한가운데를 내달렸다. 그 뒤를 쫓듯, 마사치카도 뇌와 손가락을 움직였다.

무엇을 위해 연주하는가, 누구를 위해 연주하는가, 같은 것을 신경 쓸 여유도 없었다. 과거의 기억 따위 떠올릴 여지도 없었다. 필사적이고 한심하며 꼴사나운 연주다.

(앗, 너무 셌어. 진짜 심각한 연주네.)

이제까지 참가한 그 어떤 연주회의 연주보다도 압도적으로 완성도가 떨어지는 연주였다. 너무 수준이 낮아서 웃음이 날 지경이었다. 뭐가 웃기냐면, 이렇게 형편없는 연주인데도 불구하고 전체적으로 들으면 나쁘지 않은 느낌이

들었다.

때때로 하모니가 이상해지는 아리사와 노노아의 더블 보컬도, 소리가 툭하면 어긋나고 있는 타케시의 기타도, 심벌즈가 너무 자기주장을 해대는 히카루의 드럼도, 곳곳에서 묘한 버릇이 드러나는 사야카의 베이스도…… 관객의 손뼉과 환성마저도, 전부 혼연일체가 되어서 유일무이한 음악을 자아내고 있었다.

"아, 하하하."

정신을 차리고 보니, 마사치카는 소리 내서 웃고 있었다. 그것은 연주 소리에 묻히고 말 만큼 조그마한 웃음소리였다. 하지만 마치 그 웃음을 들은 것처럼 아리사는 마사치카를 힐끔 쳐다봤다.

『어때? 즐거워?』

그 시선에 담긴 질문에 마사치카는 감사의 마음을 담아 시선으로 답했다.

『응…… 즐거워.』

그 의도는 전해졌을까. 아리사는 시선을 돌리더니, 앞을 바라보며 마지막 후렴구에 돌입하며 목소리를 토했다.

"Благодаря тебе, Аля." 네 덕분이야, 아랴

그녀의 등을 쳐다보며 작은 목소리로 그렇게 중얼거린 마사치카는 글리산도 연주법으로 후렴구로 연결했다. 마사치카가 그런 애드리브를 선보이자, 다른 멤버도 감화된

것처럼 악기를 연주했다.

새하얀 도화지에 각자가 자기 색깔의 페인트를 멋대로 칠하는 것만 같다. 그렇게 자유롭고 제멋대로이며 최고로 즐거운 연주. 관객은 이 자리에 있는 열 명가량의 경음악부 부원이 전부다.

추령제 라이브 때와는 규모도, 완성도도 비교 자체가 안 되는 한 곡 한정 부활 라이브. 하지만 Fortitude의 멤버 여섯 명이 모인 처음이자 마지막 라이브는 추령제 때의 라이브 못지않게 성황리에 막을 내렸다.

그리고 이로부터 십여 분 후…….

흥분이 식지 않은 밴드 멤버와 함께 하교하기로 한 아리사와 마사치카는 신발장 앞에서 무릎을 끌어안은 채 앉아 있는 마리야를 보고 마음이 매우 거북해졌지만…… 그것은 또 다른 이야기다.

제 8 화　친분

"저기, 이제 와서 엄청 긴장되는데 말이야……."

아리사가 사는 맨션을 올려다본 타케시가 상기된 목소리로 그렇게 말했다.

아리사의 생일 당일. 타케시, 히카루와 만나서 여기까지 온 마사치카는 진정이 안 되는지 몸과 시선이 흔들리고 있는 타케시를 어처구니없다는 듯 쳐다봤다.

"딱히 우리만 초대받은 건 아니니까, 그렇게 긴장할 필요 없지 않아?"

"아니, 하지만 나는 여자애 집에 가는 게 처음이거든…… 내가 기억하기로는 말이지."

"그건 나도 마찬가지인데……."

마사치카가 기억을 살펴보며 그렇게 말하자, 타케시가 그를 노려봤다.

"거짓말하지 마. 너라면 스오우 양의 집에 가본 적이 있을 거 아냐."

"아……. 뭐, 그건 노카운트거든."

"그렇게 될 거 같냐! 노카운트 취급이 되는 건 친척네 집

정도라고!"

친척입니다. 정확하게는 피를 나눈 가족입니다. 그런 진상을 밝힐 수 없기에 마사치카는 어깨를 으쓱했다. 그러자 타케시가 「나와 같은 편은 없어」라는 듯 자기 머리를 감싸쥐었다.

"아아아아~ 무례를 범하면 어쩌지! 그런데 여자애 집에서 남자애가 화장실을 써도 되는 걸까?"

"딱히 문제없을걸? 뭐, 주저하게 되는 마음은 이해하지만 말이지."

"으으~. 역시 좀 신경 쓰이니까, 근처 편의점에 가서 화장실 좀 빌리고 올게. 짐 좀 맡아줄래?"

"어? 뭐, 좋아."

타케시에게 짐을 넘겨받은 마사치카는 서둘러 편의점으로 향하는 그의 등을 쳐다봤다.

"저 녀석, 파티 중에 쭉 볼일을 참을 생각인 걸까……?"

"하하. 타케시답긴 하네."

히카루와 함께 쓴웃음을 머금으며 그런 이야기를 나누고 있을 때, 낯익은 외모를 지닌 두 사람이 멀리서 이쪽으로 걸어오는 모습이 눈에 들어왔다.

"어……? 저 사람, 회장님과 사라시나 선배 아냐?"

"응? 아, 그럴지도 모르겠네."

눈을 가늘게 뜨며 그쪽을 쳐다보니, 토우야 같아 보이는 거한이 가볍게 손을 흔들었다. 그쪽을 향해 인사를 하자 그 두 사람은 점점 다가왔고, 곧 그들이 토우야와 치사키라는 것을 확인할 수 있었다. 당연한 듯 치사키와 손을 맞잡고 있는 토우야가 마사치카를 향해 손을 가볍게 들어 보였다.

"아, 일찍 왔구나, 쿠제. 그런데 이런 데서 뭐 하는 거야?"

"안녕하세요. 실은 친구를 기다리고 있어요."

그리고 히카루도 인사를 나누고 있을 때, 편의점에서 타케시가 돌아왔고…… 토우야와 치사키를 보더니, 한순간 걸음을 멈췄다.

"아, 마루야마였지? 제대로 인사를 나누는 건 처음이던가?"

"아, 안녕하세요……. 마루야마라고 해요."

토우야가 먼저 말을 건네자, 타케시는 위축된 듯한 태도로 고개를 숙였다. 그리고 재빨리 마사치카와 히카루에게 다가가더니, 머뭇머뭇 두 사람을 올려다봤다.

"아니, 집에 들어가기도 전에 이렇게 긴장하면 어떻게 하냐고."

"하지만 나한테 있어서 저 두 사람은 구름 위의 존재니까……."

"그 정도야? 뭐~ 두 사람 다 너보다 키가 크긴 하네."

"키 이야기하는 게 아니라고!"

타케시가 작은 목소리로 태클을 걸자, 토우야는 쾌활하

게 웃었다.

"하하하. 재미있는 소리를 하는걸. 내가 구름 위의 존재라면 중등부 때 학생회 부회장이었던 쿠제도 마찬가지 아닐까?"

"그거야, 그렇지만……."

"나도 입장만 본다면 쿠제와 크게 다르지 않아. 그러니 너무 긴장하지 마. 치사키와 다르게 나는 너를 잡아먹진 않거든."

"나도 안 잡아먹어! 들들 볶기는 하지만 말이야!"

"그건 어떤 식의 고문인데요? 아, 설명 안 해줘도 돼요."

무심코 태클을 건 마사치카는 즉시 방금 한 말을 취소했다. 그런 식으로 대화를 나누면서 마사치카 일행은 맨션의 홀에 들어섰다. 입구의 자동문을 통과한 후, 인터폰 앞에 선 그들은 서로의 얼굴을 쳐다봤다.

"회장님이 하실래요……?"

"으음, 네가 하는 게 좋지 않을까? 동생 쿠죠와 가장 친하니까 말이야."

다른 세 사람도 같은 의견인 것 같았기에, 마사치카가 대표로 방 번호를 입력한 후에 호출 버튼을 눌렀다. 그러자 호출음이 두 번 정도 울린 후에 연결음이 들리더니, 아리사의 목소리가 들려왔다.

『어서 와. 잘 왔어.』

그 목소리에 이어 로비로 이어지는 문이 열렸다. 그리고 곧 통화가 끊기더니 마사치카 일행은 맨션 안으로 발을 들였다.

"타케시, 너무 긴장한 것 아냐?"

엘리베이터를 기다리는 사이에 등 뒤에서 들려오는 목소리를 듣고 고개를 돌려보니, 히카루가 쓴웃음을 흘리며 안절부절못하는 타케시를 쳐다보고 있었다. 토우야 또한 그쪽을 쳐다보더니 약간 난처한 듯 웃으면서 타케시의 어깨를 가볍게 두드려줬다.

"그래. 긴장 좀 풀어, 마루야마."

"아니, 그게 말이죠, 회장님...... 아랴 양의 아버님은 러시아 사람이잖아요? 생각해보니 일본인의 매너가 매너 위반일 가능성도 있을 것 같은데......."

"지나친 생각이야, 타케시. 그런 부분은 아버지도 이해하고 있으니 걱정하지 말라고 아랴가 말했었잖아?"

"아랴 양은 그렇게 말했지만...... 일반적으로 아버지는 딸의 남자 친구를 좋게 보지 않는다잖아?"

마사치카는 그 말을 듣고 뜨끔했다. 그 가능성은 충분히 있다고 생각한 것이다. 하지만 그 타이밍에 엘리베이터가 내려왔기에, 마사치카는 태연한 척 거기에 탔다.

"그러고 보니 마사치카는 아랴 양의 아버지에 대해 뭐 아는 거 없어? 어머니와는 만난 적이 있댔지?"

"학부모 면담 때 우연히 말이야. 하지만 아랴의 아버지와는 만난 적이 없고, 이야기도 딱히 들은 게 없어……. 아는 건 이름뿐이야."

"어째서 이름은 아는 건데?"

"아, 그게……."

히카루의 질문에 답하려던 순간에 엘리베이터가 내리려는 층에 도착했기에 마사치카는 먼저 다른 이들을 내리게 한 후에 마지막으로 엘리베이터에서 내렸다.

"으음, 어느 쪽이지?"

"이쪽이 1호실이니까, 저쪽 아닐까?"

그렇게 말하며 걸음을 옮기는 토우야와 치사키의 뒤를 따르면서 마사치카는 히카루에게 설명했다.

"러시아인의 미들 네임은 보통 아버지의 이름을 붙여. 보통 아버지의 이름에 아들이면 비치, 딸이면 브나를 붙여서 미들 네임으로 삼는 거야. 뭐, 엄밀하게는 이름에 따라 에비치이거나 오비치이거나 에브나이거나 오브나이기도 하다던데……."

"흐음~, 그럼…… 아랴 양은 미하일로브나니까, 미하일로 씨야?"

"아니, 아마 미하일이겠지."

"아, 그렇구나."

"뭐, 그러니 이름만은……."

바로 그때, 토우야와 치사키가 걸음을 멈추면서 마사치카를 돌아봤다. 그런 두 사람의 앞에는 『쿠죠』라고 적힌 문패가 있었다.

"아, 저보고 열라는 거군요……."

선배들이 시선으로 그렇게 말하자, 마사치카는 문 앞으로 향했다. 그러자 치사키는 여전히 긴장한 타케시에게 말을 건넸다.

"마루야마, 아직도 긴장한 거야? 괜찮다니까 그러네. 그렇게 긴장되면 상대방을 토마토라고 생각하면 돼."

"보통은 토마토가 아니라 감자일 것 같은데요……. 아무튼 힘낼게요."

"그래. 부랑자든 대통령이든 흉악 범죄자든 간에, 두들겨 패면 전부 새빨간 내용물을 뿜어. 그렇게 생각하면 아무것도 무섭지 않잖아?"

"으음, 그런 생각을 하는 사라시나 선배가 무서워요."

"마루야마…… 자기 전투력에 대한 절대적인 자신감, 그리고 죽이려고 마음먹으면 언제든 죽일 수 있다는 확신이 마음에 여유를 가져다줘."

"저는 전투민족이 아니라서요……."

(흐음~. 문패에 쿠죠만 적혀 있다는 건, 부부가 다른 성을 쓰지 않나 보네~. 그렇구나~.)

등 뒤에서 들려오는 무시무시한 대화를 필사적으로 들리

지 않는 척하면서 마사치카는 인터폰을 눌렀다. 그러자 곧 문이 열리면서 아리사가 얼굴을 내밀었다.

"어서 와. 와줘서 고마워."

"아, 초대해줘서 고마워. 생일 축하해, 아랴."

"고마워."

아리사가 옆으로 비켜서자, 마사치카는 그녀를 지나치며 현관 안으로 들어갔다. 그러자 현관 앞에 있는 온화한 여성이 눈에 들어왔다. 아리사의 어머니, 아케미와⋯⋯.

(뭐가 저리 커어어어?!)

그 옆에 선 거구의 남성을 보자, 마사치카는 무심코 눈을 치켜뜰 뻔했다.

"⋯⋯."

이쪽을 조용히 쳐다보고 있는, 어딘가 딱딱해 보이는 푸른색 눈동자. 그 눈동자를 마사치카는 고개를 돌리지 않고 똑바로 바라봤다.

크다. 키는 190센티미터를 가볍게 넘으며, 어쩌면 2미터 가까이 될지도 모른다. 그리고 몸이 두껍다. 목도 굵다. 턱도 탄탄했다. 그런 체격을 지녔을 뿐만 아니라, 외모 자체도 해외의 유명 액션 배우라고 해도 믿을 정도로 잘생겼다. 하지만⋯⋯ 그렇게 잘생긴 사람이 입술을 꾹 다물고 있으니 꽤 무서웠다.

(아니, 왜 표정이 저렇게 퉁명하지? 환영해주는⋯⋯ 거,

맞지?)

무심코 그런 의문에 사로잡힌 순간, 아까 타케시가 한 말이 뇌리를 스쳤다.

『일반적으로 아버지는 딸의 남자 친구를 좋게 보지 않는다잖아?』

등을 타고 식은땀이 흘러내렸다. 그 순간, 마사치카의 뇌리에…… 하느님을 연상케 하는 새하얀 옷을 걸친 조그마한 토모히사가 나타났다.

『허허허. 괜찮으니라, 마사치카. 러시아인은 원래 잘 웃지 않노라. 표정이 퉁명해 보이지만, 딱히 화난 건 아닐 것이니라.』

(할아버지, 정말이지? 그리고 말투가 왜 그래?)

머릿속의 하느님 토모히사(?)에게 태클을 건 마사치카는 일단 그 말을 믿으면서 1초 안에 경직에서 풀려나더니 미소를 머금으며 아케미에게 인사를 건넸다.

"안녕하세요. 오랜만이에요."

"어서 오세요~. 오랜만이에요~. 참, 재킷은 저쪽에 걸어주겠어요?"

"아, 네."

마음속으로 「어라? 여기서 벗을 거면 일부러 재킷을 살 필요는 없었던 거 아냐?」란 생각을 하면서도 마사치카는 옷걸이에 재킷을 걸었다. 그리고 마사치카가 상대방의 권

유에 따라 슬리퍼를 신었을 때, 문을 닫은 아리사가 아케미의 옆에 섰다.

"소개할게. 이쪽이 내 엄마. 그리고 이쪽이 아빠야."

"아케미라고 해요. 쿠제 군 말고는 처음 보는 거죠? 오늘은 편하게 있다 가세요. 아, 이쪽은 남편인 미하일이랍니다."

아케미가 그렇게 소개하자, 그때까지 굳은 표정으로 침묵을 지키고 있던 아리사의 아버지가 입을 열었다.

"어서 와요……."

낮은 목소리로 작게 중얼거린 것은 약간 어색한 기색이 남아 있는 일본어였다. 표정은 여전히 딱딱했다.

(화 안 난 것 맞아……? 저런데? 진짜로?)

온화한 아내와 달리 매몰찬 태도를 보이는 남편을 보고 당황한 건 마사치카만이 아닌 것 같았다. 다들 미하일의 인사에 「아, 아뇨……」, 「실례합니다……」 하고 머뭇머뭇 대답할 뿐이었다. 다들 미하일의 위압적인 태도에 위축된 것이 느껴졌다.

"(괜찮아……. 죽일 수 있어.)"

한편 옆에서 미하일을 쳐다보고 있던 치사키가 그런 불온한 혼잣말을 중얼거린 것 같지만, 마사치카는 못 들은 것으로 하기로 했다. 분명 죽여주는 인사를 할 수 있다는 의미일 것이다. 틀림없다.

"소개할게. 이쪽이 쿠제. 반에서 내 옆자리이고, 선거전 파트너야."

"아, 잘 부탁드려요."

아리사가 소개를 하자, 마사치카는 다시 아케미에게 인사를 했다. 그리고 마음속으로 기합을 넣으면서 미하일의 앞에 서자, 그는 아무 말 없이 마사치카를 내려다봤다.

"⋯⋯."

(우와, 진짜로 무서워!)

아리사의 「내 파트너야」란 소개 탓인지, 위압감이 더 강해진 같은⋯⋯ 느낌이 들었다. 하지만 겉으로는 환한 미소를 유지한 채, 「처음 뵙겠습니다. 아리사에게는 항상 신세를 지고 있어요」라는 무난한 인사를 건네자, 미하일은 말 없이 오른손을 내밀었다.

(아하, 악수하자는 거구나.)

순간적으로 그렇게 판단한 마사치카가 미하일이 내민 손을 움켜쥐—

(어?!)

미하일이 예상했던 것보다 더 세게 손을 움켜쥐자, 마사치카의 눈썹이 희미하게 움직였다.

(뭐, 뭐야? 설마 만화에서 흔히 나오는 웃으면서 손을 으스러뜨리는 그건가?!)

마사치카가 잡힌 손에서 으드득하는 소리가 나는 광경을 상상하고 있을 때, 또 하느님 토모히사가 머릿속에 나타났다.

『허허허. 지나친 생각이니라, 마사치카. 원래 러시아인은 일본인보다 악수를 세게 하느니라.』

(정말? 다른 뜻은 없는 거야? 진짜로?)

어디까지 진짜인지 의심스러운 머릿속 토모히사의 해설에 마사치카는 의문을 품었지만, 미하일은 그 말이 사실이라는 듯 손에 더 힘을 주지 않으며 그의 손을 놨다.

"먼저 저쪽으로 가 있어 줄래? 마샤, 그리고 사야카 양과 노노아 양도 이미 와 있어."

"아, 응."

그리고 마사치카는 아리사의 말에 그렇게 답한 후, 그녀가 가리킨 방향으로 향했다. 복도를 지나서 문을 열자 널찍한 거실이 보였고, 그곳의 소파에 앉아 있는 마리야, 사야카, 노노아 세 사람이 마사치카를 돌아봤다.

"아, 쿠제. 어서 와~."

"안녕하세요."

"쿠젯찌, 안녕~."

"실례합니다…… 두 사람은 일찍 왔네."

그들에게 다가간 마사치카는 사야카와 노노아의 짐을 힐끔 쳐다봤다. 그리고 두 사람이 아직 아리사의 생일 선물 같아 보이는 것을 가지고 있다는 사실을 확인한 후, 혹시나 하는 마음에 작은 목소리로 물었다.

"두 사람은 언제 선물을 건네줄 거야? 정해뒀다면 나도 타이밍을 맞출까 싶은데⋯⋯."

그 질문에 답한 이는 사야카나 노노아가 아니라 마리야였다.

"선물은 식사를 마치고 케이크를 꺼내는 타이밍에 건네기로 되어 있어."

"아, 그런가요."

그렇게 대답했을 때 다른 멤버들이 차례차례 현관에서 이쪽으로 왔기에 몰래 그 정보를 공유했다.

"남은 건 유키와 아야노인가⋯⋯."

시계를 힐끔 쳐다보니, 파티를 시작하기로 한 오후 여섯 시까지 10분 정도 남았다. 항상 시간에 여유를 가지고 행동하는 유키답지 않게 조금 늦는 것 같았기에 마사치카는 마음속으로 고개를 갸웃거렸다.

(뭐, 차로 이동하잖아. 정체에 걸렸거나 길을 헤매는 걸지도 몰라⋯⋯.)

그렇게 생각했지만 그로부터 5분이 흘렀는데도 두 사람은 나타나지 않았다. 결국 벨이 울린 것은 여섯 시 3분 전이었다.

"그 두 사람답지 않게 늦었네?"

마중을 가는 아리사 가족을 쳐다보면서 치사키가 그렇게 말했다. 그 말에 동의했을 때에 현관문이 열리는 소리가 들리더니, 잠시 후에 거실의 문이 열렸다.

"어?"

하지만 이 자리에 나타난 건 아야노뿐이었다. 그 뒤편에는 마중을 나간 아리사와 그녀의 부모가 있었다. 마사치카가 의아해하고 있을 때, 아야노가 꾸벅 고개를 숙였다.

"여러분, 늦어서 죄송합니다."

"어머, 괜찮아~. 아직…… 아, 딱 여섯 시잖아."

"배려 감사합니다. 그리고 유키 님께서는…… 도저히 미룰 수 없는 급한 볼일이 생기신 바람에 아쉽게도 오늘 파티에 결석하게 되셨습니다."

"뭐?"

친구의 생일 파티에 사전 연락 없이 불참하는 것은 유키답지 않은 행동이기에 마사치카는 무심코 그렇게 말했다. 그 직후, 마리야가 볼에 손을 대며 입을 열었다.

"어머~. 유키에게 정말 중요한 볼일이 생겼나 보네~."

그 말을 듣고 퍼뜩 놀란 마사치카는 즉시 유키와 아야노를 감싸주기 시작했다.

"그러네요. 혹시 이렇게 늦은 것도 그 일 때문인 거야?"

"네……."

"그렇구나. 고생이 많네. 뭐, 유키도 참 아쉽겠는걸. 걔도 참 고대하고 있었잖아."

유키가 일부러 오지 않은 게 아니라는 점을 은근슬쩍 강조하자, 그것을 눈치챈 노노아가 고개를 끄덕였다.

"뭐, 웃키~네 집안은 여러모로 특수하잖아~. 우리는 상상도 못 할 긴급한 용건이 생긴 걸지도 몰라~."

그에 이어 다른 멤버도 「유감이지만 어쩔 수 없다」는 취지의 발언을 했다. 아리사 본인도 딱히 기분이 나빠진 것 같지 않은 태도로 그 말에 동의했기에, 다행스럽게도 분위기가 나빠지지 않으면서 유키의 결석이 받아들여졌다.

그 사실에 가슴을 쓸어내리면서 마사치카는 아야노에게 몰래 물었다.

"(그런데, 무슨 일이 생긴 거야?)"

가족에게는 그 급한 볼일도 이야기해줄 수 있을 거라고 생각해서 물어봤지만…… 예상과 달리, 아야노는 약간 미안해하며 고개를 숙였다.

"(송구합니다만, 마사치카 님께도 말씀드릴 수 없습니다.)"

"(어, 어……? 그렇, 구나.)"

마사치카는 약간 당황하면서도, 어쩔 수 없이 물러났다. 바로 그때, 아리사가 입을 열었다.

"그럼 슬슬 시작할까……."

오늘 주역이 그렇게 말하자, 전원이 그녀에게 주목했다. 모두의 시선을 한 몸에 받으며 고개를 꾸벅 숙인 아리사는 이 자리에 모인 이들을 감회에 젖은 눈길로 둘러봤다. 그리고 꽃처럼 화사한 미소를 머금으며 말했다.

"오늘 내 생일을 축하하기 위해 모여줘서 고마워. 마지막까지 즐겨줬으면 기쁘겠어."

그 말을 들은 마사치카가 힘차게 박수를 쳤다.

"아랴, 생일 축하해!"

"축하해!"

"축하합니다."

축복과 박수를 받은 아리사가 멋쩍은 듯 웃는 가운데, 아리사의 생일 파티가 시작됐다.

(아아, 그래. 이런 맛이었어. 왠지 그리워…….)

모두가 자리에 앉고, 파티가 시작되고 약 30분이 흘렀다. 테이블 위에는 아리사가 아케미에게 도움을 받으며 준비한 요리가 몇 가지나 놓여 있었다. 그 안에서 마사치카는 아리사의 수제 보르시를 맛보면서 묘한 감회에 젖었다.

여름 방학 전. 감기에 걸려서 뻗은 마사치카를 위해 아리사는 보르시를 만들어줬다. 당시와 다르게 쇠고기가 들어간 것을 비롯해 식재료가 조금 다르기는 하지만 다른 곳에서는 맛볼 수 없는 독특한 산미와 단맛은 변함없었다.

(응, 맛있어.)

마사치카가 그렇게 생각하며 그릇 안의 보르시를 깨끗이

비웠을 때, 옆에서 요리가 가득 담긴 접시가 그를 향해 내밀어졌다.

"감사합니다……."

마사치카는 가볍게 고개를 숙이면서 옆에 있는 사람을 힐끔 올려다봤다. 그러자 여전히 어마어마한 위압감을 뿜고 있는 무표정한 남자가 눈에 들어왔다. 여전히 아무 말도 하지 않았다. 하지만 아까부터 계속 요리를 덜어서 나눠주고 있었다.

(저기, 이게 어떻게 된 거야?! 환영받고 있는 거야?! 아니면 시험받고 있는 거야?! 내가 덜어주는 요리를 안 먹겠다는 거냐, 같은 느낌인 거냐고!)

마사치카는 도움을 청하듯 주위에 시선을 보냈지만 같은 식탁에 앉은 마리야와 아케미는 이야기에 열중하고 있었다. 그리고 아야노는 묵묵히 파스타를 먹고 있었다.

(어쩌다 이렇게 된 거지…….)

시끌벅적한 다른 식탁을 쳐다보면서 마사치카는 표정에 티를 내지 않으며 한탄했다.

어쩌다 이렇게 된 것인지 설명하자면 가장 큰 원인은 자리가 둘로 나뉘어 있다는 점이다. 인원이 전부 열두 명이라 많았기에 테이블석만으로는 자리가 부족했다. 그래서 소파 테이블 옆에 접이식 좌식 테이블을 두고, 그 주위에 쿠션과 방석을 둬서 좌식 접대석을 만들었다.

그리고 아리사는 테이블석에 앉았다. 그 양옆에 부모님이 앉았고 아케미의 옆에 아야노, 미하일의 옆에 마사치카 그리고 다른 일곱 명이 좌식 접대석에 앉은 상태에서 파티가 시작됐다. 이 시점에서 마사치카로서는 솔직히 「맙소사, 아랴의 아버지 옆이냐」 하고 생각했지만…… 이 안에서 아리사의 부모님 옆에 앉을 두 사람을 뽑아야 한다면 자신과 아야노가 뽑히리라는 것은 그도 알기에 일단 납득했다. 문제는…… 테이블석에 앉아 있던 아리사가 몇 분 전에 마리야와 자리를 바꾸며 좌식 접대석 쪽으로 이동하고 만 것이다.

(하긴, 주역이니까 말이야. 자기 생일 파티에 와준 사람 전원과 교류하며 축복을 받는 게 옳긴 해.)

이유는 안다. 친구들에게 둘러싸여 기쁜 듯 미소 짓고 있는 아리사를 보니, 마사치카도 기뻐……야 할 테지만, 옆에 있는 그녀의 아버지가 솔직히 무섭다. 그리고 권하는 요리를 너무 많이 먹은 탓에 위장도 꽤 힘든 상태였다.

(으음, 이건 비프 스트로가노프였지? 이름은 알지만 먹어보는 건 처음이야…….)

담갈색 크림수프에 잠겨 있는 버섯과 쇠고기를 스푼으로 떠서 입으로 가져갔다. 예상과 다르게 부드러운 고기를 씹으면서 마사치카는 뜻밖이라는 듯 눈을 살짝 치켜떴다.

(어? 비프 스트로가노프라는 딱딱한 이름이라서 꽤 퍽퍽

한 요리일 줄 알았는데…… 뭐랄까, 다진 고기를 튀긴 느낌이랄까? 아니, 푹 끓인 햄버그……?)

아무튼 포만감이 상당한 요리인 건 틀림없었다. 그렇다면 지금 받은 건 어찌어찌 다 먹더라도 더는 무리다. 식사를 마치고 케이크까지 먹어야 한다면 더욱 그렇다.

(즉, 거절해야만 하는 건데…….)

그건 좀 무섭다. 요리를 산더미처럼 담아서 건네주는 미하일 씨의 의도를 모르니 무섭다.

마사치카는 어릴 적부터 장래에 외교관이 되기 위해 커뮤니케이션 능력을 실전 형식으로 철저하게 단련했다. 그 경험을 통해 커뮤니케이션을 시도하는 것의 소중함과 이 세상의 인간 대부분과는 대화를 통해 교류할 수 있다는 것을 마사치카는 깨달았다. 마음만 먹으면 위엄에 찬 거물 정치가와도 카리스마 넘치는 대기업 사장과도 눈부셔 보이는 초절정 리얼충과도 밝게 이야기를 나누며 어느 정도 친분을 쌓을 자신이 있다.

하지만 할 수 있는가와 하고 싶은가는 어디까지나 별개이며 밝게 이야기를 나눌 수 있다고 해서 내심 위축되지 않는 건 아니다. 애초에 학교에서 인맥이 넓은 것에 비해_{지인이 많은 것} 교우 관계가 좁은 것을 통해 알 수 있다시피, 마사치카는_{친구가 적은 것} 자기 쪽에서 적극적으로 친분을 쌓으려고 하는 타입도 아니다. 즉, 모르는 사람과 친해지려 하는 것에 소극적이며

제8화 친분 311

마사치카도 무서워 보이는 사람에게는 가능하면 말을 걸고 싶지 않았다.

(하지만, 이 상황에서는 그럴 수도 없어…….)

옆에 있는 미하일이 또 요리를 덜어주려 한다는 것을 눈치챈 마사치카는 마음을 굳게 먹으며 입을 열었다.

"아, 충분히 먹었어요. 잘 먹었습니다."

그러자 미하일이 고개를 돌리며 마사치카를 조용히 내려다봤기에, 그는 마음속으로 신음을 흘렸다. 하지만 이대로 겁먹을 수는 없다고 생각하며 계속 말을 건넸다.

"저기, 그런데…… 풀 네임을 가르쳐주시지 않겠어요?"

마사치카가 그렇게 묻자, 미하일은 희미하게 고개를 갸웃거리며 대답했다.

"미하일 마카로비치 쿠죠."

유창한 러시아어 억양으로 그렇게 말했기에 마사치카가 아니라면 한 번에 알아듣는 건 불가능했을 것이다. 하지만 마사치카는 전혀 동요하지 않으며 말했다.

"감사해요. 그럼 미하일 마카로비치."

그 호칭을 들은 미하일이 눈을 살짝 치켜뜨자, 마사치카는 마음속으로 주먹을 말아 쥐었다.

(좋았어! 이건 기억하고 있었거든! 러시아인에게의 경칭은 미스터나 씨를 붙이는 게 아니라, 이름+미들 네임!)

긍정적인 반응을 얻었다고 판단한 마사치카는 말을 이어

갔다.

"성이 사모님과 같으신 것을 보면 결혼하면서 바꾸신 건 가요?"

마사치카가 그렇게 묻자, 미하일은 고개를 끄덕였다.

"그랬군요. 국제결혼을 한 부부는 다른 성을 쓰는 경우가 많다고 생각했는데 뭔가 이유가 있으신가 보죠?"

마사치카가 이어서 질문을 던지자…… 미하일은 답하지 않았다. 말없이 고개를 돌릴 뿐이었다. 기세 좋게 말을 이어가던 마사치카는 그 반응을 보고 살짝 당황했다.

(아차아아아아―! 화제를 잘못 골랐어어어어어―!!)

신경 쓰이는 점을 솔직하게 물어봤을 뿐인데, 어쩌면 문제 있는 화제를 고른 걸지도 모른다. 그렇게 생각한 마사치카가 만회할 수 있는 다음 화제를 생각하고 있을 때……

"아……."

미하일이 소리를 냈기에 마사치카는 바로 고개를 들었다. 그러자 미하일이 더듬더듬 일본어로 이야기했다.

"아리사, 학교는, 어떻, 습니까?"

"아……리사 양은, 학교에서 어떻게 지내냐는 거죠?"

마사치카가 되묻자, 미하일은 고개를 끄덕였다. 상대방이 다른 화제를 제시해준 것에 약간 안도한 마사치카는 아리사 쪽을 쳐다보며 말했다.

"엄청 진지한 우등생으로 유명해요……. 노력가, 뭐든 열심히 하며 그런 면은 주위 사람들도 인정하고 있다고 생각해요."

마음속으로 「이걸 본인 앞에서 말하지 않아 다행이네」 하고 생각하며 마사치카는 말을 이었다.

"그 탓에 너무 완벽해져서 남들이 다가서기 어려운 분위기를 지니게 됐지만…… 요즘 들어서는 주위 사람과도 꽤 마음을 터놓게 되면서 이야기 상대도 늘어난 것 같아요."

마사치카가 이야기하는 동안 미하일은 침묵을 지켰다. 아무 말 없이 쳐다보고만 있었기에…… 마사치카는 마음속으로 살짝 겁먹었다.

(왜 말이 없는 거야? 자기가 물어놓고, 왜 아무 말도 하지 않는 건데?!)

이런 말을 듣고 싶었던 게 아닌가, 하고 생각한 마사치카는 마음속으로 식은땀을 흘렸다. 바로 그때, 하느님 토모히사가 또 나타났다.

『허허허, 신경 쓰지 말거라, 마사치카. 러시아인은 일본인과 다르게 상대가 말을 할 때는 맞장구를 치지 않으며 묵묵히 이야기를 들어주느니라.』

(진짜로 그 지식이 맞는 거야?! 아까부터 대충 떠벌리고 있는 건 아니겠지?!)

이제는 괜히 좋은 쪽으로 해석하고 있는 것처럼 들렸기에 마사치카는 자기 머릿속에 있는 미니 토모히사를 움켜잡고 마구 흔들면서 계속 입을 놀렸다.

"으음. 1학기 때만 해도 남들 앞에서 이야기하는 걸 힘들어했지만, 문화제에서는 당당하게 이야기했었고…… 사람들 앞에서 움츠러들지 않게 되면서, 더욱 차기 회장 후보로서 믿음직해지고 있어요. 게다가 의외로 도량이 넓다고나 할까. 자기와 다른 타입의 사람도 존중하면서 받아들이죠. 그런 면은 저도 솔직하게 존경해요."

미하일이 말이 없는 만큼 마사치카는 열심히 떠들었다. 머리를 계속 굴리면서 말이 끊어지지 않도록 열심히 이야기했다. 어느새 자기 목소리가 커졌다는 것도, 그 이야기를 듣고 있는 사람이 미하일만이 아니라는 것도 눈치채지 못했다.

"흐음~ 쿠제 군은 아랴를 그렇게 생각하는군요~."

아리사의 존경스러운 부분을 역설하던 와중에 아케미의 그런 말을 들은 마사치카는 입을 꾹 다물더니, 목이 녹슨 것 같은 움직임으로 고개를 돌려봤다. 그러자 대각선 자리에 앉은 아케미가 볼에 손을 댄 채 기쁜 듯 미소 짓고 있었고, 마리야와 아야노도 자신의 말에 귀를 기울이고 있었다. 그 모습을 보고 퍼뜩 놀라며 고개를 돌려 좌식 접대석 쪽을 쳐다보니, 어느새 조용해진 그쪽에는 흥미와 놀림이 반씩 섞인 시선이 다수 존재했다. 그리고 귀까지 새빨개진 채 고개를 푹 숙인 사람이 한 명 있었다.

(아, 죽었다—.)

새하얘진 머릿속으로 그런 생각을 하고 있을 때, 아케미가 웃음을 흘리면서 미하일에게 눈길을 보냈다.

"후훗. 그렇게 말해주니 기쁘네요. 당신도 그렇죠?"

아내가 그렇게 묻자, 미하일도 고개를 끄덕였다. 그러자 아케미는 상냥한 눈길을 머금으며 마사치카에게 말했다.

"미안해요, 쿠제 군. 이 사람, 간단한 일본어만 할 줄 아는 데다 말주변도 좋지 않아서…… 이야기 나누기 힘들죠? 아랴가 이렇게 친구를 데리고 온 건 처음이라 평소와 다르게 긴장한 것 같아요."

"어, 아, 네……."

"열심히 이야기해줘서 고마워요. 당신도 기쁘죠?"

아케미가 그렇게 묻자, 미하일은 마사치카를 내려다보며 말했다. 무표정한 얼굴로 말이다.

"정말, 기쁩, 니다."

"아, 아뇨……."

마사치카는 어색한 미소를 머금으며 그렇게 대답한 후, 마음속으로 목청껏 외쳤다.

(아니! 그냥 일본어 못함+소통 장애였던 거냐아아아아—!!)

어색한 미소를 머금으며 도망치려 하는 하느님 토모히사를, 마사치카는 그대로 움켜잡아서 지면을 향해 던졌다. 겸사겸사 깔깔 웃고 있는 소악마 유키도 그대로 하늘 저편으로 휙 던져버렸다!

그렇게 수치심을 참고 있는 마사치카를 옆에서 쳐다보면서, 아리사는 고개를 숙인 채 중얼거렸다. 부끄러운 듯, 기쁜 듯……

【진짜, 바보라니깐.】

제 9 화   축복

"자~, 케이크가 나왔어요~."

파티가 시작되고 약 한 시간 반 후. 테이블 위의 요리를 깨끗하게 정리한 후, 케이크를 든 미하일이 아케미를 따라 부엌에서 나왔다.

참고로 아까 일 이후로 아리사는 테이블석으로 놀아오지 않았다. 그리고 마사치카는 마리야와 함께 아케미, 미하일과 계속 이야기를 나눈 덕분에 지금은 평범하게 농담을 나눌 수 있을 만큼 가까워졌다.

"아니, 미국이나 뷔페에서나 보던 거네요!"

그래서 미하일이 들고 온, 한 변이 30센티미터는 될 듯한 네모난 케이크를 본 마사치카는 바로 그렇게 외쳤다. 좌식 접대석에 앉은 남자들은 그런 마사치카를 향해 존경심에 찬 시선을 보냈다.

(쿠제는 대단한걸. 아리사의 아버지와도 친해지다니…….)

(마사치카, 대박~.)

(진짜 누구와도 친해지는구나……. 그런 면은 정말 대단해.)

남자 세 명이 그런 생각을 하고 있을 때, 아케미가 초를

꽂으며 미소 지었다.

"부족한 것보다는 남는 게 낫지 않겠어요?"

"하긴, 그건 그렇죠."

"자~. 아랴, 이쪽으로 오렴~."

미하일이 열여섯 개의 초에 불을 붙이자, 마리야가 천장의 형광등을 껐다. 그리고 스마트폰을 손에 쥔 아케미의 신호에 맞춰 테이블 주위에 모인 아리사 이외의 전원이 손뼉을 치며 노래를 불렀다.

"생일 축하합니다~, 생일 축하합니다~, 사랑하는 아리사~ ♪ 생일 축하합니다~."

노래를 마친 순간, 박수와 함께 축복의 말을 건넸다. 그것을 한 몸에 받으면서, 아리사는 촛불을 불어서 껐고…… 케이크가 너무 커서 한 번에 못 끄자, 두 번 더 불어서 촛불을 전부 껐다. 그에 맞춰 다들 또 박수를 치는 사이에 형광등이 켜졌고 갑작스러운 빛 탓에 눈을 몇 번 깜빡인 마사치카가 아리사 쪽을 쳐다보니…… 그녀가 울먹거리고 있는 모습이 눈에 들어와 흠칫했다.

"어머나, 아랴. 감격한 거니?"

아리사는 아케미가 건네준 티슈로 눈가를 훔치더니 울음 섞인 목소리로 말했다.

"미안해……. 하지만, 이렇게 많은 사람이, 내 생일을 축하해주는 게…… 기뻐서……."

그렇게 말한 아리사는 두 손으로 얼굴을 감쌌다. 그 말을 듣고 운동회 날, 교실 밖에서 들었던 아리사의 말을 떠올린 마사치카는 가슴이 옥죄어드는 느낌을 받았다.

(그래……. 잘됐구나, 아랴.)

진심으로 그렇게 생각했다. 마사치카가 상냥한 눈길을 보내는 가운데, 아케미와 마리야가 고개를 숙인 아리사를 양옆에서 안아줬다.

갑작스러운 감동적인 장면에 남자들이 약간 당혹스러워하는 가운데…… 치사키가 거기에 참전했다.

"어, 그럼~ 우리도 참가하자. 자, 아야노와 사야카도 이리 와."

그렇게 말한 치사키는 마리야와 아리사를 한꺼번에 안아줬고, 머뭇머뭇 다가간 아야노도 아리사의 등을 조심조심 쓰다듬었다. 사야카와 노노아도 그쪽으로 걸어가자, 타케시가 「어, 어라? 우리도 해야 하는 분위기야?」하고 중얼거리면서 한 걸음 뗀 바로 그때였다.

"사내자식은 오지 마!!"

"잘못했습니다!"

순식간에 치사키의 위협과 타케시의 사죄가 이어지자, 곧 웃음소리가 거실을 가득 채웠다.

고개를 숙이고 있던 아리사도 웃음을 흘리더니 눈이 약간 벌게진 채 고개를 들었다. 그런 그녀의 볼에 미소를 머금은 아케미와 마리야가 양쪽에서 키스를 해주자, 아리사는 부끄러운 듯 볼을 부풀렸다. 그 광경을 마사치카는 훈훈한 심정으로 바라보고 있었지만…….

"그럼 케이크를 자르는 사이에 선물을 건네줄까~."

마리야가 그렇게 말한 순간, 그는 긴장감에 사로잡혔다.

마사치카만 그런 게 아닌지 「누구부터 건넬 거야?」, 「다른 사람은 어떤 선물을 준비했을까?」 같은 의미가 담긴 긴장감 넘치는 시선이 교차했다. 그 와중에 거실을 잠시 벗어났던 마리야는 종이와 리본으로 포장된 네모난 꾸러미를 가지고 돌아왔다.

"자~. 생일 축하해~ 아랴."

"고마워…….''

"자, 열어 봐."

마리야의 재촉에 따라 아리사가 꾸러미를 확인하니, 안에는 핑크색 머플러가 들어 있었다.

"어때? 귀엽지~?"

"응. 고마워."

"자~. 그럼 감아줄게~."

"아니, 이제부터 케이크를 먹을 건데—."

아리사의 말을 무시한 마리야는 동생의 목에 머플러를 감아줬다. 그리고 마리야와 아케미가 동시에 새된 환성을 지르자, 아리사는 미묘한 표정을 지으면서도 못 말리겠다는 듯 어깨를 으쓱했다.

"자, 이건 아빠와 엄마가 주는 거란다."

그렇게 말한 아케미가 내민 선물을 아리사가 열어보는
사이, 게스트들은 재빨리 눈짓을 교환했다. 그리고 마사치
카, 아야노, 회장 및 부회장, 밴드 멤버 순서로 전달하기로
결정됐다.

(맙소사. 내가 선두 타자냐고.)

어렴풋이 예상은 했지만 역시 이번에도 마사치카가 첫
번째였다. 다른 멤버에게 주목을 받으면서 마사치카는 쇼
핑백을 들고 아리사에게 다가갔다.

"아랴, 생일 축하해."

"고마워, 마사치카."

아리사는 부모님에게 받은 지갑을 내려둔 후, 그를 올려
다보았다.

그 시선을 받고 긴장감에 사로잡힌 가운데, 마사치카는
쇼핑백을 아리사에게 건넸다.

"생일 선물은…… 수제 과자야."

"뭐, 수제?"

아리사가 눈을 치켜뜨자, 주위에 있는 이들도 「오오」,
「와아, 대단하네」 하고 말하며 탄성을 터뜨렸다. 하지만 마
사치카는 약간 멋쩍어하면서 무심코 변명하듯 말했다.

"미안한데, 평소에는 과자를 안 만들거든. 맛에는 문제

가 없을 테지만, 생김새가 좀 별로일지도 모르겠어……."

"아, 괜찮아……."

그렇게 말한 아리사는 종이 쇼핑백을 열더니, 안에서 비닐 봉투를 꺼냈다. 그 타이밍에 맞춰 마사치카는 멋쩍은 듯 볼을 긁적이며 말했다.

"수제…… 바움쿠헨이야."

"""어떻게 만든 거야??"""

"열심히 만들었어."

"""열심히 하면 만들 수 있어??"""

누구도 수제 과자의 품목을 예상하지 못한 건지, 보고 있는 이들의 머릿속이 물음표로 가득 찼다. 참고로 밝히자면, 달걀말이용 사각 프라이팬으로 만들었다. 의외로 만드는 게 그렇게 어렵지는 않았다.

"아, 고마워……. 나중에 먹을게."

기쁨 이전에 「영문을 모르겠다」라는 감정이 앞선 건지, 아리사는 눈을 깜빡이며 바움쿠헨을 다시 종이 쇼핑백에 넣었다. 그 모습을 본 마사치카는 성취감이 묻어나는 표정으로 물러났다. 주위에서 「너, 1번 타자면서 그렇게 괴상한 걸 내놓으면 어떻게 해」라는 시선을 보내는 것 같지만, 자기 할 일을 마친 마사치카는 딱히 개의치 않았다.

(뭐, 실은 할 일이 하나 더 있지만…….)

마사치카가 자기 가방을 힐끔 쳐다보며 그런 생각을 하

고 있을 때, 아야노가 아리사에게 다가갔다.

"그럼…… 이건 제가 드리는 선물이며, 이건 유키 님께서 저에게 맡기신 선물입니다. 생일 축하드립니다, 아리사 양."

"고마워."

유키의 선물은, 일전에 마사치카에게 말했던 것처럼 스마트폰 보호 필름이었다. 그리고 아야노의 선물은…….

"책?"

"네. 제가 좋아하는 책입니다."

"고마워…… 단편집이네. 읽어볼게."

(그래, 책! 그 방법이 있었구나!)

아야노의 선물을 본 마사치카가 마음속으로 무릎을 탁 때렸을 때, 토우야도 입을 열었다.

"어, 이런 우연도 다 있는걸. 나도 책이야."

토우야가 그렇게 말하며 아리사에게 선물한 것은…… 『사람의 마음을 움직이는 열두 가지 방법』이라는 책이었다.

(선거에서 쓴 걸까, 아니면 사라시나 선배를 함락시키는 데 쓴 걸까……. 어떤 사연이 있는 책일지 궁금하네.)

그 뒤를 이어, 치사키가 아리사에게 내민 것은…….

"부적……?"

금색 끈으로 봉해진, 흰색 천으로 된 조그마한 봉투다. 형태 자체는 흔한 부적과 다르지 않지만, 아리사가 고개를 갸웃거린 이유는…… 표면에 아무것도 적혀 있지 않아서였다.

"그래. 우리 집의 영험한 부적이야."

"고마……워요. 이건, 어떤 부적인가요?"

"으음, 다방면으로 효험이 있을걸?"

"다방면……인가요."

"응. 아마 한 번 정도는 네 방패막이가 되어줄지도 몰라."

"뭐로부터요?"

"아, 열어보면 안 돼. 튀어나올 거야."

"뭐가요??"

왠지 고오오오오~ 하는 효과음이 들려오는 듯한 부적을 받은 아리사가 어떤 반응을 보이면 좋을지 모르겠다는 표정을 지었다. 하지만 치사키가 만족감에 찬 표정을 지으며 물러나자, 더는 아무 말도 하지 않았다. 그리고 이렇게 되면 곤란해지는 건 다음 차례인 네 사람이다.

『다음은 어떻게 하지?!』

『어, 나는 이번에 하기 싫어.』

『그런가요. 그럼 가장 마지막이라도 괜찮다는 거군요?』

순식간에 눈짓을 통한 견제가 펼쳐지는 가운데…… 그것을 깔끔하게 무시한 노노아가 앞으로 나섰다.

"생일 축하해~. 이거, 선물이야."

"고마워."

"콤팩트야. 아릿사는 화장 안 하지만, 있으면 쓰일 때가 있지 않겠어?"

"응. 머리카락을 정돈할 때 쓸게. 고마워."

"이번에는 제 차례군요."

타케시와 히카루가 「앗」하는 표정을 짓는 가운데, 사야카가 아리사에게 다가갔다.

"여러모로 고민했지만…… 모자예요."

"아, 귀여워."

포장 안에서 나온 것은 검은색 베레모였다. 아리사는 노노아에게 받은 콤팩트에 비춰보면서 그 모자를 썼다.

"잘 어울리는군요."

"고마워, 사야카 양."

아리사가 웃자, 사야카도 입가에 미소를 머금었다. 실로 아름다운 광경이 펼쳐지는 가운데…… 남은 사람은 남자 두 명이었다.

(아아~, 불쌍해라.)

여자 두 명이 무난하게 센스 있는 선물을 건넨 후에 마지막을 장식하게 된 절친 두 사람을 향해, 마사치카는 마음속으로 합장했다. 타케시의 선물은 좀 비싸 보이는 오차즈케#2 세트였다. 그리고 히카루의 선물은 세련된 볼펜이었는데…… 그것을 남 일인 듯 쳐다보던 마사치카는 무심코 주스를 뿜을 뻔했다. 왜냐하면 히카루가 건넨 볼펜의 몸통 윗부분이…… 놀랍게도 하바리움이었던 것이다.

#2 오차즈케(お茶漬け) 차나 맑은 국물에 밥을 말아 먹는 것.

(큰일 날 뻔했네! 유키, 고마워!)

하마터면 선물이 겹칠 뻔한 마사치카는 이 자리에 없는 여동생에게 진심으로 고마워했다.

무사히 선물 증정 타임을 마친 후, 다들 어깨의 짐을 내린 심정으로 케이크를 먹었다. 바로 그때, 느닷없이 밖에서 작은 폭발음이 들려왔다.

누가 먼저랄 것 없이 소리가 들려온 방향을 쳐다보니, 아니나 다를까 먼 곳에서 불꽃놀이용 폭죽이 발사되고 있었다.

"어머~ 아랴의 생일을 축하해주는 걸까~."

"그럴 리가 없잖아."

아케미의 농담인지 진담인지 알 수 없는 말에 즉시 태클을 건 아리사는 이 자리에 있는 손님들에게 설명했다.

"이 근처에 결혼식장이 있어서, 때때로 불꽃놀이를 하기도 해."

아리사가 지극히 현실적인 설명을 해주자, 다들 납득했다. 하지만 그런 낭만 없는 진상은 전혀 개의치 않는 것처럼 아케미는 이 자리에 있는 이들에게 음료를 따라준 후에 아리사를 향해 잔을 들었다.

"자, 그럼 축포도 발사됐으니까~. 아랴! 생일 축하해~~!"

"정말, 못 말린다니깐."

아리사는 부끄러운 듯 입술을 삐죽 내밀었지만, 마리야를 비롯한 다른 이들도 아케미와 마찬가지로 잔을 들었다. 그렇게 다들 잔을 들자, 그 모습을 본 아리사도 어깨를 약간 움츠리면서 잔을 들었다.

"축하해~!"

"축하해!"

"고마워……."

가족과 친구들이 또 생일을 축하해주자, 아리사는 약간 멋쩍어하며 감사를 표했다. 바로 그때, 마리야가 스마트폰의 카메라를 들었다.

"자. 아랴, 치즈~."

"정말, 그런 건 됐는데……."

"왜~? 기념일 사진은 많을수록 좋잖아~."

"아까도 찍었잖아."

아리사는 부끄러운지 손으로 얼굴을 가렸다. 하지만 아케미도 끼어들자, 아리사는 끈질기게 자신을 향해 카메라를 드는 어머니와 언니로부터 도망치듯 베란다로 향했다.

"아랴, 어디 가는 거야~?"

"불꽃놀이를 구경할 거야."

짤막하게 답한 아리사는 창문을 열더니, 샌들을 신고 베란다로 향했다. 그런 동생의 빨개진 귀를 놓치지 않고 목격한 마리야는 옅은 미소를 머금었다.

"아랴는 참 귀엽네."

"후훗. 이~렇게 많은 친구에게 생일 축하를 받은 적이 없어서 부끄러운 거구나~."

아케미는 진심으로 기뻐하며 그렇게 말하더니, 이 자리에 있는 이들을 향해 온화한 미소를 지었다.

"여러분, 오늘은 정말 고마웠어요. 저렇게 솔직하지 못한 구석이 있지만 앞으로도 아리사를 잘 부탁해요."

"감사, 합니다……."

아케미가 천천히 고개를 숙이자, 미하일 또한 살며시 고개를 숙였다.

친구의 부모님에게 예상치 못한 감사를 받자, 다들 미소를 머금었다. 그런 와중에 마사치카는 아리사의 뒷모습을 쳐다보며 문득 생각했다.

(어라, 이건 기회 아냐?)

그렇게 생각한 마사치카는 다른 손님들이 아케미와 미하일에게 신경이 팔린 것을 확인하더니, 가방을 손에 쥐고 슬며시 자리에서 일어났다. 그리고 아무에게도 주목을 받지 않도록 자연스럽게 벽 쪽으로 이동했다. 그렇다. 절대로 행선지를 들켜선 안 된다. 공기가, 공기가 되는 것이다. 그야말로…….

(아야노처럼!)

왠지 최종결전에서 동료의 기술을 사용하는 전사 같은 기백에 휩싸인 마사치카는 전력으로 기척을 숨겼다. 하지만…….

(앗!)

드디어 창문 앞까지 도착했을 때, 노노아와 완전히 시선이 마주치고 말았다. 그리고 한쪽 눈을 살짝 치켜뜬 노노아는 무슨 말을 하려다— 아야노가 말을 건 바람에, 그녀를 향해 고개를 돌렸다.

(살았어. 땡큐, 아야노!)

딱히 노린 건 아니겠지만 딱 좋은 타이밍에 노노아의 주의를 돌려준 소꿉친구에게, 마사치카는 마음속으로 감사를 표했다.

(어? 잠깐만. 저 두 사람한테 접점이 있었나……?)

머리 한편으로 그런 의문에 사로잡혔지만, 마사치카는 깊이 생각하지는 않았다. 그리고 소리를 내지 않으며 조용히 창문을 열더니, 재빨리 베란다로 나갔다.

"어……?"

하지만 아무리 소리와 기척을 숨기더라도 창문을 연 순간에 실내의 소리가 갑자기 커졌을 테니, 아리사에게는 들켜버렸다.

"아, 안녕."

어깨너머로 돌아보는 아리사에게 무슨 말을 하면 좋을지

몰라서, 마사치카는 일단 그렇게 말하며 왼손을 들어 보였다. 그러자 아리사는 마사치카가 오른손에 든 가방을 힐끔 쳐다본 후, 다시 베란다 밖으로 시선을 돌렸다. 마사치카가 머뭇머뭇 옆에 서자, 아리사는 앞을 쳐다보며 물었다.

"무슨 일이야……?"

"아니, 그게…… 으음, 불꽃놀이는 끝났어?"

이 상황에서 어떻게 입을 떼면 좋을지 몰라서, 마사치카는 일단 얼버무리듯 그렇게 물었다. 그런 마사치카의 태도를 눈치챈 건지는 모르겠지만, 아리사는 담담히 대답했다.

"응. 마지막으로 커다란 걸 발사했으니까, 방금 그걸로 끝 아닐까?"

"그렇구나."

그리고 침묵이 이어졌다. 멀리서 벌레 우는 소리와 자동차 소리가 들려오는 가운데, 마사치카는 자신의 우유부단함에 인상을 찡그리며 머리를 긁적였다. 긴장한 나머지 상관없는 이야기를 꺼냈지만, 여기서 시간을 낭비할 수는 없다.

"……"

등 뒤를 힐끔 쳐다보니, 실내는 꽤 시끌벅적했다. 아직 들키지 않은 것 같지만, 방심할 수는 없다. 시간이 흐르면 흐를수록 마사치카와 아리사가 단둘이 있다는 사실을 남들이 눈치챌 확률이 커진다. 게다가 노노아는 이미 눈치챘을 것이다.

(하아, 정말! 이제 그만 각오를 다지라고, 나!)

날카롭게 숨을 내쉬며 자기 자신을 격려한 마사치카는 실내를 신경 쓰며 아리사를 살며시 미는 듯한 제스처를 취했다.

"미안한데, 좀 저쪽으로 가지 않겠어……?"

"뭐? 무슨 일이야?"

영문을 모르겠다는 듯 미간을 찌푸린 아리사를 향해 두 손을 내민 마사치카는 커튼에 가려 실내에서 보이지 않는 위치로 이동했다. 그리고 보는 사람이 없다는 것을 다시 확인한 후, 아리사와 시선을 마주했다. 아리사 또한 뭔가를 눈치챈 것처럼 마사치카를 향해 몸을 돌렸다.

"으음…… 실은, 선물을 하나 더 준비했거든……."

"뭐?"

마사치카가 결의를 다지며 입을 열자, 아리사는 눈을 껌뻑인 후에 그가 오른손으로 들고 있는 가방을 쳐다봤다.

"아, 그래. 이건데……."

마사치카는 자기가 좀 궁색하다는 느낌을 받으면서 가방 안에서 포장이 된 선물을 꺼냈다. 그와 동시에 유키한테 들었던 말이 머릿속에 떠올랐다.

『말과 행동으로 마음을 전하라는 소리야.』

『매년 우리가 하는 걸 해준다면…… 아랴 양의 호감도 폭발적으로 증가하면서 즉시 이벤트 해방~일걸?』

뇌리에 떠오른 그 말에 온몸이 달아오르더니 가슴 깊은 곳에서부터 온몸이 간지러웠다. 유키한테 할 때도 부끄러 웠지만, 아리사에게 한다고 생각하니 바닥을 데굴데굴 굴러다니고 싶을 만큼 수치심이 샘솟았다.

(끄오오오오오오, 부끄러워! 하지만 각오를 다져, 나! 유키도 말했잖아! 1년에 한 번뿐인 생일 때는 과감하게 애정 표현을 하랬다고!!)

입술을 일그러뜨리면서 어금니가 으스러질 정도로 깨문 마사치카는 순식간에 각오를 다졌다. 그리고 고개를 들더니, 약간 질린 것처럼 보이는 아리사를 향해 선물을 내밀었다.

"자, 받아."

"고, 마워……."

아리사는 당혹스러워하며 선물을 받았지만, 마사치카는 선물에서 손을 떼지 않았다. 그리고 의아한 표정을 짓고 있는 아리사를 정면에서 응시하더니, 수치심을 억누르며 말했다.

"이 세상에 태어나줘서 고마워, 아랴."

그 말을 들은 아리사가 눈을 치켜떴다. 그녀의 푸른 눈이 자신을 똑바로 바라보고 있다는 것을 자각하면서, 마사치카는 말을 이었다. 고함을 지르며 바닥을 내려치고 싶은 충동을…… 온몸에 힘을 줘서 참으며…….

"생일 축하해, 아랴. 아랴가 태어나준 것에, 나와 만나준 것에 진심으로 감사해."

어찌어찌 거기까지 말하고 입을 다물었는데 머릿속에서 나타난 소악마 유키가 큰 소리로 외쳤다.

『지금이야! 확 키스해! 와락~ 끌어안고 쪼오옥~ 해버리는 거야!! 그리고 그대로 혀를—.』

(할 것 같냐, 멍청아!)

시끌벅적한 소악마를 쫓아낸 마사치카는 선물에서 손을 뗐다. 그러자 아리사는 얼이 나간 표정으로 선물을 천천히 끌어안더니, 몇 초 후에 방긋 웃었다.

【나야말로 고마워.】

그렇게 러시아어로 말한 아리사는 퍼뜩 정신이 든 것처럼 눈을 깜빡였다. 그리고 작게 웃으면서 일본어로 말했다.

"나도…… 너와 만나서, 정말 행복해."

멋쩍은 마음을 떨쳐내며, 진심을 담아 건넨 말.

진심에서 우러나왔다는 것을 알 수 있는 그 말이, 마사치카의 온몸을 감싼 수치심을 순식간에 없앴다. 그것을 대신해서 마사치카의 온몸을 감싼 것은 순수한 기쁨이었다. 서로가, 서로를 만난 기적을 축복한다. 그런 상대와 만났다는 것을, 그것이 진정한 기적이라는 것을 마사치카는 진심으로 실감했다.

(아, 큰일 났다. 왠지 확 끌어안고 싶어.)

가슴속에서 샘솟은 그 감정에 마사치카는 위기감을 느꼈다. 아니, 상대가 유키였다면 온 힘을 다해 끌어안고 이마에 뽀뽀도 해줬을 테지만, 아리사 상대로는 그럴 수 없다. 머릿속에서 소악마가 「해애애애애—!! 해버려어어어엇—!!」하며 메가폰으로 고함을 질러대고 있지만, 그래도 그럴 수는 없다.

(안 되……지, 만…….)

아리사의 부드러운 미소. 상냥하게 자신을 응시하고 있는 푸른 눈동자. 그것을 보자, 이성의 목소리가 점점 잦아들었고…… 누가 먼저 걸음을 내디뎠을까.

두 사람의 거리가, 한 걸음 두 걸음 좁혀지더니…… 펑.

몸 안의 심지를 흔드는 소리가 울려 퍼지더니, 마사치카의 시야 가장자리에서 선명한 빛이 터져 나왔다. 그쪽을 돌아보니, 커다란 불꽃이 밤하늘을 수놓으면서 사라지는 광경이 눈에 들어왔다.

그 광경을 멍하니 쳐다본 후, 퍼뜩 정신을 차린 마사치카는 아리사 쪽을 쳐다봤다. 아리사도 꿈에서 깨어난 것처럼 눈을 깜빡이면서 마사치카를 쳐다보았다. 그리고 둘 사이의 거리를 눈치채더니 동시에 반걸음 물러났다.

"아, 아직 불꽃놀이가 안 끝났나 보네."

"응, 그런 것 같아. 방금 그걸로 끝일까? 아, 열어봐도 돼?"

"아, 물론이야."

"어머, 테이프가 어디 있지……?"

"아, 불 비출게."

뭔가를 얼버무리듯 두 사람은 어색한 미소를 머금으며 빠른 어조로 말했다. 그리고 마사치카가 스마트폰 불빛을 비춰주자, 아리사는 신중하게 테이프를 벗긴 후에 내용물을 꺼냈고…… 안에서 나온 것은 바로 하얀 장갑이었다.

"이제부터 추워질 테니까, 괜찮겠다 싶었거든."

마사치카가 멋쩍은 듯 웃으면서 그렇게 말하는 가운데, 아리사의 시선은 장갑에 작게 새겨진 푸른 눈 결정 모양 자수와 손목 부분에 붉은 실로 연결된 새하얀 실뭉치를 향했다.

(응, 뭐, 눈치채겠지.)

짐작은 했다. 하지만, 어쩔 수 없다. 가게에서 우연히 이 장갑을 본 순간 「이건 사야 해」 하고 생각했으니 어쩔 수 없다. 그럼 왜 남들 앞에서 건네주지 않은 것이냐면, 너무 진심이 깃들어 있는 것 같아 부끄러워서라고 말할 수밖에 없다. 그리고 지금 이 순간에도 부끄럽지만…….

(왜, 말이 없는 건데?!)

아리사가 좀처럼 별다른 반응을 보이지 않자, 마사치카는 안타까움과 근질거림이 뒤섞인 듯한 감각을 필사적으로 억눌렀다. 그런 그의 앞에서…….

아리사 또한 가슴속이 욱신거리는 느낌을 필사적으로 참

고 있었다.

(왜…… 왜, 나한테 이렇게까지 해주는 거야?)

마사치카가 건네준 말이, 아리사만을 위해 준비했다는 것을 알 수 있는 선물이, 가슴속 깊은 곳에 가라앉혀뒀던 연심을 자극했다.

(왜? 마사치카는 유키 양을 좋아하고, 누구보다 소중히 여기는데…… 이런 짓을 하면, 착각할 수밖에 없잖아……!)

기쁨과 원망이 가슴 안에서 날뛰었다. 왜 이렇게 사람을 착각하게 만드는 짓을 하는 것일까. 너무하다. 그런 원망에 가까운 생각이 뇌리를 가득 채우자, 아리사는 무심코 노려보는 듯한 눈길로 마사치카를 올려다보았고— 눈이 마주친 순간, 가슴속에서 뭔가가 터졌다.

(아, 안 돼…… 넘쳐 나오면—.)

가슴속이 압도적인 감정의 격류에 휩쓸렸다. 그리고 아리사가 무의식적으로 한 걸음 내디딘 직후…….

"아릿사~."

창문이 열리는 소리와 함께 누군가가 자신을 부르자, 아리사는 우뚝 멈춰 섰다. 그리고 목소리가 들려온 방향을 쳐다보니, 창문을 통해 고개만 빼꼼 내민 노노아가 아리사를 쳐다보며 손짓을 하고 있었다.

"저기, 빨리 돌아오는 편이 좋을 것 같아~."

"뭐? 어, 왜……."

"왜냐면, 아아~."

그리고 안쪽을 돌아본 노노아는 애매한 목소리를 내더니, 다시 아리사를 돌아보며 말했다.

"으음, 이미 늦었을지도 몰라."

"뭐가 말이야?"

"아니, 으음, 뭐……."

결국, 명확한 답변을 피한 노노아는 얼굴을 뺐다. 그 모습을 보고 고개를 갸웃거리던 아리사는 문득 자기도 모르는 사이에 마사치카를 향해 한 걸음 내디뎠다는 사실을 깨닫고 허둥지둥 걸음을 뺐다.

(아, 위험했어……. 방금, 진짜 위험했던 것 같아…….)

심호흡을 한 아리사는 어찌어찌 정신의 안정을 되찾았다. 그리고 의아한 표정으로 노노아가 있던 곳을 쳐다보는 마사치카를 슬쩍 올려다봤다. 그러자 아리사는 가슴이 욱신거렸지만, 그것을 겉으로 드러내지 않으며 미소 지었다.

"장갑 고마워. 정말 마음에 들었어."

"아, 그래. 그렇다면 다행이야."

"그럼 돌아가자."

자신을 돌아보는 마사치카와 시선을 마주하지 않으려는 듯 고개를 돌린 아리사는 장갑을 포장 안에 집어넣으면서 서둘러 실내로 들어갔다. 이곳에 단둘이 더 있다간 마사치카를 향해 뜻밖의 감정을 쏟아낼 것만 같았다.

(가슴이 아파.)

아리사는 마사치카에게 받은 선물을 꼭 끌어안으며, 입술을 꼭 다물었다. 다양한 감정으로 가슴속이 가득 차더니, 행복한데도 괴로웠다.

(정말, 대체 뭐야!)

마치 울화통이 터진 어린애처럼 약간 거친 발걸음으로 실내로 돌아간 아리사는…….

"그리고 이게 네 살 때의 아랴!"

""귀여워~~!""

"오오, 금발이네."

"리얼 천사가 있어…….."

"아니, 그 앨범은 대체 어디서 난 거야?!"

노노아가 해준 충고의 의미와 어머니와 친구가 같이 있는 상황에서 함부로 자리를 비우면 안 된다는 사실을 깨달았다.

제10화 고백

(결국, 아까 반응의 의미는 대체 뭘까…….)

케이크도 다 먹고 나니, 오후 여덟 시경이 됐다. 「인원도 적당하니까 늑대인간 게임이라도 하자~」라는 노노아의 제 안에 따라 준비를 하는 사이, 화장실에 간 마사치카는 볼 일을 보면서 아까 아리사가 보인 반응에 대해 생각했다.

(왠지 한순간 노려보는 것 같던데……? 혹시 선물이 마 음에 들지 않은 걸까? 하지만 자기 입으로 마음에 들었다 고 했잖아……. 으음~?)

그 선물은 정답이었던 건지, 오답이었던 건지 고개를 갸 웃거리며 생각해봤지만…… 답이 나오지 않았기에 한숨을 내쉬면서 화장실을 나섰다. 그리고 화장실에서 나온 순간, 옆에서 목소리가 들려왔다.

"마사치카 님."

"어, 아."

고개를 돌려보니, 어둑어둑한 복도에 아야노가 서 있었다.

(아, 아야노도 화장실을 가려는 거구나.)

그렇게 생각한 마사치카가 한 걸음 옆으로 물러났지만,

아야노는 가만히 그를 쳐다보기만 했다.

"저는 이만 돌아가 볼까 합니다."

"어, 그래? 너, 귀가 시간이 정해져 있는 거야⋯⋯?"

11월이라서 그런지 밖은 완전히 어두워졌지만, 차로 귀가하는 아야노에게는 딱히 상관이 없을 텐데⋯⋯ 마사치카가 그렇게 생각하고 있을 때, 아야노는 약간 시선이 흔들린 후에 입을 뗐다.

"실은⋯⋯ 유키 님에게 급한 볼일이 생겼다는 건 거짓말입니다."

"뭐?"

허를 찔린 마사치카에게, 아야노가 결심을 굳힌 투로 말했다.

"실은⋯⋯ 유키 님께서는 독감으로 쓰러지셨습니다."

"뭐⋯⋯."

"여러분에게 걱정을 끼쳐서 파티의 분위기를 망칠 수는 없다며 저에게 거짓말을 하라고 지시를⋯⋯."

"⋯⋯."

그런 아야노의 설명 중 반 이상을 마사치카는 한 귀로 듣고 한 귀로 흘렸다. 유키가 독감에 걸렸다. 중학생 이후로 한 번도 컨디션이 나빠진 적이 없고, 무지각 무결석을 꾸준히 이어오던 유키가 말이다.

(어째서⋯⋯.)

멍하니 그렇게 생각하던 마사치카는 옷 가게에서 유키가 지었던 거짓 웃음을 떠올렸다.

(그거야.)

직감적으로 그렇게 생각했다. 자신은 눈치챘었다. 유키가, 어머니를 걱정하고 있다는 것을 말이다.

(눈치챘으면서…….)

못 본 척을 한 결과, 유키는…….

"사, 상태는 어때?"

마사치카가 동요를 감추지 못하며 묻자, 아야노는 안타까운 듯 미간을 찌푸리며 답했다.

"의사 선생님께 왕진을 요청해서 치료를 받고 있습니다만…… 역시 고열로 괴로워하고 계십니다. 게다가 목이 아플 뿐만 아니라 기침 증상까지…….."

"기침…….."

기억 속 밑바닥에서 유키의 어릴 적 모습이 떠올랐다. 방금까지 그렇게 기운이 넘쳤으면서 갑자기 시작된 기침이 좀처럼 멎지 않던 조그마한 여동생. 침대에 쓰러져서 목을 움켜쥔 채 새하얗게 질린 입술로 공기를 필사적으로 갈구하지만, 쉬익쉬익 하는 소리만 났다. 마사치카는 그저 어른을 불러올 수밖에 없었다. 어린 마음에 쓰다듬어준 여동생의 등은 깜짝 놀랄 만큼 피부가 얇아서 뼈의 감촉이 손에—.

"─카 님, 마사치카 님!"

"……!"

아야노의 목소리를 듣고서야, 마사치카는 정신을 차렸다. 그리고 겨우겨우 아야노를 내려다보니 그녀는 괴로운 듯 미간을 찌푸리며 이렇게 말했다.

"마사치카 님께서…… 스오우 집안을 멀리하고 계시다는 건 압니다. 하지만…… 부디, 유키 님의 병문안을 와주실 수는 없을까요?"

"뭐─."

"지금, 유키 님은 다른 누구보다도 마사치카 님을 필요로 하고 계시리라 생각합니다."

그것은 운동회 때에도 아야노가 했던 말이다. 하지만…… 반사적으로 마사치카의 입에서 나온 말은…….

"못, 가."

쥐어짜 낸 듯한, 거절의 말이었다.

"마사치카 님……!"

평소 감정을 겉으로 드러내지 않는 아야노가 희미하게 언성을 높였다.

또 한 명의 여동생이라고도 할 수 있는 소꿉친구인 소녀가 비난하는 듯한 눈길로 쳐다보고 있었다. 그것이 마사치카의 가슴을 깊숙이 도려냈다.

그래도 입이 떨어지지 않았다. 「나도 가겠어」라는 그 말이, 목에서 나오지 않았다. 마사치카의 내면에서 스오우 가문의 저택은 고뇌와 후회의 상징이었다. 유미의 어두운 얼굴과 겐세이의 차가운 시선. 그것들이 목을 막으며 「내가 간다고 해서 뭘 할 수 있을까」, 「지금 같이 가면 다른 사람은 어떻게 생각할까」 같은 비겁한 변명만 목 깊숙한 곳에서 맴돌았다. 바로 그때였다.

덜컹.

거실로 이어지는 문이 열리더니, 치사키가 얼굴을 내밀었다.

"어라? 거기서 뭐 해? 슬슬 게임을 시작할 거야."

치사키는 복도에 멈춰 서 있는 두 사람에게 의아한 시선을 보냈다. 거기에 먼저 반응한 이는 아야노였다.

"아무것도 아닙니다."

그렇게 말하며 돌아선 아야노는 등 뒤에 있는 마사치카에게 작은 목소리로 말했다.

"(10분만, 밖에서 기다리겠습니다.)"

결단까지의 제한 시간이 고해지자, 마사치카의 가슴이 덜컥 내려앉았다. 급격히 기분이 나빠지더니 몸이 무거워졌다.

(기다려봤자, 나는…….)

춥고, 괴로우며, 기분이 나쁘다.

밝고, 즐거운 분위기로 가득 찬 거실. 그곳으로 돌아가고 싶지 않다. 하지만 치사키가 의아한 눈길로 쳐다보는 이 상황에서는 다른 곳으로 갈 수도 없다.

마사치카는 무거운 발을 질질 끌듯이 아야노의 뒤를 따르며 거실로 돌아갔다. 그러자 아야노는 거실 입구에서 아리사를 비롯한 다른 이들을 향해 고개를 숙였다.

"죄송합니다만, 저는 이만 돌아가 볼까 합니다."

그 모습을 마사치카는 똑바로 바라볼 수가 없었다. 표정을 관리할 여유도 없는 상황이라 아야노에게 다른 이들이 주목한 틈을 이용해서 구석으로 도망쳤다.

그런 자기 자신을 아야노가 비난하는 눈길로 쳐다보는 착각에 휩싸인 가운데…… 그녀가 거실을 나서고 나서야 마사치카는 겨우 숨을 내쉬었다. 그리고 그런 비겁한 자기 자신에게 격렬한 혐오감을 느꼈다.

"쿠젯찌, 왜 그래~?"

눈에 띄지 않도록 구석에 서 있는 자신을 정확하게 조준하며 말을 걸어오자, 마사치카는 화들짝 놀라며 고개를 들었다. 그러자 노노아가 평소처럼 반쯤 뜬 눈으로 자기를 들여다보고 있었기에 마사치카는 반사적으로 미소를 지었다.

"아, 별일 아냐……."

"정말~? 표정이 무시무시하던데 말이야~."

"그래? 무슨 생각 좀 하고 있었거든."

마사치카는 센스 있는 변명이 생각나지 않았기에 뻔한

거짓말로 둘러댔다. 노노아는 그런 마사치카를 가만히 응시하더니…… 갑자기 나른한 태도를 관두면서 진지한 표정을 지었다.

"정말?"

"어—."

"정말 아무 일도 없는 거야?"

노노아가 평소와 다르게 진지한 어조로 묻자, 마사치카는 동요했다. 그리고 그 동요는, 이어지는 노노아의 말을 듣고 더 커졌다.

"쿠젯찌가 나를 경계하는 건 알아. 하지만 나도 빚을 지면 갚아야겠다고 생각하거든?"

그것은 상대방의 경계심을 대놓고 지적한다고 하는, 노노아다운 숨김없고 직설적인 발언이었다. 하지만 그래서일까. 그 뒤에 이어지는 말 또한 노노아의 솔직한 말인 것처럼 느껴졌다.

"네가 내 이야기를 들어줬으니, 나도 네 이야기를 들어줄게. 웃키~와의 일도 그렇고, 유~쇼~와의 일도 그렇고, 나는 다른 사람보다 쿠젯찌의 사정을 잘 아는 편일걸? 자기 입으로 이런 말을 하는 건 좀 그렇지만, 객관적인 의견을 내줄게~."

"……"

솔직히 말해, 스스로도 놀랄 만큼 마음이 흔들렸다. 지금 이 자리에 다른 사람이 없다면 마사치카는 매달리는 심정으로 노노아에게 고민을 털어놨을지도 모른다.

하지만…….

"……."

사야카와 마리야가 아리사에게 늑대인간 게임을 설명해 주고 있었다. 그리고 토우야, 치사키, 타케시, 히카루는 어느새 친해진 건지 즐겁게 담소를 나누고 있었다. 즐거워 보이는 그들을 쳐다보면서, 마사치카도 미소를 머금었다.

"고마워……. 하지만, 지금은 괜찮아."

"힘낼 수 있겠어……?"

단적으로 본질을 꿰뚫는 질문을 노노아가 던지자, 마사치카는 눈을 치켜뜨면서…… 힘없는 웃음을 흘렸다.

"그래. 힘낼 수 있어……. 고마워."

"응. 그렇구나."

그렇게 말하며 고개를 끄덕인 노노아는 마사치카의 뜻을 존중한다는 듯 순순히 물러났다. 그리고 그대로 뒤돌아서더니 나른한 목소리로 다른 일곱 명에게 말을 건넸다.

"그럼~ 슬슬 시작하자~. 아홉 명이니까, 늑대인간은 두 명이면 되겠지?"

"그래요. 다른 직업은 일단 점술사와 영매사, 그리고 기사 정도면 되겠죠."

"저기, 미안하지만 아직 룰을 완전히 파악하지 못했는

데……."

"그래~? 그럼 일단 애플리케이션의 사양을 확인할 겸, 시험 삼아 한번 해보자. 나도 오랜만에 해보거든~."

멤버들은 즐겁게 늑대인간 게임의 룰에 대해 이야기를 나눴다. 마사치카 또한 억지로 웃으며 그들 사이에 섞였다.

(아, 이거…… 생각했던 것보다 더 버거울 것 같아.)

한순간, 그런 비관적인 생각이 뇌리에 떠올랐다.

방금 노노아에게 힘낼 수 있다고 말했다. 하지만…… 마사치카는 이미 외면과 내면의 괴리 탓에 마음이 삐걱거리는 것을 느꼈다.

"잠깐만! 나, 느닷없이 죽어버렸거든?!"

"자~. 타케쉬~는 이제부터 견학이야~."

"맙소사~."

넘쳐흐르는 미소와 웃음소리. 그 안에서 겉돌지 않도록 억지로 웃고 있는 자신. 그런 자신이, 정말 기분 나빴다. 여동생이 고통스러워하고 있는데, 내팽개쳐둔 채 이렇게 웃고 있는 자신은 정말 쓰레기 같다는 생각이 들었다.

"아, 나도 죽었어. 대체 누가 늑대인간이야~."

"어, 마사치카가 늑대인간이 아니었구나……."

"잠깐만, 나를 의심한 거야?!"

기분 나쁘다. 구역질이 날 것 같다. 진짜 싫다. 확 죽어버리면 좋을 텐데…….

(아, 더는 무리야.)

그렇게 생각한 순간, 늑대인간 게임의 앱이 게임 종료를 선언하면서 치사키와 마리야가 환성을 질렀다.

"이겼다~! 마샤, 나이스~!"

"아, 이겼네~. 와아!"

하이파이브를 하는 두 사람을 쳐다보면서 마사치카는 자리에서 일어났다. 그리고 미안함 가득한 미소를 열심히 지으면서 고개를 숙였다.

"죄송한데, 저도 슬슬 가봐야 할 것 같아요……."

"어, 그래?"

"이제부터 본격적으로 재미있어질 건데……."

"어라~, 아쉽네."

"그럼 마중을―."

"아, 괜찮아."

자리에서 일어나려 하는 아리사를 말린 마사치카는 서둘러 짐을 챙겼다. 그런 자신을 노노아가 조용히 쳐다보고 있는 게 느껴졌다. 그 시선을 느끼면서도 일부러 노노아 쪽을 쳐다보지 않으면서 마사치카는 아리사의 곁으로 가서 미소 지었다.

"다시 한번 생일 축하해, 아랴. 나는 먼저 돌아가지만 재미있게 놀아."

"아, 응……."

"미안하지만, 문만 좀 잠가줘."

그렇게 말한 마사치카는 부엌에서 뒷정리를 하는 아케미와 미하일에게 인사를 한 후, 서둘러 현관으로 향했다.

문을 열자, 11월의 찬바람이 불어 들어왔다. 그 바람을 가르며 나아간 마사치카는 엘리베이터로 향하면서 스마트폰으로 시간을 확인했다.

『10분만, 밖에서 기다리겠습니다.』

아야노가 나간 후, 이미 15분이 흘렀다. 이미 돌아갔을 시간이지만, 만약 아야노가 조금 더 기다려보기로 마음을 바꿨다면⋯⋯

아야노가 떠났기를 원하는 것일까. 아니면 기다리고 있기를 원하는 것일까. 어느 쪽을 원하는지 자기도 모르는 가운데, 마사치카는 엘리베이터를 탔다. 긴장 탓인지 두려움 탓인지는 모르겠지만, 심장이 격렬하게 뛰었다. 그런 심장을 필사적으로 억누르며 마사치카는 엘리베이터에서 내린 후에 건물 밖으로 나갔고— 그곳에 차가 세워져 있지 않다는 사실에 틀림없이 **안도했다.**

"빌어먹을⋯⋯!!"

자신의 본심이 드러나자, 마사치카는 욕설을 내뱉었다. 그리고 사람 한 명 없는 길을 터벅터벅 걷기 시작했다.

(또, 도망쳤구나.)

머릿속 한편에서 그런 모멸에 찬 목소리가 들려왔다. 그 목소리에 반론할 기력이 없었기에 마사치카는 정처 없이 걸음을 옮겼다. 그리고 길가의 조그마한 공원이 눈에 들어오자, 무거운 발걸음으로 그곳에 들어가서 벤치에 털썩 주저앉았다.

"……."

도망쳤다. 확실히 그렇다. 하지만 아직 만회할 수 있다. 주소는 안다. 택시를 잡아서 타고 이제부터라도 쫓아가면 된다. 그러지 않더라도 집에는 쿄타로가 있다. 서둘러 돌아가서 자초지종을 설명한 후, 함께 향하면 될 일이다.

그렇다. 알고 있다. 알고 있기에…… 이런 곳에 주저앉아 있는 것이다.

(아직 늦지 않았어. 쓰레기 이하의 인간이 될 거야? 지금 안 가면 분명 후회할 거라고!)

(간다고 해서 뭘 할 수 있는데? 애초에 아야노가 준 기회를 걷어찬 주제에, 뻔뻔하게 찾아가려는 거야?)

(뭘 할 수 있느냐 문제가 아니잖아! 유키가 힘들어하고 있다고. 유키를 찾아가는 데, 다른 이유 따윈 필요 없어!)

(너무 호들갑 떠는 거야. 의사에게 치료도 받았다고 했잖아. 요즘 시대에 독감 정도는 약만 먹으면 바로 열이 내려가면서 괜찮아져.)

(그러니까! 그런 문제가 아니라고! 오빠라면, 힘들어하는 동생의 곁에 무조건 있어 줘야 할 거 아냐! 게다가, 천

식 환자는 독감이 심각해지기도—.)

상반되는 두 목소리가 머릿속에서 격렬하게 격돌했다. 알고 있다. 어느 쪽의 말에 따라야 할지는 말이다. 알고 있지만, 몸이 움직이지 않았다.

이러는 사이에도 시간은 흐르고 있다. 그리고 시간이 흐르면 흐를수록 가기 더 힘들어진다. 전부 알면서 시간을 낭비하고 있다. 그저 차가운 벤치가, 휘몰아치는 냉기가 움직이지 않는 몸에서 열을 빼앗아가게 두고 있었다.

(아아, 또…….)

또, 이러고 있다. 후회와 자기혐오에 빠져서, 빠져 있다는 사실 자체에 만족하며 아무것도 하지 않는다. 자기가 나쁘다는 것을 알면서, 아니까 됐다고 여긴다. 자신을 충분히 책망했으니 됐다면서, 자책을 면죄부 삼아 도피를 선택한다.

언젠가 마주해야만 하는 과거의 실수. 마사치카의 인생에 있어 가장 큰 후회. 머지않아 도망치지 못하게 되리라는 예감이 들었다. 반드시 마주하겠다고 마리야와 약속했다. 하지만 이렇게 일이 벌어지면 도망치려고—.

"으, 크으으아아악."

양손으로 머리를 감싸 쥐며 힘껏 쥐어뜯었다. 날카로운 통증이 느껴지더니 손톱을 세운 부위가 얼얼했다. 그런데도 손가락에 더욱 힘을 주며 입술을 깨물었다. 아무런 의미가 없다는 것을 알면서도, 이러는 것 말고는 할 수 있는 일이 없었다.

차라리 이대로 아침까지 여기서 이러고 있을까. 그래서 자기도 감기에 걸리거나 추위에 쓰러진다면 조금은 속죄가 되지 않을까.

그런 자기 파멸적인 생각이 머릿속을 스친 바로 그때였다.

"마사, 치카……."

이 자리에 있을 리가 없는 이의 목소리가 들려오자, 마사치카는 그대로 딱딱하게 굳어버렸다. 잘못 들은 것이 아닐지 의심했지만 시야에 부츠의 끝부분이 들어온 탓에 그 생각을 부정할 수밖에 없었다.

느릿느릿 고개를 들자, 마사치카의 재킷을 들고 있는 아리사가 깜짝 놀란 것처럼 눈을 치켜뜬 채 자신을 내려다보고 있었다.

"저기, 문을 잠그러 갔더니, 두고 간 재킷이 보여서…… 게다가 어딘가 이상해보인 게 신경 쓰이기도 했고……."

"그랬구나……."

"무슨…… 일이야?"

아리사가 그렇게 묻자, 마사치카는 말없이 고개를 푹 숙였다.

해줄 수 있는 말이 없었다. 애초에 아리사는 마사치카와 유키의 정확한 관계도 모른다. 그리고 전부 이야기한다고 해서 뭐가 어떻게 되는 것도 아니다. 그저, 마사치카의 체면만 더욱 구길 뿐이다.

"아무것도 못 본 걸로 해주면 안 될까……?"

"뭐?"

마사치카가 툭 내뱉은 말에 아리사는 의문으로 답했다. 그러자 마사치카는 고개를 들지 못한 채, 양손으로 눈가를 감싸며 굳은 목소리로 말을 이었다.

"네 생일을 나 따위가 망치고 싶지 않아……. 그러니 부탁할게. 못 본 걸로 해줘."

"뭐…… 어, 어떻게 그래!"

발끈한 아리사가 마사치카의 두 어깨를 움켜잡더니, 억지로 일으켜 세웠다. 그리고 멱살을 잡을 듯한 기세로 노려보며 외쳤다.

"대체 무슨 일이야?! 이야기해 봐!!"

"……."

활활 타오르고 있는 푸른 눈동자를 마사치카는 약간 뜻밖이라는 느낌을 받으며 응시했다. 그런 마사치카의 둔한 반응을 본 아리사는 이를 악물더니, 가볍게 눈을 내리깔면서 숨을 가볍게 내쉬었다.

그리고, 억지로 누그러뜨린 듯한 목소리로 말했다.

"기억해……? 1학기 기말고사 때 했던 내기 말이야."

"뭐?"

"네가 30등 안에 드느냐 못 드느냐로 내기를 했잖아?"

마사치카는 그 말을 듣고서야 떠올렸다. 1학기 기말고사에서 마사치카가 목표 등수 안에 드느냐 안 드느냐를 가지고, 진 쪽이 이긴 쪽의 소원을 들어주자는 내기를 했었다.

"그래, 했었어……."

남 일처럼 그렇게 말하는 마사치카를 아리사는 날카롭게 응시했다.

"그 내기의 권리를 지금 쓰겠어. 무슨 일이 있었는지 이야기해줘."

아리사가 그렇게 말하자, 마사치카는 말문이 막히고 말았다. 설마 이 자리에서 몇 달 전에 했던 약속을 꺼내 들 줄은 생각도 못 한 것이다. 하지만 한 치의 흔들림도 없는 아리사의 눈동자를 응시하다 보니…… 마사치카는 자기도 모르게 입을 열고 말았다.

"유키가…… 독감에 걸려서 쓰러졌어."

이야기를 시작하자 멈출 수 없게 된 마사치카는 전부 이야기할 듯한 기세로 말했다.

"다른 사람들이 마음 쓰지 않도록…… 아야노에게는 급한 볼일이 생겼다고 전하게 했지만…… 실은 독감이래. 유키는 지금도 괴로워하고 있는데, 나는…… 나는……! 곁에 있어 줄 수도 없어……!!"

이야기하면 할수록 비참함과 한심함이 치밀어올랐기에,

마사치카는 다시 입술을 깨물면서 고개를 숙였다.

고개를 숙인 마사치카의 어깨에서 아리사가 두 손을 뗐다. 그리고 몸을 일으킨 아리사의 조용한 목소리가 마사치카의 귀에 스며들어왔다.

"그게, 이유야……?"

그 목소리는 애처롭게 떨리고 있었기에…… 무심코 고개를 든 마사치카는, 금방이라도 눈물을 흘린 듯한 아리사의 얼굴을 보고 눈을 치켜떴다.

"어째서, 일까……. 듣고 싶었던 건데, 듣고 싶지 않았어……."

애처로운 미소를 머금으며 그렇게 말한 아리사의 입에서 떨리는 러시아어가 흘러나왔다.

【너무해…….】

그 말을 들은 순간…… 마사치카는 아리사가 금방이라도 울음을 터뜨릴 듯한 표정을 짓고 있는 이유를 눈치챘다.

(아아, 그렇게 된 거구나…….)

그것은 오해다. 유키와 비교하며 너를 가벼이 여기는 게 아니다. 그렇게 말하는 건 쉽지만…… 말해본들 지금의 아리사를 납득시킬 수는 없을 것이다.

마사치카가 유키에게 품고 있는 것은 남매애이자 가족애지만, 그 사실을 설명할 수는 없으니까…….

(아니, 하지만…… 이제 괜찮지 않을까?)

그런 생각이 자연스럽게 머릿속에 떠올랐다.

겐세이와 한 약속이 뭐란 말인가. 그런 것이 지금 눈앞에 있는 소녀가 금방이라도 울 것 같은 표정을 짓게 만들 이유가 될 수 있을까. 아리사의 마음과 겐세이와의 약속, 어느 쪽이 더 중요한지는—.

"아랴, 내 부모님이 이혼한 건 이야기했지……?"

"뭐? 응…….

마사치카가 어딘가 안타까운 미소를 머금으며 갑자기 화제를 돌리자, 아리사는 의아해하면서 고개를 끄덕였다. 마사치카는 그런 그녀의 눈을 응시하며, 말을 이었다.

"내 어머니의 이름은…… 스오우 유미. 내 원래 이름은 스오우 마사치카야."

"뭐—.

얼이 나간 듯 눈을 치켜뜬 채 아무 말도 못 하는 아리사를 바라보며 마사치카는 밝혔다.

"유키는…… 내 친동생이야."

에필로그 참회

기운이 나게 해주고 싶었다. 자유롭게 해주고 싶었다. 그럴 수가 없다면 하다못해 믿음직한 오빠가 되어주고 싶었다.

이미 기억의 저편에서 어렴풋해진 나와 유키가 아직 어렸던 시절.

유키는 참 호기심이 왕성하고 장난꾸러기인 여자애였던 것으로 기억한다.

집 밖을 좋아하고 눈에 비친 모든 것에 흥미를 느끼며 뭐든 하고 싶어 했다.

저건 뭐야? 이건 어떻게 되어 있는 거야? 저걸 해보고 싶어. 이건 참 재미있어 보여.

그런 식으로 조그마한 몸에 기운과 호기심을 가득 담으며 항상 눈동자를 반짝이고 있었다.

그런 한편으로, 원래 활발하지 않고 스오우 가문의 장남으로서 엄격하게 교육을 받아오던 나는 여동생과는 정반대로 얌전하고 말을 잘 듣는 아이였다고 생각한다. 하지만 자신과 다르게 자유분방한 여동생을 부러워하거나 시샘하지는 않았다.

적재적소. 그런 말은 아직 몰랐지만, 자기 방에서 공부하다 정원에서 아야노를 잡아끌며 놀고 있는 유키의 모습을 문득 보면…… 왠지 자신은 여기가, 여동생은 저기가 어울린다는 막연한 느낌을 받았다.

그런 일상은 갑작스럽게 변했다. 어느 날, 기침이 멎지 않던 유키는 쉬익쉬익 하며 거칠게 호흡했다. 단순한 감기라고, 일시적인 일이라고 생각했지만…… 유키의 그 증상은 호전될 기미가 전혀 없었다. 정원에서도, 저택 복도에서도 유키의 모습이 사라지면서 집 안이 묘하게 조용해진 것을 지금도 기억한다.

그렇게 좋아하던 집 밖에서 놀지 못하게 됐지만…… 유키의 호기심은 전혀 사그라지지 않았다. 침대 위에서 여전히 반짝이는 눈동자로 책을 읽었고, 사막과 얼음산 그림을 보며 다른 나라를 상상했으며, 멋진 비행기를 보면 파일럿이 되고 싶어 했고, 아름다운 꽃을 보면 꽃 가게 주인이 되고 싶어 했다. 그런 여동생을 보며 나는 어느 날 장난삼아 말했다.

"그럼 나는 의사가 될래. 그리고 유키를 건강하게 만들어줄 거야!"

"어, 하지만 오라버니는 외교관이라는 게 되어야 하지 않아?"

"응. 그리고 의사도 될 거야! 나는 천재니까, 둘 다 될 수 있어!"

"오라버니 대단해~!"

아무것도 모르는 어린애의 단순한 헛소리다……. 하지만 유키의 순수한 칭찬을 듣자, 진짜로 될 수 있을 듯한 느낌이 들었다. 동생이 안심할 수 있도록 믿음직하고 대단한 오빠가 되고 싶다. 그리고 어느새 동생을 원래 있어야 할 곳으로 돌려보내주고 싶다.

누구보다 자유롭고 찬란히 빛나는 혼을 지닌 여동생을 그 혼에 걸맞은 자유와 가능성으로 가득 찬 바깥으로 보내주고 싶다. 자신의 의지에 따라서 가고 싶은 곳에 가고, 되고 싶은 자신이 될 수 있게 해주고 싶다. 그것이…… 가고 싶은 곳도, 되고 싶은 것도 없는 나에게 어울리는 역할이라고 여겼다.

그렇다……. 그렇게 생각했다. 하지만 나는 그런 자신의 소망을 배신했다.

『미안해, 오라버니. 나는…… 이 집에 남을래.』

지금은 안다. 그때 내가 가장 먼저 신경 써야 했던 것은…… 부모님도, 가문도 그리고 자기 자신도 아니다. 누구보다도 상냥한 이 조그마한 여동생이었다.

하지만 나는 실수했다. 그 실수를 뜯어고치지 못한 채, 타성에 젖어서 방황하는 사이, 여동생은 자신의 힘으로 건강한 몸을 손에 넣었다.

하지만 건강해진 여동생이 예전처럼 꿈을 이야기하는 일은…… 이제, 없다.

『여러분, 만나서 반갑습니다. 저는 이번에 신입생 대표를 맡게 된, 스오우 유키라고 해요.』

예의 바르고, 행실이 좋으며 가문을 위해 자신의 소임을 다하는 그 모습은 마치 과거의 자신 같았다.

그제야 눈치챘다. 내가 이 쓰레기 같은 자유를 손에 넣기 위해 누구를 희생시킨 것인가.

내가 못난 바람에…….

누구보다도 자유롭던 여동생이 인생을 바치게 된 것이다.

■ 작가 후기

　안녕하십니까. 오늘도 아무 도움이 안 되는 후기 시간이 찾아왔습니다……라고 말하고 싶습니다만, 이번에는 그렇지 않을지도 모릅니다. 왜냐하면 이번에는 딱히 후기에서 쓸 소재가 없어서 머릿속에서 생각나는 대로 대충 작성하던 예전과는 다르니까요! 그렇습니다! 이번에는 후기에서 사용할 소재가 있습니다! 그것도 두 개나 말이죠! 만세, 후기 분량이 아홉 페이지 밖에 안 된다고? 그게 뭐 어때서! 얼마든지 덤벼보라고!! 그런고로…… 이번에는 정체불명의 권말 SS를 쓰지도 않고 제대로, 성실하게 후기를 쓸까합니다.(중략) 저도 이렇게 나쁜 쪽으로 물들…… 훈련됐군요! 역시 대단해요!

　자, 여러분도 짐작하셨겠지만, 제가 말한 소재란 바로! 2024년 4월에 방송이 개시되는 애니메이션 러시부끄입니다. 아, 참고로 편집자분께서는 「라이트노벨 업계의 관례로는 최신간 발매를 애니메이션 방송 개시에 맞추니까, 거기에 따르려면 8권은 4월에 간행되겠군요」 하고 말씀하셨지만…… 독자 여러분을 괜히 두 달이나 기다리게 해드리는 것도 송구하기에 작가의 독단으로 8권을 2월에 간행했습니다. 흐흥, 어떤가요? 저는 독자 여러분을 생각하는 참된 소설가죠? 말은 이렇게 하지만 사실 제가 느닷없이 두 달이나 시간이 비면 곤란해서 그렇게 한 겁니다.(중략) 뭐, 제 멘탈은 형상 기억 합금이라 찌그러져도 하룻밤이면 복구되지만요.

흠, 이야기가 탈선됐습니다만, 그럼 다시 후기 소재에 관한 이야기를 하겠습니다. 첫 번째 소재는…… 싱가포르에서 열린 애니메이션 페스티벌 아시아, 줄여서 AFA 이야기입니다. 11월 하순에 개최된 AFA의 이벤트 스테이지에 바로 저 SUN SUN SUN이 애니메이션 러시부끄의 원작자로서 초대된 겁니다! 하하하, 문호가 출판사의 경비로 온천 여관에 묵으며 통조림 집필~ 같은 전설 속 이야기는 들은 적이 있습니다만, 설마 제가 출판사의 경비로 해외여…… 출장을 가게 될 줄은 몰랐습니다. 실제로 애니메이션 방송 전부터 이런 이벤트가 개최된 것은 KADOKAWA에서도 그리 흔하지 않은 일이라고 합니다. 애니메이션 방송 전부터 회사가 총력을 기울여 홍보에 힘을 쏟아주시다니 정말 감사한 일입니다. 이 감사함을 곱씹으며 인생 첫 해외여행을 떠났습니다만…… 네, 인생 첫 해외입니다. 이번에 여권도 처음 발급받았습니다. 이 말을 동행한 KADOKAWA 스태프분께 했더니 「어! 해외에 가본 적도 없이 러시부끄를 쓰시는 건가요?!」하며 솔직하게 놀라시던데…… 아니, 그렇게 치면 이세계 판타지를 쓰는 작가분도 이세계에 가본 적이(아마도) 없을 것 아닙니까.(중략) 그러니 해외에 가본 적이 없는 제가 러시부끄를 쓰는 것도 전혀 이상한 일이 아니죠, 라고 자기가 그저 집돌이(극단적)라는 사실에서 눈을 돌리며 자기변호를 해봅니다.

　그렇습니다. 저는 슈퍼 집돌이입니다. 기본적으로 휴일에는 밖에 나가고 싶지 않아요. 집에서 나가면 그건 곧 저한테 있어서 휴일이 아니죠. 저는 그런 성격이라 해외여행은 물론이고 국내 여행에도 전혀 흥미가 없었습니다만, 이번 싱가포르 여행은 엄청 즐거웠습니다. 저는 영어를 전혀 못 합니다만(기본적으로 예스, 노, 땡큐, 오케이, 아이 씨만 알고 있습니다), KADOKAWA의 스태프분이 완벽하게 가이드를 해주셔서 정말 쾌적했습니다. 출장 멤버 중에 면식이 있었던 것은 담당 편집자님과 애니메이션 프로듀서님뿐이지만 홍보팀 여러분도 참 친절하고 상냥하셨죠……. 역시, 홍보팀에 소속된 사람은 직업적으로 커뮤니케이션 강자인 것 같습니다. 게다가 우에사카 스미레 씨와 우에사카 스미레 씨의 헤어 메이크업 아티스트분과 매니저분도, 참 친절하셔서 말을 걸기 쉬웠습니다.

　아, 네……. 저도 깜짝 놀랐습니다만, 이번 출장에는 애니메이션판의 아랴 담당 성우이신 우에사카 스미레 씨가 하네다 공항부터 함께하셨습니다. 진짜로 리얼 아랴 그 자체라 해도 될 미인이시라 깜짝 놀랐죠. 네. AFA의 이벤트 스테이지에 함께 등단한다는 건 알고 있었습니다만, 분명「기본적으로 따로 행동하다가 이벤트 당일에 행사장에서 합류하겠지~」하고 생각했는데…… 같은 비행기를 타게 됐어요. 그뿐만 아니라 옆의 옆 좌석이었던 것 같은데, 내릴 때 트렁크를 꺼내면서 눈치챘지 뭡니까~. 그리고 겸사겸사 말씀드리자면, 저와 우에사카 스미레 씨 사이에 앉은 분도 AFA에 출연하는 여성 성우분이셨던 같습니다. 나중에 우에사카 스미레 씨에게 그 말을 듣고서야 알았지만요~.

실은 말이죠. 저는 텔레비전에 나오는 연예인과 만난 것 자체가 처음이거든요? 첫 해외가 유명 성우분과 함께라니, 이게 대체 무슨 일이죠? 뭐, 「살다 보면 무슨 일이 일어날지 모르는 법이라니깐」하고 생각하면서 싱가포르에 내렸는데…… 이야, 솔직히 말해 싱가포르는 엄청난 곳이었어요. 뭐가 엄청나냐면, 우선 건물이 엄청났죠. 어느 건물이나 전위적이었고, 평범한 맨션조차 색상과 형태가 개성적이라서 「양산형 건물을 만들 생각은 없어!」라는 건축가의 의지 같은 것을 느꼈습니다. 그리고 건물 자체가 센스 덩어리란 느낌인데, 자연은 또 남겨져 있었어요. 가로수 자체가 일본보다 훨씬 크고 마을 전체가 자연과 과학의 융합이란 느낌이라 압도당했습니다.

그리고 AFA의 이벤트 스테이지가 시작되니 또 놀랐어요. 관객 여러분과 일본어로 대화가 가능하더군요. 통역가 분이 영어로 옮겨주시기 전에, 3할가량의 사람이 반응을 보이더군요. 게다가 엄청 반응이 뜨거웠습니다. 편집자분께서 「무대 의상으로 셔츠와 재킷을 입으면 딱딱해 보일 거예요!」라고 하셔서 「알겠습니다! 셔츠와 재킷은 안 된다는 거군요!」하며 가슴에 커다랗게 아랴가 프린트된 티셔츠(대만 굿즈)를 입은 저를 본 관객 여러분이 웃어주시더군요. 정말 상냥하셨어요.

그리고 스테이지 후에 우에사카 스미레 씨와 함께 사인회를 했는데 이때도 우에사카 스미레 씨께 압도당했습니다……. 영어 실력은 저와 별반 차이가 없으신데, 어~엄청난 토크로 분위기를 띄우시더군요. 손님의 셔츠와 물건을 통해 좋아하는 작품을 파악한 후, 그 작품과 성우 동료에 관한 이야기를 하면서 이제까지 담당한 캐릭터와 명대사를 선보이시더니, 사인을 하면서 쭈~욱 토크를 이어가셨습니다. 그에 반해 저는 그 엄청난 서비스 정신과 재능에 압도당한 나머지, 몸을 웅크린 채 묵묵히 사인만 했죠. 아니, 우에사카 스미레 씨의 사인과 함께 저의 어설픈 사인 같은 걸 끄적여도 괜찮았던 건지 지금도 의문입니다.

뭐, 그런 느낌으로 최정상 성우분의 위대함과 싱가포르 여러분의 상냥함을 접하면서 이벤트를 마친 후, 밤에는 카지노에 갔습니다. 리얼 카지노예요, 리얼 카지노! 이것이야말로 해외! 바니걸은 없었지만요!! 크으, 어째서냐…….
카지노에 없으면, 대체 바니걸은 어디 있는 건데. 실은 멸종 위기종인 거냐? 아니면 카지노에 서식한다는 건 일본인이 멋대로 품고 있는 이미지? 혹은 라스베이거스에 가면 만날 수 있는 거야? 대체 리얼 바니걸은 어디 있는 거냐고! 바니걸이 없는 카지노에서 뭘 하면 되는데에에—!!
……같은 생각을 하는 사이, 가지고 있던 돈(약 6천 엔)을 룰렛으로 깔끔하게 다 날려버렸습니다.

SUN SUN SUN 욕망과 모략의 카지노 편, 완결!!

아무튼 정말 다양하고 귀중한 경험을 했습니다. 다시 한번 관계자 여러분께 감사드립니다. 애니메이션이 히트하면 그때는 라스베이거스에 데려가 주세요. 리얼 바니걸을 볼 때까지! 제 모험은 끝나지 않(이하 자중).

자, 이어서 두 번째 후기 소재입니다만, 그것은 바로 녹음입니다! 애니메이션 러시부끄 제1화의 녹음 현장 이야기죠! 흔히 코믹스 단행본의 후기 보너스 만화에서 소개되는 그겁니다. 뭐, 실제로 러시부끄 코미컬라이즈 제4권에서도 그려지는 것 같지만요. 그쪽에서는 테나마치 선생님께서 그림까지 더하면서 녹음 현장을 소개해주실 테니, 괜찮으시다면 그쪽도 확인해 주십시오! 자, 홍보 할당량 달성. 이번에는 딱히 부탁받진 않았지만 말이죠.

그런고로 테나마치 선생님이 미처 소개 못 하신 부분은 제가 소개할까 생각…… 했는데, 그 리포트 만화의 콘티를 받아보니 말이죠……. 생각했던 것보다 더 상세하게 그려주셔서 제가 글로 소개할 부분이 없달까, 테나마치 선생님의 인간형 아바타는 진짜 신기하네요. 으음, 어쩌지. 끄응~ 앗, 그래요……. 이 수록 현장에서 저는 처음으로 모모코 선생님을 뵈었습니다! 이제까지 메시지를 주고받은 것조차도 첫인사로 DM을 보낸 딱 한 번이 전부였는데, 연재 3년 차에 드디어 만났습니다. 감격했다니까요. 아, 테나마치 선생님과는 두 번째군요. 코미컬라이즈 연재 개시 전에 한 번 만났습니다. 동갑인 데다 테나마치 선생님이 커뮤니케이션 강자라서 두 번째 만났을 때는 거의 친구 같은 느낌이었어요.

이리저리하면서 드디어 녹음이 시작됐는데…… 이야, 프로 성우분들은 정말 대단하군요. 뭐, 이런 감상은 누구나 할 수 있는 걸 테고 테나마치 선생님의 리포트 만화도 있으니까 저는 일부러 메인 캐릭터에 관해서는 이야기하지 않겠습니다. 그 대신, 제가 말하고 싶은 건 엑스트라의 녹음! 교실과 식당 등에서 웅성거리고 있는 그들! 정말 대단하더군요! 여러분은 알고 계십니까? 그건 잡음 음성을 따로 쓰는 게 아니라, 그 자리에서 성우 여러분이 애드리브로 연기하시는 겁니다. 그것도 우연히 옆에 서게 된 두세 명이 대화하는 형식으로 말이죠. 게다가 남녀가 뒤섞인 패턴과 여성만 마이크 앞에 선 여성 메인 패턴, 거꾸로 남성이 마이크 앞에 서는 남성 메인 패턴, 이렇게 세 패턴을 녹음합니다. 그것을 「자, 해봐」라는 말을 듣고 전부 즉흥극 형식으로 해내는 성우분들은 정말 대단하세요. 제가 느닷없이 그런 말을 들으면 「나, 날씨 좋네~」 같은 말만 겨우 할 자신이 있습니다. 유감이지만, 저는 쇼토쿠 태자나 마사치카와 다르게 열 명의 대화를 동시에 분간해서 듣지는 못하거든요. 그래서 누가 어떤 대사를 하는지까지는 파악하지 못했습니다만…… 일단, 식당의 대화가 콩트냐는 생각이 들 정도로 재미있었던 것은 사실입니다. 스포일러가 될 수 있어서 자세한 내용은 이야기하지 않겠습니다만, 만약 괜찮으시다면 귀 기울여서 들어주십시오. 정말 걸작이거든요.

그런 느낌으로 메인 캐릭터와 엑스트라의 녹음을 마치면서, A파트 종료. 이 시점에서 약 두 시간 걸렸습니다. 사전에 작업 예정 시간은 네다섯 시간 정도일 거란 말을 들었습니다만, 이대로 가면 일찌감치 끝날 거라 예상했죠. 그리고 그 예상대로 B파트는 한 시간 만에 종료……인가 했더니, 그 후에 엑스트라 파트 및 러시아어 녹음이 이뤄졌습니다! 러시아인 선생님에게 감수를 받으면서 대사를 하나하나 녹음했는데 이것도 정말 대단한 일이더군요. 그도 그럴 것이, 이제까지 애니메이션 감독과 음향 감독(그리고 나)이 「여기서는 좀 더 친근하게」, 「좀 더 밝은 느낌으로」, 「어라? 니(↗)켈이 아니라 니켈(↘) 아냐?」 같은 식으로 연기와 발음 지시를 해왔는데, 거기에 러시아어 발음의 지도가 더해졌으니까요. 러시아어의 발음상으로는 올바르더라도 연기 면에서 이미지와 어긋나면 다시 해야 했습니다. 게다가 애니메이션 제작 측도 실제로 러시아어로 하면 어느 정도의 시간이 걸릴지 대략적으로만 예상해서 영상을 준비했기에 「어라?! 러시아어로 했더니 예상보다 더 기네?! 이 영상 좀 늘릴 수 있을까」 하며 머리를 감싸 쥐는 등…… 그러는 와중에 저는 혼자서 「면목 없어……. 내가 가벼운 마음으로 러시아어를 잔뜩 넣은 바람에, 많은 사람이 고생하고 있잖아……」 하고 생각하며 움츠러들어 있었습니다. 그리고 「엑스트라 파트 녹음은 길어질 것 같아……!」 하고 생각했습니다만, 역시 프로 성우분은 대단하시더군요. 원래 러시아어를 할 줄 아시는 우에사카 스미레 씨는 물론이고, 다른 분도 미리 몇 번이나 연습한 것 같았습니다. 한 번에 오케이를 받는 부분도 드물지 않았으며 이 파트는 30분 정도 만에 녹음이 끝났죠.

하지만, 그런데도 네 시간이 걸렸습니다. 1화 작업에 이렇게 시간이 걸릴 줄은 몰라서 정말 놀랐어요. 정말 힘든 작업이라고 생각하며 돌아가려던 와중에, 마사치카 역을 맡으신 아마사키 코헤이 씨가 저에게 말을 걸어주셨습니다. 「마사치카, 이런 느낌이면 괜찮을까요~?」 하고 말씀하시는데 정말 겸손한 나이스 가이였습니다. 정말 멋진 분이세요. 지금 이 후기를 쓰고 있는 시점에서 2화의 녹음이 끝났는데 아마사키 코헤이 씨뿐만이 아니라, 모든 성우분의 연기가 멋졌습니다. 영상 또한 완성되지 않은 상태인데도 작화가 아름답다는 것을 한눈에 알 수 있어서, 벌써부터 완성됐을 때가 기다려집니다. 애니메이션 러시부끄, 분명 멋진 작품이 될 거라고 생각하니 여러분도 꼭 봐주십시오! 좋아, 부탁받지도 않은 선전 제2탄 끝!!

　이런 소리를 하다 보니…… 어느새 후기 페이지를 해치워버렸습니다. 흥, 별것도 아니군. 너무 약해빠져서 오버킬 해버렸잖아. 어쩌지. 감사 인사를 넣을 페이지가 없어. 줄여야겠네. 좋아, 서론 부분의 세 파트 정도 줄이니까 한 페이지 남았어. 너무 대충 줄인 것 같지만 신경 쓰지 말자. 이번에 줄인 부분도 포함된 노컷 완전판은 어디에도 공개 안 됩니다. 그럼 감사 인사 파트로 들어가겠습니다.

　이번에도 제가 오버런 느낌의 느려터진 진행을 하는 바람에 연말연시에 폐를 끼치고만 담당 편집자 미야카와 님. 싱가포르 출장과 녹음 현장에서도 신세 많이 졌습니다. 항상 감사드리고 있습니다. 다음으로, 이번에도 멋진 일러스트를 잔뜩 그려주신 모모코 선생님. 바쁘실 연말에 일러스트 발주를 드려서 송구합니다. 이번에도 멋진 일러스트를 그려주셨을 뿐만 아니라, 화집 표지에서도 청량감 넘치는…… 앗! 아차! 화집 선전을 깜빡했어! 러시부끄 첫 화집이 2024년 7월에 원작 9권과 동시 발매될 예정이니, 여러분 잘 부탁드립니다! 화집을 위한 신규 일러스트도 수록될 예정이니 잘 부탁드려요! 앗, 후기 페이지가 부족해. 으음, 이어서 매번 훌륭하게 코미컬라이즈를 해주시는 테나마치 선생님. 올해 초부터 2권 내용에 돌입했군요. 아야노와 사야카와 노노아의 등장이 벌써 기대됩니다! 마지막으로 코미컬라이즈 관련 담당 편집자이신 스즈키 님, 화집 담당 편집자이신 이와타 님, 홍보팀 여러분, 동화공방 여러분, 성우 여러분, 그 외에도 러시부끄의 제작에 관여해주신 모든 분과 러시부끄를 읽어주신 모든 독자 여러분께, 잭오랜턴에 다 담기지 않을 감사의 마음을 전합니다. 정말 감사합니다! 2024년도 잘 부탁드립니다! 그럼 다음 권과 화집 후기에서 뵙죠. 꼭!

「러시부끄」
잘 부탁드립니다!

■ 역자 후기

안녕하십니까. 근로청년 번역가 이승원입니다.

이번에 『가끔씩 툭하고 러시아어로 부끄러워하는 옆자리의 아랴 양』 8권을 구매해주셔서 진심으로 감사드립니다.

올해는 6월부터 더위가 어마어마합니다.

다행히 5월에 에어컨 청소를 해둬서, 작업실 에어컨을 거침없이 켰습니다만(전기세는 다음 달의 제가 내겠죠!), 그랬더니 감기가 떨어지지 않는다는 딜레마가 발생했습니다. ㅠㅠ

옥탑방이라 에어컨 없이는 잠시도 버티기 힘든데, 그 에어컨을 켜면 코감기&목감기 탓에 훌쩍~ 콜록~하면서 살게 되네요.

결국, 상황을 봐서 한쪽을 우선하면서 하루하루를 버티고 있습니다, AHAHA.

독자 여러분께서도 더위 조심하시며, 올해 여름도 잘 보내십시오!

그럼『가끔씩 툭하고 러시아어로 부끄러워하는 옆자리의 아랴 양』8권에 관해 이야기를 좀 해볼까 합니다.

　스포일러가 포함되어 있을 수도 있으니 본편을 안 읽으신 분은 유의해주시길!

『가끔씩 툭하고 러시아어로 부끄러워하는 옆자리의 아랴 양』8권은 아랴의 생일 파티!

　7권 마지막에 언급된 아랴의 생일 파티에 초대받은 마사치카가 선물을 준비하고, 또한 다른 등장인물들과의 에피소드가 다뤄지고 있습니다.

　이번에도 매력적인 캐릭터들을 이용한 러브 코미디가 전개됐습니다만…… 그 이면에서 암약하고 있는 무시무시한 존재 때문에 끝까지 긴장을 풀 수 없었습니다.

　전부터 위험인물이라는 게 언급이 됐고, 그 광기 또한 표출되어 왔습니다만…… 지금은 아군이라 믿어 의심치 않았던지라, 뒤통수를 세게 맞은 기분입니다. AHAHA.

　능력만으로 본다면 최종 보스(?)로 등극해도 되어도 충분한 캐릭터인데 비주얼은 정말 끝내주는 게 문제네요. 개인적으로는 너무 폭주하지 않으면서 히로인의 라이벌 수준에 머물며 재미있는 러브 코미디를 그려줬으면 하는데……. 앞으로도 저 위험인물이 나올 때마다, 가슴이 조마조마할 것 같습니다.^^

작가님께서 절묘하게 컨트롤하며 매력적으로 그려주시리라 믿어 의심치 않습니다~!

그럼 이만 줄이겠습니다.

L노벨 편집부 여러분, 항상 재미있는 작품을 맡겨 주셔서 감사합니다. 앞으로도 잘 부탁드립니다!

술 받으러 아내와 함께 작업실에 들른 악우여. 데이트 온 건 좋은데, 왜 근처 유명 라멘집 브레이크 타임에 온 거야ㅠㅜ 다음에 좀 일찍 오면 내가 아내분까지 모시고 라멘 대접하마.^^

마지막으로 언제나 제게 버팀목이 되어주시는 어머니와 『가끔씩 툭하고 러시아어로 부끄러워하는 옆자리의 아랴 양』을 읽어주신 모든 분께 진심으로 감사드립니다.

충격적인 고백(?) 후의 전개가 기대되는 『가끔씩 툭하고 러시아어로 부끄러워하는 옆자리의 아랴 양』 9권 역자 후기 코너에서 다시 뵙겠습니다!

2024년 6월 중순
역자 이승원 올림

가끔씩 툭하고 러시아어로 부끄러워하는 옆자리의 아랴 양 8

초판 1쇄 발행 2025년 1월 10일

지은이_ Sunsunsun
일러스트_ Momoco
옮긴이_ 이승원

발행인_ 최원영
본부장_ 장혜경
편집장_ 김승신
편집진행_ 권세라 · 최혁수 · 김경민 · 최정민
편집디자인_ 양우연
국제업무_ 박진해 · 조은지 · 남궁명일
관리 · 영업_ 김민원 · 조은걸

펴낸곳_ (주)디앤씨미디어
등록_ 2002년 4월 25일 제20-260호
주소_ 서울시 구로구 디지털로 32길 30, 코오롱디지털타워빌란트 1301-1308호
전화_ 02-333-2513(대표)
팩시밀리_ 02-333-2514
이메일_ lnovellove@naver.com
ㄴ노벨 공식 카페_ http://cafe.naver.com/lnovel11

TOKIDOKI BOSOTTO ROSHIAGO DE DERERU TONARI NO ARYA SAN Vol.8
©Sunsunsun, Momoco 2024
First published in Japan in 2024 by KADOKAWA CORPORATION, Tokyo.
Korean translation rights arranged with KADOKAWA CORPORATION, Tokyo.

ISBN 979-11-278-8027-9 04830
ISBN 979-11-278-6439-2 (세트)

값 8,500원

프리 라이프 이세계 해결사 분투기 1~9권

키가츠케바 케다마 지음 | 카니빔 일러스트 | 이경인 옮김

이세계 생활 3년째인 사야마 타카히로는
해결사 사무소〈프리 라이프〉의 빈둥빈둥 점주.
하지만 사실은, 신조차도 쓰러뜨릴 수 있는
세계 최강 레벨의 실력자였다!
게으름뱅이지만 곤란한 사람을 내버려 둘 수 없는 타카히로는
못된 권력자를 혼내주거나,
전설급 몬스터에게서 도시를 구하는 등 대활약.
사실은 눈에 띄고 싶지 않은데
개성적인 여자아이들에게도 차례차례 흥미를 끌게 되고?!

**대폭 가필 & 새 이야기 추가로 따끈따끈 지수 120%!
이세계 슬로우 라이프의 금자탑이 문고화!!**

변변찮은 마술강사와 금기교전 1~24권

히츠지 타로 지음 | 미시마 쿠로네 일러스트 | 최승원 옮김

알자노 제국 마술 학원의 계약직 강사인 글렌 레이더스는 수업 중
자습 → 취침 상습범.
그러다 웬일로 교단에 서나 싶으면 칠판에 교과서를 못으로 고정해놓는 둥,
그야말로 학생들도 기가 막혀 하는 변변찮은 강사다.
결국 그런 글렌에게 진심으로 화가 난 학생,
「교사 킬러」로 악명이 자자한 시스티나 피벨이 결투를 신청하지만—
이 해프닝은 글렌이 허무하게 패배하는 안타까운 결말로 막을 내린다.
하지만 학원에 닥친 미증유의 테러 사건에 학생들이 휘말리자,
"내 학생에게 손대지 마!"
비로소 글렌의 본성이 발휘된다!

TV애니메이션 방영 화제작!!